骄傲的孟芮啊

彩虹糖 著

深圳出版社

图书在版编目（CIP）数据

骄傲的孟芮啊 / 彩虹糖著. -- 深圳 : 深圳出版社,
2022.12
ISBN 978-7-5507-3651-1

Ⅰ. ①骄… Ⅱ. ①彩… Ⅲ. ①长篇小说－中国－当代
Ⅳ. ①I247.5

中国版本图书馆CIP数据核字(2022)第222423号

骄傲的孟芮啊
JIAOAO DE MENGRUI A

出品人　聂雄前
责任编辑　简　洁
责任校对　万妮霞
责任技编　郑　欢

选题策划　他系力二工作室
装帧设计　他系力二工作室

出版发行　深圳出版社
地　　址　深圳市彩田南路海天综合大厦（518033）
网　　址　www.htph.com.cn
订购电话　0755-83460239（邮购、团购）
印　　刷　固安兰星球彩色印刷有限公司
开　　本　880mm×1230mm　1/32
印　　张　8
字　　数　210 千
版　　次　2022 年 12 月第 1 版
印　　次　2022 年 12 月第 1 次
定　　价　45.00 元

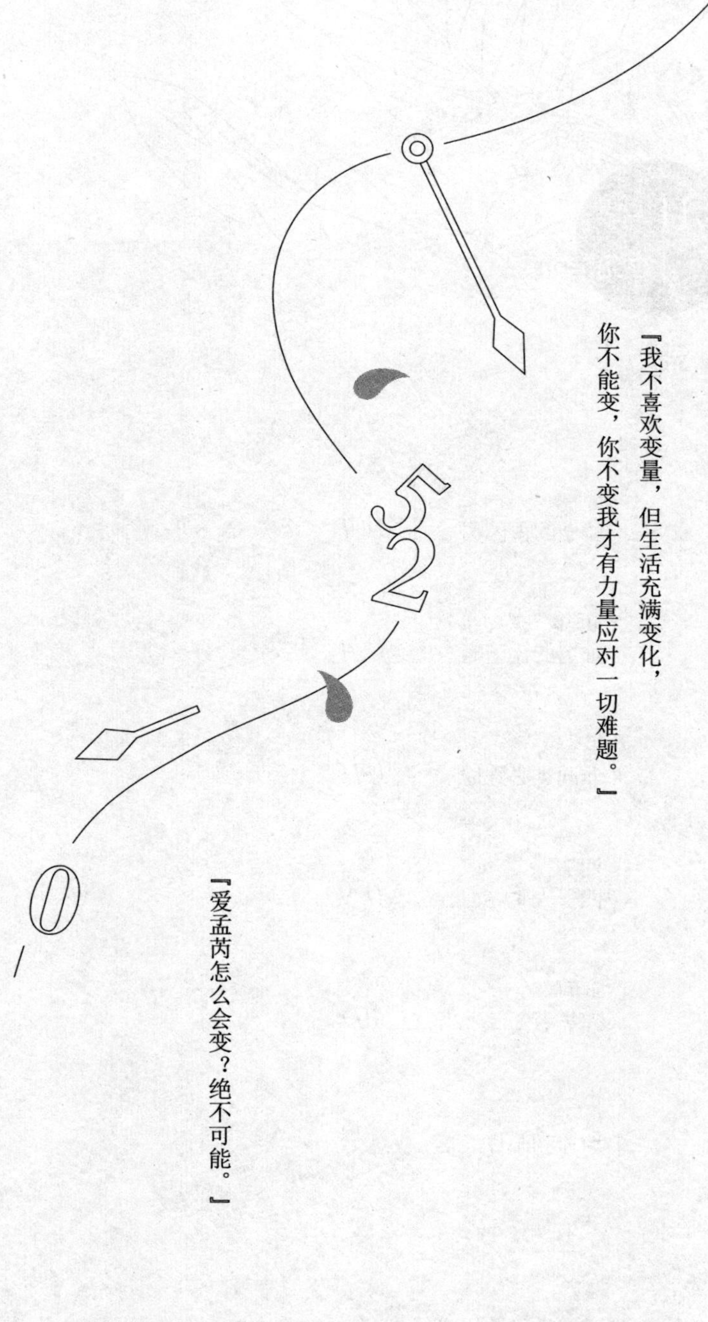

『我不喜欢变量，但生活充满变化，
你不能变，你不变我才有力量应对一切难题。』

『爱孟芮怎么会变？绝不可能。』

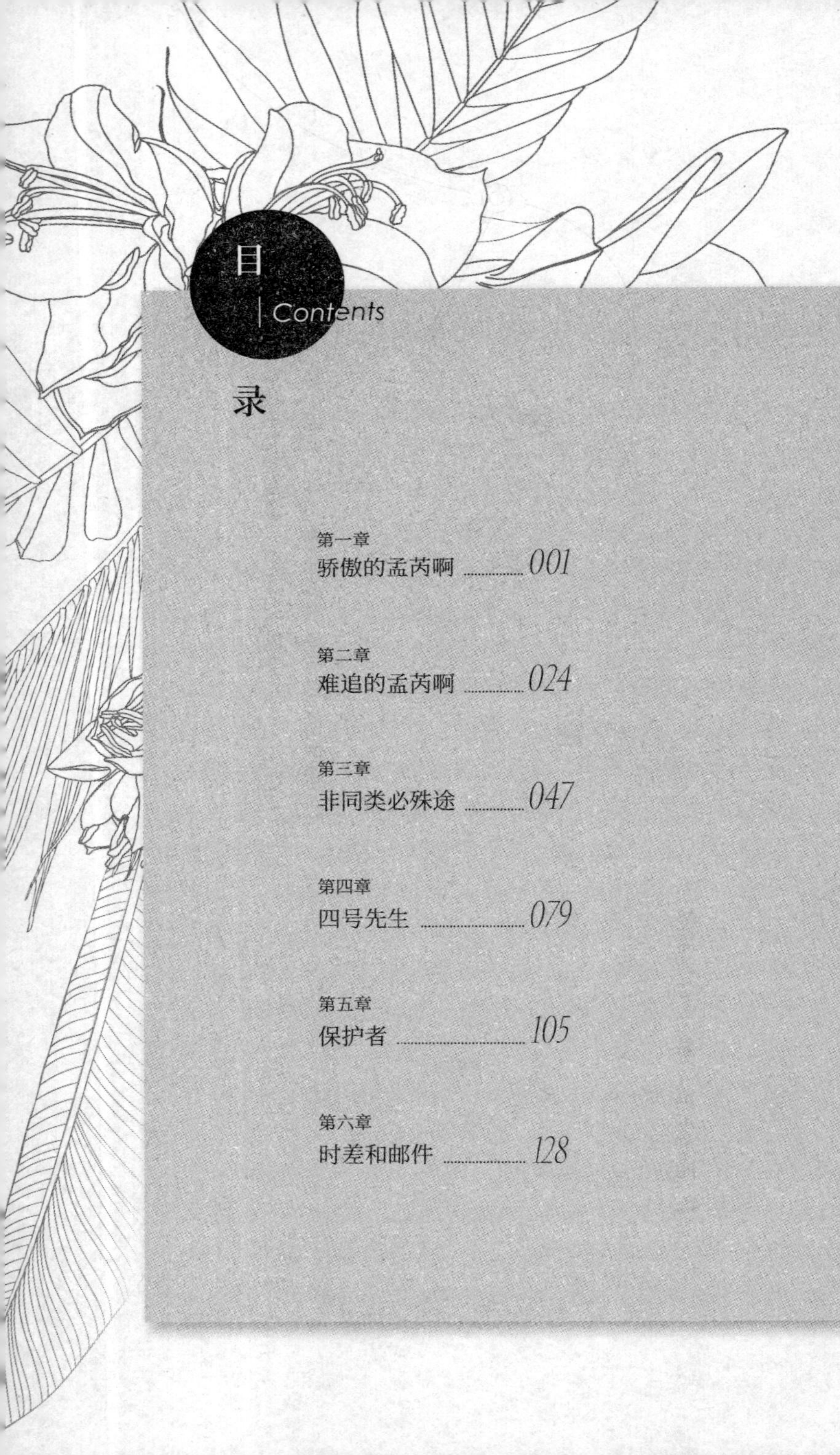

目录

Contents

Meng Rui

第一章

骄傲的孟芮啊

Meng Rui

A 大地处南方，快十月了还是热得跟七月一样。

下午最后一节课结束，李书禹问两个室友要不要去校外吃饭。

王明亮说去，林源不去："晚上七点校礼仪队选人，看美女去。"

王明亮不屑："拉倒吧，礼仪队的就是个子高点，脸真不怎么样。"

林源没反驳，从手机里翻出一张有点模糊的照片给王明亮看。

照片上很多人在排队，最清晰的是靠近镜头的，最抓人眼球的是排在末尾的一个女孩，她穿得十分朴素，纯白色短袖加深灰色运动裤，仿阿迪的款，脚上是一双帆布鞋。她还戴着一顶鸭舌帽，巴掌大的脸被挡了一半，露出来的部分棱角分明，肌肤透亮如雪。

如果这女孩眼睛好看，那她就是九分美女，如果眼睛不好看……

仅凭这张照片也值得去一探真容。

林源和王明亮当场决定过去，李书禹没兴趣，自己去食堂吃饭。

照片上的姑娘很好认，她今天的穿着和照片上一模一样，近距离看得更仔细，一身衣服加起来不超过两百块，但没人在意她的运动裤是网店十九块九包邮的假货，因为他们看到了她的眼睛，货真价实九分姑娘。

“我是孟芮，经管学院大一新生，身高一米七二……”

林源看着她，小声补充：“体重不过百，罩杯 B……”

王明亮没接话，这种美女他看看就行了，追不起。林源追得起，他看了一眼林源，嗯……他势在必得。

孟芮入选毫无悬念。结束后，林源第一个冲上去跟她要微信，孟芮面无表情直接拒绝。

看着她走开，王明亮很是幸灾乐祸。

林源却没受打击，他信心十足分析道：“这么好看的姑娘去礼仪队只有一个原因，穷，打工拉不下脸，又需要钱……又穷又漂亮又有志气，好久没遇到这样的姑娘了，有意思。”

王明亮笑了笑，把目光转移到了另一个姑娘身上。

林源家有钱，所以他有底气追孟芮这样的姑娘，王明亮家也有钱，但富和富贵不一样，他不会挑战孟芮这样的，再说他也没林源皮相好。

第二天，林源就对孟芮展开了攻势。

王明亮密切关注此事，他有点希望孟芮看到那些礼物就立刻投降，但他又有点希望孟芮不搭理林源——矛盾。

林源找孟芮的同学打听了她的情况，跟他想的一样，孟芮家境不好，她是班里唯一一个没有笔记本电脑的人，每次做作业都要去学校的机房。宿舍的人想过借她电脑，但觉得她高傲就没张嘴。

流水一样的礼物送到孟芮宿舍，每一份都有一张写着林源联系方式的卡片，送了一周，孟芮来了。

她今天还是穿那件T恤，配了牛仔短裤，两条笔直又修长的腿十分吸睛。

“借一步说话？”孟芮开口。

林源笑，“好啊。”他转头跟李书禹两人说，“你们先走。”

李书禹和王明亮先走，王明亮一步三回头看孟芮，他问李书禹：“怎么样？这妹子好看吧？”

“没注意。”

“嘁！”

走廊另一边，孟芮和林源面对面站着。

孟芮说：“你的礼物我都收到了，谢谢，麻烦你拿回去。”

林源无所谓：“你不要就扔了吧。”

孟芮表情没变语气平和地说：“你买的包和鞋子都非常好看，又贵又好看，我不会扔，扔不起。”

林源笑起来：“好看的东西就该好看的女孩用。”

孟芮眉头皱了起来，林源观察她。孟芮平时的面部表情也是紧绷的，她总是不经意抬着下巴双唇紧闭，把清冷高傲明明白白写在脸上，但这会儿一皱眉，显得可爱又迷糊，林源痴迷了。

“你是打算追我吗？”

“是的。”

孟芮看着他，说：“开学的时候有个开宾利的追我，长得也不错，他说每个月给我十万，我没答应。”

林源被噎住了，他没想到孟芮胃口这么大或者说这么直接。花钱给姑娘他愿意的，他喜欢漂亮姑娘收到礼物后冲他撒娇的娇俏和虚荣，但他真没想过玩这种，十万他有，送给孟芮的那个包也不便宜，但孟芮这么一开口，他怎么突然觉得十万很多呢？

“请拿走你的礼物。” 孟芮重复。

“可以，加个联系方式。”

“你叫送东西的人今晚去我宿舍拿，我会把联系方式写在你的卡片上。”

“说话算话。”

孟芮没回答，转身走了。

她走路的姿势依旧很傲，昂首阔步，目不斜视，像刚刚赢得一场胜利一样。林源跟在她后面慢慢走，心里不太爽。

晚上，林源拿回了自己买的东西，顺手挑了一件送给了跑腿的妹子。妹子很高兴，说改天请他吃饭，林源一向不拒绝妹子的邀约，但这次没兴趣了。

孟芮给的联系方式他加了，QQ 号，是她班级辅导员的。

林源不想理她了。

他也的确没理会。

不过偶尔在学校碰到孟芮，她的漂亮还是会让林源忍不住去逗她，但孟芮一如既往不怎么搭话。

这算是林源最失败的一次追求，到现在没加到人家的联系方式，朋友们知道后嘲笑过他几回，后来他就渐渐忘了。

天冷了之后，林源起不来床，思想道德基础与法律修养课他找了个代上课的同学替他去，一节课二十块，很划算，林源直接用微信支付了剩下半学期的。

“帮我看看我的代课同学到没到啊……”林源在被窝里交代室友，李书禹没理他。

教 13 号楼 105 阶梯教室。

李书禹和王明亮到的时候后排好座位已经满了，这堂课两个班一起上，人多。

王明亮坐到中间和一个女生聊天去了，李书禹拿着专业书坐在最后一排对着后门的边上。

上课铃响，老师开门进来，李书禹感到一股穿堂风呼啸而来，他冷得抖了一下，头顶传来一个声音：“借过一下，谢谢。”

李书禹抬头，看到半张白皙的脸庞。他起身让开，女孩进去坐在他旁边。

李书禹落座，老师开始点名，他翻开专业书看自己的，旁边的女孩也带了本书，是雅思真题。

“林源。”老师点到。

“到。”李书禹旁边的女孩举手。

顺利通过。

李书禹看她一眼，原来她是来代课的。

点完名，女孩没走，专心致志开始做题。课间休息她也没动，一直到下课才走，全程没有看李书禹一眼。

她走后，王明亮挤过来拍了拍李书禹：“孟芮哎！”

李书禹没懂。

“就是林源上个月追的那个姑娘，经管的那个美女，我的天！这是什么情况！”

李书禹为他解惑：“代上课？”

王明亮并不捧场他的冷幽默。

两人随着人潮出了教室。另一批学生进了105对面的教室，李书禹注意到孟芮也在队伍里，不是他刻意找寻，孟芮一米七二的身高很显眼。

他给人让路的时候低头扫到了对方手里的课本，还是思修课。

孟芮家里的确不富裕，学费也是申请的助学贷款，倒不是家里一下子拿不出万把块钱让她读书，孟芮自己算过一笔账，贷款对她家情况来说划算些。

她老家是小县城的，单亲家庭。原本她家也算小康富足，爸爸在外面包工程，妈妈是家庭主妇。孟芮初一那年，爸爸出车祸当场去世，同时还撞死了另一辆车的车主，对方是家里的独苗，才二十五岁。

孟芮的妈妈拿出所有存款赔偿了对方的家属，然后开始一个人带着女儿过日子。

孟芮爷爷家从那以后和孟芮母女断了来往。外婆这边在经济上帮不上忙，孟芮妈妈做过各种工作，最后去卖保险，有业绩的时候就赚钱，没业绩日子就稍微紧一点，但也没穷到吃不起饭。只是这么多年来，受害者家属总是时不时找上门来，孟芮妈妈理亏，总是人家要什么她给什么，这也是孟芮选择贷款的原因。她家现在不缺一年几千块钱的学费，但有时候她家就需要几千块钱活下去。

助学贷款不多，按照她的录取通知书上所示，她每年贷六千，总共两万四。

孟芮和妈妈商量好，大学以学业为重，有时间就打打工没时间就算了，等毕业，家里给她一次性还清就是了。

“我一个月攒五百都够了，你可千万别到处去打工。”临行前妈妈叮嘱她。

孟芮同意了，也是这么打算的。

她当然要以学习为主，所以到目前为止她只做了两份兼职，一个是加入收入可观的礼仪队，另一个是钱很少但不影响她学习的代上课。

反正不上课的时候她也会去图书馆看书，不如赚个几十块，两天的饭钱都有了。

得知给他代上课的是孟芮，林源整个人都激动了起来。

他得去上课，但他不能让孟芮不去上课，于是他决定花钱让孟芮给他签到，他义务替王明亮上课。

王明亮没什么意见，就是觉得不能看戏有点可惜，不过他最近在追一个中文系的女生，也挺忙。

孟芮总是最后一个踩着点进教室，她不跟人说话，见了林源也没表现出意外。

林源忍不住和她说话:“你看到我的名字、学号,不可能不知道吧?”

孟芮奇怪地看着他：“你不需要了吗？我把剩下的钱退你，这节课不退。”

林源摆手：“不不不，你继续上。”

孟芮又开始做英语题。

林源翻她的书继续搭话：“你要出国啊？出国很贵的，你一天挣二十得攒到什么时候去？要不我给你介绍个工资高的兼职？”

孟芮不理他，专注于阅读理解。

林源侧面坐着看她，越看越好看，都说一白遮三丑，但这姑娘本身就不丑。

课间，林源滔滔不绝打扰孟芮，孟芮拿着水杯起身离开。

她走后，林源从她的书里抽出来两张纸，上面是一份学习计划，下面是一份招聘信息。

林源看了一眼招聘的公司，他的表情垮了。

这公司他知道，很多人都知道，但没几个人知道这家公司的“太子爷”就坐在这间教室，他的名字叫李书禹。

孟芮接完水回来，想着把钱退给林源不再给他上课了，别的都无所谓，林源很打扰她学习。不过她回教室以后，林源走了。

下课后孟芮用微信把费用转给林源。林源收了，回她：不收钱你也会去上我们专业的课吧？

孟芮回了个问号。

林源没再回，他彻底对孟芮没兴趣了。不就是个想钓大鱼的，装什么啊。

林源认定孟芮会继续去上思修课，因为她高傲，来蹭专业课容易暴露，非得师出有名来接近李书禹，林源越发瞧不起，上课前还特意跟李书禹说了句“小心被钓”。

李书禹没听懂，也懒得问。

半小时后，李书禹微信找林源：点名了，你的代上课同学没来。

漂亮是能获得优待的。

这个道理孟芮打小就知道。

如果她的人生轨迹正常发展，或许她也会和有些漂亮姑娘一样，中学和“校草”早恋，大学竞争个“校花”享受追随的目光，或许她还会因为年轻漂亮早早嫁一个富豪享受荣华富贵……可惜的是，孟芮遭遇家庭变故的时候才初一，情窦没开，没想过恋爱，等她陪着妈妈熬过了最艰难的日子，她的恋爱观从来就没往那边靠过，她的路只有一条：靠自己，靠实力。

孟芮的妈妈也是个美人。

最艰苦的那几年不是没有男人想帮忙，孟芮母女有的是机会靠孟芮妈妈再嫁一次过上好日子，但孟芮妈妈选择单身。

孟芮妈妈总是说，女人容易在脆弱的时候做出错误的选择，所以她尽量自己扛。

孟芮跟着妈妈过没觉得日子苦，但她希望自己早一点独立照顾妈妈。

她不能在慌张着急的情况下盲目选择，她从大一就开始制定目标，她毕业要面试清泉集团的管培生，除了看中这家企业管培生的发展前景，她更看中这家公司管培生轮岗分配可以自主选择工作城市这一条，孟芮想带妈妈彻底换个地方生活。

她一入学就把清泉管培生历年的招聘信息打印了出来，她用四年去准备一场面试，志在必得。

除了本专业技能，孟芮还计划考过雅思，培训班没钱上她就自学，最好能再学一门小语种。另外她一直在关注清泉管培生项目面试者在网上分享的经验，提到的技能点她都记下来，找时间学。

目前她需要一台笔记本电脑，孟芮的计划是寒暑假去打工，她的需求不高，三千左右的国产本就能满足。

她把自己的一天安排得满满当当，宿舍就是个睡觉的地方，但也因为跟同学相处时间少，孟芮和班里的人都还比较陌生。

周五，大一班级群通知大家晚上七点去开班会，为了迎新晚会的事。

迎新晚会本来是大二大三的负责，但学院今年倡导让新生参与进来，好多专业都有大一代表作品。

经管学院的新生节目出在孟芮班上，文艺委员陈贝贝负责组织，她写了个小品本子叫《趣味面试》，现在差一个女演员，角色是搞笑的无脑美女面试者，立意是讽刺职场潜规则，提名演员正是孟芮。

班里男生都没说话，这种时候别把他们拉上台他们就谢天谢地了，哪敢“送人头”？女生则一致等着孟芮点头，好像是商量好一般。

孟芮考虑了一分钟，同意了。

孟芮在听到要上台表演时下意识抗拒，她没有公开表演的经验，而且孟芮在中学阶段有几年比较害怕跟人说话，不过现在她决定面对这个性格缺陷，管培生本身就需要候选人性格主动积极，孟芮得锻炼自己。

但她不知道的是，这是陈贝贝故意给她写的角色，她看不惯孟芮。

孟芮入学后才加入了班级群，但好多同学在拿到录取通知书之后就已经在校内网互相联系建好了群。整个高考后的暑假下来，大学班里好些还没见过面的同学都已经熟悉了，其中有一对同学还互生了好感，说“好感”是因为两人还没正式确立关系，男生要先见面。

这个男生是二班的，叫苍岩，女生就是陈贝贝。

很俗套的后续，苍岩开学报名时对孟芮一见钟情，直接忘了陈贝贝是何人。陈贝贝没挽留，苍岩也不回头。

陈贝贝一开始也没有讨厌孟芮，但孟芮实在是清高孤傲，开学以来她也不跟人说话，有两回在校园里遇到，陈贝贝还主动对孟芮笑，孟芮没理她。再后来时间久了，关于孟芮的闲话多了，陈贝贝内心的厌恶就逐渐滋生了。

其实是陈贝贝误会了，孟芮有点散光，十米之外看谁都模糊，而且她走在路上习惯想事或者复习功课，并不关注路人。

陈贝贝觉得这算不上报复，顶多是个恶作剧。选择权在孟芮那儿，她可以不上台啊。再说大一参与表演是学院倡导的，是为班级争光的事，班里能出剧本的只有她陈贝贝，孟芮只是恰好很符合这个角色罢了，算羞辱吗？这是集体荣誉。

要排练就得占用时间。

孟芮台词很少，她看了一遍就不看了，一问三不知只会撒娇装傻的角色，她临场发挥演个忘词的情节也合适。当然，排练她还是准时参加。

第一天排练就发生了不愉快。

陈贝贝跟大家交代服装的事，说是没有预算，个人准备，对孟芮的要求是要穿得性感。

孟芮不热衷社交不代表她傻，排练期间所有人对她的冷淡她怎么会感受不到，什么原因就没必要问了，孟芮只反思自己。入学以来她的确没有主动和同学交流，这是她的错，也就这一点错，她以后积极主动参与班级事务就是了。

孟芮说自己的看法:“你要展示的是一个花瓶角色而不是风尘女子，要漂亮，我穿什么都可以满足。”

围观的人窃窃私语，在场的一个男生没忍住欢呼起哄，陈贝贝的脸色十分难看。

“孟芮，麻烦你有点集体荣誉感。”

孟芮回：“穿着过于暴露上台有损专业形象，我这是为我们专业考虑。”

陈贝贝无话可说，但从此以后每次排练都有意无意地为难孟芮。

孟芮压根儿不在乎。

实际上孟芮还在观察陈贝贝，因为这次的事，她意识到自己入学后没有竞选班委，社团也就参加了一个礼仪队是一个决策性失误。应届生要看管理经验就是从参加校园社团等这些来的，她有点后悔，考虑问题还是不全面。

所以孟芮观察学习，看陈贝贝怎么管理演员组织一台小品。

可能是孟芮不说话的时候面部表情总是很孤傲，被她注视着容易误会，陈贝贝由此认定孟芮就是瞧不起她，心里更烦孟芮了。

这期间林源找过一次孟芮，别别扭扭地问她能不能继续去上课，孟芮解释说她没空了。

林源觉得孟芮奇奇怪怪让人捉摸不透——也不对，主要是这个姑娘总能让人想琢磨她。

林源琢磨了几天没琢磨明白，他假装不经意地问起李书禹。

李书禹很茫然：“她为什么要跟我说话？”

“真没有？问你借支笔之类的也没有？”

李书禹摇摇头，老实说他对这个孟芮有印象完全是因为室友天天挂在嘴上，他脑海里的印象就是一个爱戴帽子很文静的女生。

林源又烦躁了，这个孟芮有毒。

林源决定“以毒攻毒”，他立刻换了比孟芮还漂亮的音表系系花展开追求。

系花最近在排练音乐剧，林源下课后去看她。

排练室在东8号楼，要经过他们宿舍。林源和李书禹一起走，到了路口，林源硬拉着李书禹一起去。

他没想到在一楼排练室看到了孟芮。

她在干吗啊？演傻子吗？

林源站在门口看了半天，心情有点复杂。按理说孟芮这张脸演这种角色原本是一点不违和的，美女撒娇示弱能有什么不好看？林源见到孟芮第一面就期待她对他这么撒娇装傻，但问题是现在亲眼看到了，他怎么就觉得孟芮这个样子特让人难受呢？

怎么形容呢？林源只能描述为“孟芮被侮辱了”……

这个想法冒出来的瞬间他本人都惊呆了，孟芮真的有毒！赶紧以毒攻毒！林源决定等孟芮出来休息的时候当面“夸奖”她本色出演以求心理平衡。

没等多久，孟芮他们的排练时间就结束了，得让给下一批学生排练。里边的人一个个出来，孟芮在最后，她拿出手机低着头在看，没注意门口的人。

“嗨！”林源叫住她。

“你好。”孟芮面无表情。

“你要表演节目吗？小品还是话剧？你刚刚演的——”

孟芮的注意力都在手机上，她突然打断他：“有事吗？没事我要走了。”

林源那个气啊。

“介绍一下，这是李——书——禹！”

孟芮看了一眼李书禹，微微点头，走了。

林源不行了，他心底那股烦躁又冒出来了。他也不想找系花了，他现在必须立刻追上去让孟芮承认她就是冲着李书禹或者更有钱的人来的，这样他就解脱了，再也不会心烦了，毕竟他对这种女生没兴趣。

林源追了上去，李书禹莫名其妙，他以为林源要去表白，也不好跟着，于是自己在原地看起了手机。

“有病有病真的有病……”没两分钟，林源就嘟嘟囔囔骂骂咧咧回来了。

李书禹没问，林源肯定又被打击了。

但他不问，林源憋不住要自己说：“孟芮绝对有病！”

李书禹不赞同：“追不到就诋毁不太好啊。”

林源呵呵笑，他这回是正儿八经绝不后悔地看不上孟芮了，所以也要提醒兄弟别上当，他对李书禹说：“孟芮的目标是你。”

“啊？”李书禹惊讶。

林源把他在宿舍没吐槽的，王明亮没来得及笑话出来的都跟李书禹讲了。

李书禹不信：“我觉得你可能猜错了，她完全没有跟我说过话或者试图引起我的注意。”

“她还用试图？那么大个美女站你面前就是吸引力。”

李书禹看着他，表情微妙。

林源被鄙视了：“你敢说你不觉得她好看？”

“客观评价，是好看。”

“兄弟，我劝你一句，别上钩，这种女的城府深，甩不掉。”

李书禹拍掉他的手，淡淡地问：“哦？这是追不到人后强行挽回尊严？”

“滚滚滚……”

林源终于想起系花，跑回去接人吃大餐去了。

李书禹在这之前对孟芮毫无兴趣，但此刻他在独自回宿舍的路上一直在想孟芮。

这个女孩让他感到矛盾。

林源说她缺钱，李书禹信。孟芮的家庭条件一般明眼人都看得出来，比如今天她拿的手机，比如说她在做一百分钟二十块报酬的兼职。

但林源说她拜金，李书禹不信。

一个缺钱的学生应该渴望多赚钱，但孟芮显然不是。李书禹知道学校里代上课的不少，一般都是赚快钱，点完名就走人，孟芮却踏踏实实坐在那儿学习，而且她很专注，为了二十块钱这么敬业吗？李书禹觉得不至于，毕竟报酬比这个高的兼职有的是。

李书禹唯一能想到的合理解释就是对于这个缺钱的孟芮而言，时间用在学习上比用在打工上更有价值，很聪明的女孩，有目标，有远见。

从这个角度看，林源的“放长线钓大鱼”理论也能勉强沾上边，假设孟芮是冲着钓有钱人来的，那这个套路也符合她的水准。

想到这里，李书禹不禁摇了摇头，他猛然发现自己不能接受这个假设，像是当面羞辱了孟芮一样，非常没有礼貌。

林源还一口咬定她要钓他，证据是孟芮在研究他家的公司，这就更不可信了。

清泉作为知名企业一向在经管专业毕业生的求职目标范围内，孟芮研究清泉人才选拔条件合情合理，况且她也没地方打听李书禹的家境。

想到这里，孟芮专注学习的样子又在他眼前浮现，这让他对自己的判断更加确信，也让他感到意外，他怎么对孟芮有这么多观察和记忆？

孟芮班里的节目在最终彩排的时候被砍掉了，理由是超时。

辅导员安慰陈贝贝：“小品立意还是很好的，毕业晚会我们再上。”

大家都愤愤不平，排练了那么久现在才砍？陈贝贝组织聚餐，在校外的烤鱼店，孟芮也参加了。

她想的是多融入集体活动，没去想大家不欢迎她的事。

刚到烤鱼店，点完菜，林源和李书禹几个人也来这儿吃饭。看到孟芮，林源激动了，跑过来搭讪。

他们能有什么话题？只能问问小品的事，这一问，一桌子人都沉默了。

“我们的节目被取消了。”孟芮解释。

林源尴尬了一秒然后指着孟芮哈哈笑：“是不是老师看了你的表演被吓到了？你那也太傻了，传出去影响我校名声，外面的人还以为我校毕业的都是你这样的，可不得取消嘛。”

“噗！”陈贝贝笑了。

原本憋着的火被林源这么一打趣消了一大半，陈贝贝顺势和林源聊起来，最后林源干脆自作主张要求拼桌，没人有意见。

李书禹坐在了孟芮旁边，两人隔着桌子角。

他忍不住去看孟芮，林源刚才的玩笑一点也不好笑，孟芮应该尴尬吧，但她脸上一点表情都没有。

林源也一直偷看孟芮，期待她有点什么反应。

这会儿林源已经自我介绍完了，他介绍完，陈贝贝就知道他是谁了，毕竟林源追孟芮追得还挺高调的。陈贝贝看孟芮低着头不说话，突然对她产生了一丝同情，像她这样长相普通的可能会遇到外貌歧视，但美女也会被不着调的富二代追着玩啊，归根到底女生都不容易。

能干掉对同性嫉妒情绪的绝对是同情，陈贝贝突然同情起了孟芮，先前的不愉快就忘了个干净。

开始上菜，孟芮没怎么吃，也不怎么跟人说话。李书禹坐得近，他不知道自己是怎么想的，突然就给孟芮夹了一筷子鱼。孟芮回了个信息抬头看到碗里有东西才说了声“谢谢”，也不知道冲谁说的。

饭桌上热闹起来，孟芮也开始参与大家的谈话，只是她能插上话的时候比较少，李书禹在一旁看着，对她的印象又刷新了。

听林源描述，孟芮是个直言不讳、言辞犀利的性格，怎么这会儿看着怯生生的？融不进集体的感觉，这种融不进去又不像是因为自身高傲不愿意融入，而是有点不知所措的意思，真是个矛盾的姑娘。

吃到一半，孟芮手机响了。她拿出来，是日历提醒，大概是有重要的事。孟芮关掉提醒之后就跟大家说再见了。

她离开没一分钟又回来，小声问陈贝贝 AA 的费用，林源听到后直接说他来请客。

孟芮看了他一眼，从他腿上拿起自己的围巾抓在手里走了。

李书禹感到无聊，没多久也提前离席回宿舍去。

今天不是什么特殊的日子，明天是。

明天是父亲车祸的那位受害者的忌日，每年这个时候，孟芮母女的日子都不太好过。

孟芮来上学前交代了邻居阿姨帮忙照看，她最近忙，把这事都忘了，幸好提前设了日程提醒，孟芮想给妈妈打个电话。

孟芮妈妈在家看电视，问起她最近过得好不好。

孟芮笑着讲述自己的日常生活：“特别好，跟同学每天一起上课一起吃饭一起玩，我现在就在跟同学聚餐呢，我们在吃烤鱼。妈，我告诉你，我差点上台演小品了……”

通话持续了半个小时，孟芮讲完了也回答完了妈妈的问题，她故作轻松地提起明天。

孟芮妈妈说：“没来啊，这都多少年了，也闹够了，别担心我，大不了明天我和你王姨去农家乐玩，你该放心了吧。”

孟芮：“嗯……那我挂了，你早点休息，照顾好自己啊。”

“知道了，你也是，多穿点别感冒。”

MengRui

孟芮的妈妈有许多优点，最明显的一点是不会撒谎。去年这个时候孟芮还在家和妈妈一起承受谴责，这会儿她就说什么过去多少年了。

她又想到出事那年，徐家人来家里闹，她记得自己听妈妈的话去泡了滚烫的热茶，她记得妈妈如何哭着道歉任人打骂，她还记得那位阿姨如何端起滚烫的茶水泼到了妈妈的身上……

孟芮有好几年不爱和人接触，她不爱听别人说她是杀人犯的女儿，不爱听邻居说她和妈妈多可怜，也忘不掉徐家一直放话要她和妈妈偿命。

她有好几年不爱和人说话。她每年的这天晚上都会因为恐惧而难以入眠。

明天是忌日，她父亲的忌日。

孟芮从黑暗里转身，看到路灯下站着的李书禹。她擦身而过，下意识抬高下巴。

校礼仪队最近工作很多，主要是各学院迎新晚会。这样的迎宾工作一次有两百元报酬，另外包一顿晚餐，到学期末孟芮靠这个能赚一千二。

这周六傍晚就有一场迎新晚会，建筑与设计学院的。

碰到林源是合理的，他就是建筑系的，李书禹也是，他们跟班上同学一起来的。林源站在孟芮面前嘻嘻哈哈要跟她合影，孟芮保持微笑不予理会，他闹了两分钟被组织部的干事拉进去入座了。

晚会七点半开始，孟芮六点就站在门口了，等开场的时候，她的脚已经很痛了。孟芮把放在门口墙角的包拿过来现场换了帆布鞋，她穿好羽绒服刚准备回宿舍卸妆，礼仪队的老师叫住了她。

今晚有个节目需要一个礼仪小姐上台送道具，原本定好的人选临时有点事所以找上了礼仪队，老师第一个想起的就是外形条件最优秀的孟芮。

孟芮没拒绝，举手之劳罢了。

“感谢美女同学救场，还要麻烦你去后台换下衣服，我们准备了服装，主要礼仪队这个服装太明显了……”

孟芮跟着去后台换装，她自己的高跟鞋和礼服不搭配，工作人员又给她找了一双，有点高，孟芮不是太习惯，找了个不挡道的地方慢慢走适应着。

这个节目排在很靠后的位置，她一时半会儿走不了了，组织部的学姐让她去台下看节目。她说不介意的话就在后台等。

孟芮在后台背单词。

第三个出场表演吉他弹唱的林源和乐队成员候场的时候就看到了这么一个画面。

“你是不是太过分啊孟芮，你怎么不表演头悬梁锥刺股啊？”林源受不了。

孟芮背自己的单词。

林源不理她，走远了又回头叫她：“要不要来看我弹吉他？”

孟芮摇头。

林源“嘁”了一声：“跩个……”

表演的时候林源只把琴弦当孟芮，一个吉他弹得贝斯手都想踢他屁股。不过这种节目一向受学生欢迎，现场还一起大合唱来着。孟芮也听到动静了，她走过去在后台幕布那儿看了一眼，心里想着等以后自己挣钱了也抽时间学个特长，乐器或者手工，什么都好。

表演完林源来后台，这才想起问孟芮一个经管的干吗来建筑学院晚会后台背单词。旁边同学给他解释。林源听后便不走了，跑去观众席坐着要看孟芮上台。

李书禹和王明亮给他留了位置，他坐李书禹旁边。

“一会儿孟芮上台。”

“礼仪队的，来救场，演礼仪小姐……”

林源吐槽不断，李书禹的脑袋在听到孟芮名字的时候就嗡嗡作响，他最近频繁梦到孟芮，梦到她那晚从黑暗里走出来的表情。

梦里他能清晰地看到孟芮下巴微微颤抖，那是尽量压制崩溃情绪的反应。她一次次重复出现消失在黑暗中，时而双眼含泪，时而高傲倔强。

林源还靠近李书禹嘀咕吐槽：“哎，你说孟芮装不装？刚刚在后台背单词呢。”

李书禹还是没回答。

倒数第三个节目——魔术表演，孟芮按照流程上场送道具然后下台，很简单。

孟芮换好衣服出来碰到礼仪队老师，老师问她想不想接校外的工作，报酬很高。

“什么时间呢？期末考试之后我都可以，最近时间紧要复习功课。”孟芮说。

“什么时间都有。我加你微信，你看我朋友圈吧，有空找我就行。”

陈老师经常帮学生介绍工作，都是正经活动，哪怕是车展车模的活儿，也不会挑要求穿着暴露的。她是赚人头钱，但她也会为学生考虑。

孟芮加上了微信立刻去看陈老师的朋友圈，翻了半天发现有些招聘内容的字眼让人很不舒服，她暂时决定不去。她还没缺钱到这个程度，参加礼仪队攒的钱也有一千多，寒假再打个短期工，差不多了。她在网上看了一款打折的笔记本电脑，标价：2899 元，她能负担。

收拾好东西往宿舍走，路过湖边的时候孟芮看了看时间，还早，她决定去湖边把今日份单词背完再回。宿舍虽然也不吵，但总是没有学习的氛围。

剧场内，演出马上要结束了，李书禹突然接到姐姐李写意的来电，他拿着手机出去接。

“找我干吗？”

李写意很不满意弟弟这个态度：“怎么跟你姐说话呢？没事不能找你啊？”

李书禹：“没事我挂了。”

李写意：“我下周末去你们学校。”

“你来干吗？”

“演讲！顺便看看毕业生中有没有人才。”

“哦，来了别找我。”

李写意生气：“滚蛋！”

“拜拜。”

挂了电话，李书禹不想回去了，他往湖边走去，走过去后看到不远处有个人在路灯下看书。

他想起林源的提问。孟芮装不装？一点也不装，孟芮认真学习的样子一点也不装。

李书禹站着看眼前黑漆漆的湖面，冬天的夜晚挺冷的，也不知道是不是孟芮太瘦的缘故，他总觉得她穿得单薄。现在穿着旗袍套着长羽绒服是真的单薄，高跟鞋和裙底之间露出来的脚踝有点红，在夜色的衬托下十分显眼。

他想问孟芮冷不冷，就看到她打了个喷嚏。

她冷。

背不下去了，孟芮把单词本装进书包，她书包里还有高跟鞋。把鞋袋子拿出来整理一下书本，再放回去的时候孟芮把黑色漆皮高跟鞋拿出来放在了脚边，下一秒她就换上了高跟鞋翘起腿开始欣赏。

这双鞋是她在校外买的，四十五块钱，一眼能看出来价钱那种材质，孟芮怀疑这双鞋撑不到放假。

其实她穿高跟鞋很好看的，比如刚刚在后台穿的那双，再比如……

林源送她的那双 LV，孟芮一个人的时候才敢回忆，其实她把那双鞋拿出来光着脚放在脚边欣赏了很久，她没试穿，但她欣赏了很久。

漂亮鞋子她想要，但不是自己买的她就不会穿，孟芮相信自己以后可以买得起最贵最难穿的高跟鞋。

好想快点赚钱啊！

另一边的李书禹看得认真，他觉得自己能感知到孟芮的心理活动，她这么漂亮真的很适合穿好一点的衣服，比如今晚上台的那半分钟，孟芮身着礼服的风采让很多同学都不再在意魔术的结局，其中也包括李书禹。

孟芮欣赏够了，又穿回自己的帆布鞋。她收拾好东西站起来面对着湖面双手叉腰，仿佛在给自己打气。

李书禹不自觉笑着，目光离不开孟芮，他觉得这一刻的孟芮十分可爱，他在想，这么好的姑娘，她想要的一定会拥有。

他有点想看到那一天。

他觉得她还是适合站在阳光下扬起下巴，骄傲自信地阔步走，不要躲在黑暗里咬紧牙关。

孟芮走过来，看到他，笑了笑算打了招呼就离开了。

李书禹走到大路上，晚会散场了，林源打电话问他在哪儿。

在等林源来的时间里，李书禹确定了一件事，他想追孟芮。

怎么确定的呢?

他承认自己从这一刻开始介意林源骚扰孟芮。

“怎么了？愣什么神啊？”林源看着欲言又止的李书禹问。

“问你个事。”

“说。”

“你还要追孟芮吗？”

“拜托，谁要追她啊！”林源很不屑。

“我。”

林源傻眼，他不信，再看李书禹一脸严肃，问：“认真的？”

“是。”

林源没说话，从兜里掏出一支烟点上，再抬头，他的眼神中有无所谓还有一丝失落：“她勾搭你了？”

“没有。”

“嘁，随便，你想追就追，我又没跟她好过。”

“那你把她微信推给我一下。”

林源吐血：“你真行。”

第二章

难追的孟芮啊

李书禹加孟芮好友，她通过的时候自动分组在代课标签下。李书禹已经发来消息，跟她说周末有清泉集团的校园宣讲会。

“谢谢。”孟芮有点好奇他怎么没头没脑跟自己说这个。

“这次是面向毕业生的，你要去的话早点过去占位置。”李书禹提醒。

“好的，谢谢。”

孟芮查了下学校的活动公告，是真的。她有时间一定会去，但不巧的是周六同一时间她得去礼仪队开会。

但这也不是特别遗憾的事，毕竟她才大一。

周六下午开会出来，孟芮收到李书禹微信，问她有没有去。

“没去。”

“嗯。”

时间还早，孟芮准备去图书馆做一套英语真题。路过大礼堂的时候很多同学走了出来，门口摆着的 X 展架上是清泉集团宣讲会的海报。

孟芮站在展架前遥望礼堂，想着能不能看到李写意李总出来，她特别欣赏李写意这种智慧和美貌并存的女生，她自己也在努力成为这样的人。

还真给她看到了。

李写意跟媒体上发的照片差别不大，真人看着更亲和一点，也更年轻，脱下那身高级正装也就是校园里的漂亮学姐。

她身旁围着校领导和工作人员，孟芮有股冲动想过去打个招呼，跟她聊几句。

她看过一个帖子，据传现任清泉集团西南区域市场总监的方勤当年就是主动创造机会进的清泉。方勤连大学都没上，只有一身线下零售的经验，他的简历进不了面试筛选就直接蹲点守着主管递简历。

孟芮倒不想递简历，她就是想和李写意聊聊天，锻炼锻炼自己和陌生人主动攀谈的能力。

可惜她没能靠近，因为她看到李写意招手叫来身后的李书禹拉着他一起上了车。

“喂！”

孟芮被吓到，转身看到林源，她皱了眉头。

林源看向李书禹那边，意味深长地对孟芮说：“你可以啊孟芮，有点手段。”

“什么？”

“行了你就别装了，你不就是冲着李书禹是清泉集团董事长的儿子才勾搭他的吗？”

孟芮没生气，她只是回忆起了李书禹加她微信的方式：好友林源推荐。

她没搭理林源，转身去图书馆了。

林源被无视后很不爽，不过也就不爽了一秒，如今他确定孟芮是冲着清泉集团来的，放下她毫无负担。他去接姑娘约会，今晚他就把关系确定了，潇潇洒洒度过大学四年。

孟芮到了图书馆之后拿出手机调静音，调完她想起了李书禹，第一次点进了他的朋友圈。他的朋友圈几乎都是分享建筑类的文章和图片，生活类分享也是他周游世界拍的各种大师设计的建筑，孟芮马上联想起李写意和李书禹的长相。

这对姐弟长得很像。

想完她就投入到英语真题中。

李书禹加她微信是想追她吗？或者跟林源一起戏弄她？

随便吧，孟芮不在意，每个人的生活侧重点都不一样，她管好自己就行。

她的猜想很快得到了证实。

第二天，李书禹约她见面。一般情况下孟芮不会接受异性不明确的邀约，但如今因为林源的话她心里也有疑问，所以她去了。

李书禹说喜欢她，问能不能追她。

孟芮的疑问落地，豁然开朗，她扬起一个饱满的微笑，说："抱歉，我不谈恋爱。"

说完她就走了，转身离开的瞬间她心底闪过一丝遗憾。不知道为什么，如今确定了李书禹也和林源一样不靠谱，她觉得可惜，毕竟这人在之前见面时都还挺正常的。

难道有钱人家的孩子都是这么任性吗？孟芮从何得知呢？

她想，先努力把自己变成富一代呗。

李书禹很少冲动，但他那天在李写意的车上看到孟芮和林源说话，他的理智就没了。

他本没打算这么仓促表白，具体怎么表白合适还在琢磨，他目前还没好好和孟芮认识过，先自我介绍一下从朋友开始应该是比较合适的。

计划是这么计划好的。

但孟芮没给他时间，她说她忙，没空闲聊，有事快说。

时间紧迫那就挑重点说，李书禹张口只能说喜欢她，想追她。

十分轻佻，跟林源一样，跟另外那些追求者一样。

他编辑了长长的解释发过去，收获了一个被删好友的红色感叹号。

有点受伤……但错在自己，唐突了。

因着这点出师不利，李书禹更确定了自己对孟芮的好感，连被删好友都受不了的喜欢。

他想，他得给孟芮时间，期末了，孟芮肯定要抓紧时间复习，他也是。

万万没想到的是，孟芮从此只当没见过他这个人。

他经常在学校里碰到孟芮，她永远抱着书本在去教室和图书馆的路上，偶尔在食堂遇到她也是随便吃一点就马上离开。

李书禹越来越沉不住气，他总是忍不住去想，在孟芮的脑海里他和开价十万的"宾利"是一样的，和送名牌包的林源是一样的。公平来讲，他和这些人是有共性，但这些人对孟芮的追求是短暂的，是看不到回报就会立刻收手的。

但他不是啊。

他是来追女朋友的，他是想进入孟芮的生活和她一起分享人生的。当他把她介绍给自己的朋友和家人的时候，在那些习惯先问对方家里做多大生意的人开口的时候，他会骄傲地说："我的女朋友不是生来就有财富的，但她是创造财富的人，她的优秀不可估量。"

当然了，他看上的不是孟芮的财富创造力，他看上的是孟芮的生活态度。他从没见过任何一个人有这样的生活态度，认真、坚定、骄傲、自信。

这样的孟芮怎么会轻易看上任何人？李书禹觉得自己必须要跟她重新自我介绍，告诉她，他和她有着相同的价值观和生活态度。

她应该给他一个机会。

期末考结束，李书禹在图书馆门口等到孟芮。

孟芮看看时间："十分钟，我还有事。"

两人去旁边树下。

"孟芮，我想你可能误会我了，我不是因为你好看或者……"

"我不好看？"

李书禹愣了一下，笑了："好看啊，我是想说——"

孟芮抬手打断他："你知道我的目标是毕业后进清泉集团吧？"

"嗯。"

"你妈妈是清泉集团董事长吧？"

"嗯。"

李书禹叹气，他几乎能猜到孟芮即将脱口而出的话了，家境差异大不合适云云。

但是她说："那你能帮我进清泉集团吗？"

她盯着他，一脸认真。李书禹总算亲自感受到孟芮的伤害值了，他说："你不需要，以你的能力，任何公司招聘你都是正确的选择。"

孟芮并没有吃这一套，她说："那别浪费我的时间。"

说完她就要走。李书禹都蒙了，还有这样的？

他追上去，挡住她："那我要是说我能让你进清泉呢？"

孟芮看着他，平静地说："我现在还不去，毕业再联系。"

看着她匆匆离去，李书禹笑了。他的笑有两层意思：第一层意思是他笑自己见了孟芮就失去冷静，总是被她牵着鼻子走；第二层意思，他还是笑自己，到了此刻，他居然还觉得孟芮对他和对别人不太一样，至少她没有像对待林源那样无情。

但他想错了。

孟芮就是没时间浪费才选择速战速决，当然她也得看对方的态度，林源那种不靠谱的人就不留情面了。李书禹嘛，以前没冒犯她，现在没羞辱她，开个玩笑打发掉就好。

在有钱人泡妞的游戏里，她不愿意做猎物，但她也不想让人觉得她小家子气没有游戏精神。还没怎么样呢，她就一本正经地回绝表态，容易显得她自视甚高。

真相是孟芮的确看得起自己，目前这些人她一个都看不上，但她的傲气她自己维护，谁也别想当面嘲讽她。

孟芮是赶着去学校办公室找辅导员，放假她要留校一周，得去交申请。

寒假她找了个兼职，礼仪队一个学姐叫她去的。两个活儿，一个是一家地产公司的活动，做三天服务员，报酬是日薪五百；一个是车展，也是做三天服务员，报酬是日薪六百。其实做车模的话工资更高，培训也没什么难度，但孟芮不想站在那儿露着大长腿让摄影师拍下来上传到网络。她暂时还不想靠容貌变现，这是她留给自己的最后一条退路。

这六天的收入足够她买电脑，买了电脑她就暂时没别的大项开支需求，下学期可以更专注学习。孟芮的计划是让自己的 Office 和 Photoshop 水平达到专业级别，Office 入门很简单，但专业级别很难。孟芮知道有人仅靠着一手玩转 Excel 的好技术就能养活自己，她对自己也是这样要求的，学什么都不要一知半解，学什么，就要什么成为傍身之技。

清泉每年的管培生报名人数破万，她的学历能刷下去一批，她还要靠简历上列出来的每一项技能继续刷人。

李书禹来加孟芮的微信，她拒绝，反问他：不是说好毕业再联系吗？

李书禹又加她：你不加我微信毕业我上哪儿找你?

孟芮没再回。

李书禹坐在宿舍叹气。准备去约会的林源看了他一眼，问："什么情况？还没追到手？"

李书禹不说话。

林源边出门边感慨："有意思，真有意思，你慢慢陪她玩吧，老子约会去。"

林源深觉孟芮有毒，不知不觉勾引到了李书禹又不答应，平时也没见两人联系，李书禹虽然不谈论孟芮，但他对孟芮的维护态度很明显。

有一次他还来了句"我们又有什么了不起，除了会投胎什么也没做到"。

林源讨厌这种反思，条件好是罪过吗？一个人一个命，享受了资源反过来抱怨，像话吗?

孟芮比他想象的还要"有毒"，像林源和李书禹这样家境的，最怕遇到孟芮这种让人怀疑人生的姑娘。

是，他之前是觉得孟芮又美又穷又飒很来劲，但他希望孟芮能有所需求，物质或者爱情选一个，谁承想她或许都不要?

他想劝李书禹一句，想说一句"漂亮女孩信不得"，但回头想想又放弃了，让李书禹自己碰壁去。

孟芮的形象总算清晰了，她就要你难受，要你思考人生哲学问题，用她的清贫和努力突显自己最努力最牛，骗的就是李书禹这样没什么感情经历的纯情少年。

行了，再见，不奉陪，他今朝有酒今朝醉，买个礼物看漂亮妹妹不香吗?

李书禹没办法了，悄悄注册了新微信加孟芮好友，说下学期想请她帮忙代上课。孟芮没多想，直接把他分类到代课群组，然后说下学期课表出来再看是否有时间。

放假前一天，李书禹在食堂遇见孟芮，他本来想先问问能不能一起坐，转念一想食堂又不是她家开的，他当然可以坐。

于是他坐了。

孟芮就点了一碗酸菜肉丝面，肉丝少得可怜。李书禹点了三个荤菜，有鱼有排骨，他没动筷子，推过去一点，问她吃不吃。

孟芮摇头："减肥。"

李书禹："你都瘦成人干了。"

孟芮："谢谢。"

李书禹不管，把排骨夹到她碗里。孟芮看了他一眼，然后吃了。李书禹松了口气，怕她嫌弃自己不敢动筷子，又给她夹。孟芮嘴里的肉还没吞下去，加速咀嚼完冲他喊："吃不下！"

李书禹被她吼得心情大好。

李书禹开始动筷子，问她："你什么时候回家？"

"明天。"

"哦，你家远吗？"

"还行。"

"那你什么时候回来？"

"开学。"

"你坐什么回去？"

"我走路回去行吗？"孟芮不吃了，收拾了一下要去放餐盘。李书禹也跟着要走，孟芮指着墙上"光盘行动"的图标示意他坐下继续吃。

李书禹的确不爱浪费食物，继续吃，吃了几口，孟芮人都不见了他才反应过来，她怎么不光盘？

晚上他又用常用号加她微信：你开学回来要是东西多我去接你。

凌晨，孟芮通过了，但没回他信息。

孟芮骗人。

她根本没回家。

她昨晚发了条朋友圈，拍的是学校里的“校宠”流浪狗。

李书禹有点受伤，骗他就骗他，能屏蔽一下朋友圈吗？这也太伤人了。

李书禹家在有名的清泉湾，是的，这个城市有清泉集团，有清泉街，有清泉研发基地，还有清泉湾。

他猜想孟芮是留校打工，所以他得一大早去找人，他家这边不好打车，他只能坐家里的车。赶到学校是七点半，他让司机先回去，他去找孟芮，结果孟芮已经在去打工的路上了。

李书禹决定晚上再来找她。

一天时间没地方去，八点的时候，李写意打来电话，李写意听到他一早用了司机，决定给他买辆车。李书禹的驾照刚下来，家里的车他肯定不想开，买辆经济型的让他代步好了。

李书禹本来不想要，但现在又觉得没车确实不方便，他还想接送孟芮呢，于是同意了。他也不去看车，叫李写意安排。

李书禹也不想找朋友玩了，他去图书馆找了个位置坐下，脑子里全是孟芮低头看书或者默读单词的样子。

十点多的时候，林源找他，他按了拒接键。

微信来了，一张照片，孟芮笑盈盈站在那儿，身后是车展现场。

林源说：郑西拍的，你问他吧。

郑西家的场馆就那一个规模足够开大型车展的，李书禹直接打车过去。

一个多小时之后才到，他没有入场券，还得找郑西。但到了门口他觉得没必要了，孟芮就站在门口接待，她周围有好几个摄影师在拍。

孟芮没看到李书禹，她满脑子都是怎么说服这些摄影师不要发她照片，转头一看，现场还有好多人拿手机拍，这就没办法了。

这些照片一般也就是发在论坛，孟芮的服装就是个裹胸式礼服长裙，没车模的吸睛，大概也不会掀起什么热度，孟芮觉得自己还是别摆出什么女明星的架子了。

中午休息，孟芮脱了高跟鞋按摩脚，手机响了，李书禹找她。

孟芮是一步路都不想走了，但叫他进来休息室也不方便，好在主办方提供了棉拖鞋，孟芮换上拖鞋出去找他。

他在一个办公室里，面前摆着一桌吃的，比萨、果汁、意大利面等等。

房间里还有个男生，一身潮牌，表情充满玩味。孟芮没说话，任由对方打量，李书禹赶他走。

“吃点东西吧，你休息时间少，可以在这里睡会儿。”

孟芮坐下，吃了一块比萨就不吃了，确实没胃口。

李书禹从身后拿出来一堆暖宝宝给她，孟芮笑着说“谢谢”，接受了。休息室其实也有，主办方还是很体贴的。

“你再吃点吧，下午晕倒怎么办，这个粥是热的，你喝一点。”

“吃饱了。”

孟芮把鞋子脱了揉脚。李书禹站起来走到旁边一把椅子那儿，对她说：“你过来。”

“干吗？”

“这儿可以按摩。”

孟芮过去，整个人陷到按摩椅中。李书禹给她调整设置，椅子的腰部位置开始震动，她觉得酸痛缓解。

“疼吗？”

“还行。”

“你睡会儿吧，到时间我叫你。”

“十分钟。”

孟芮没睡着，十分钟就醒了，她还得去补妆。

“下班我送你回学校可以吗？”李书禹问。

“我和学姐一起拼车，如果我单独走，她们要多付钱。”

“好。”

“谢谢你的午饭和按摩椅，明天不要来了。”

没等李书禹说话，她就走了。

没一会儿，郑西来了，搂着个女生，看打扮是今天的车模。女生撒娇说好累，郑西哄她说晚上去吃好吃的。

李书禹走了，他决定不来了，孟芮肯定不想让别人以为她来车展钓帅哥，他不能来了。

车展结束，结算了工资，发的现金，孟芮存到卡里然后下单买了早看好的那款笔记本电脑寄到家里，寒假正好可以用。

回家前一天，下班后她去了趟火车站取票——怕第二天来不及，取完票出来见到了李书禹，李书禹要送她回学校。

孟芮上了车就闭着眼睛休息，两人一路沉默到校门口。

李书禹以为她会直接说“拜拜”，但她说：“一起吃饭吗？我请你。”

“好的！”

放假了，学校外面很多店都关门了，随便找了个馆子进去，孟芮让李书禹点菜，她接电话。

她妈妈的电话，收到快递了。

“你买了电脑吗？怎么没跟我说啊，我给你买了一台电脑，都让人给你装好那些什么软件了，大红色的，挺好看的。”妈妈说。

这可两岔了，孟芮笑，她多少年没有物质过剩的体验了？

“没事，我网上买的，退了就行，用你买的，谢谢妈妈。”

“谢什么，开学的时候就应该买的，你没电脑肯定不方便，本来想等你回来自己看呢……哎，回来再说吧。明天的火车吗？”

“嗯，上午九点，到家就下午了。”

“东西多吗？你快到了给我发微信我来接你。”

“不用了，我自己坐个车就回来了，妈妈在客厅接我吧。”

“哈哈，好，明天给你做好吃的。”

“嗯。”

挂了电话，孟芮赶紧研究退货的事，快过年了快递要停运，过了无理由退货时间就坏事了。

“你明天就要回家了吗？”李书禹问。

“嗯嗯。”

见她在忙，李书禹也没再说话。孟芮申请了退款，又打电话教妈妈怎么寄回去，处理完这些，菜都凉了，她吃了几口就不吃了。

李书禹也没胃口了。

孟芮对他真的冷淡……

步行回宿舍，孟芮面对他，说：“李书禹，你不要再找我了，我真的没空和你周旋。“

李书禹不听：“我追我的，又没要你理我——不对，没要你花时间跟我玩。”

孟芮：“那你随便吧，再见。”

第二天早上会在宿舍楼下看到李书禹也是孟芮意料之中的事。孟芮很不高兴，她完全不想他送，她发了脾气，李书禹不坚持了。

但他还是默默跟了上去，他想着孟芮一个女孩子去挤春运火车多辛苦，万一有需要他可以帮忙的。

孟芮就是介意这个。

没什么比春运期间的火车站更能体现人的狼狈的地方了，她特意穿了旧衣服在大包小包扛着行李的务工人员里挤来挤去。候车厅早没地方坐了，几乎连站的地方都没有了，最后孟芮找了个靠窗的位置站着，就在检票口这边。

她的车九点十分开始检票，排队的人分成四列早早排到了卫生间门口，等工作人员开始检票的时候，两侧坐着的人拥上去，四列顿时被挤成七八列，一点空隙没有。

孟芮不喜欢这种无谓的抢位置，她淡定地站在一边冷眼旁观，表情平淡到好像她的车晚上才会发。停止检票前一分钟，百分之九十的人已经进去，通道两侧的座位坐满了下一趟车的旅客，还有些人神情专注地盯着检票口，就等这趟结束后立刻去抢下一趟车检票的前排站位……

孟芮提着包悠闲地走向检票口，还剩十来个人，她再次检查了票和证件，走过去，保持距离。排到她，她把证件和票给检票人员，对方接过来不用翻来翻去就能验证，方便省时。

上了车，车厢里拥挤不堪，没地方放行李，孟芮站在一旁等前面的旅客安顿好，车已经开了。她找到自己的座位，面带微笑把坐在她座位上的人请起来，包放在地上，脚踩上去，她看着窗外听着耳机里传来的音乐。

车厢里吵吵闹闹，味道也难闻，来不及吃早餐的人已经泡好了方便面，小孩在哭，大人在训话，陌生人互相交流着老家在哪儿。孟芮把自己抽离这个车厢，她和他们不一样。

火车驶离了繁华的市区，孟芮想起了李书禹。

当然了，她和他也永远不一样。

下了火车，妈妈还是来接她了。

母女俩说说笑笑回家。进门后，孟芮迫不及待看她的新电脑，妈妈去准备饭菜。

大红色联想，孟芮查了查价格，网上要四千二左右，有点贵，她妈妈一个月工资都未必有这么多。但买都买了，孟芮不会说妈妈浪费钱这种话。

“这个啊是王斌买的，说是送你的。”妈妈说。

孟芮看着妈妈，不知道说什么。

王斌是想当孟芮继父的人，凭良心讲，从搭伙过日子的角度来看，王斌还算可靠，但……妈妈不会是真想跟他一起过吧？

“我本来也打算给你买的，就收下了。钱我给他了。”妈妈说。

孟芮松了口气，这就是拒绝的意思。

孟芮不介意妈妈再嫁，她只是不想妈妈凑合。

往年孟芮母女会去外婆家过年，但今年外婆在舅舅家带孙子，她们不方便去，只能留在家里。

年货置办得差不多了，孟芮妈妈每天还是要去拜访客户，孟芮在家玩电脑。她家没拉网线，她回来了，妈妈跟邻居家说好借用一个月，邻居也不收钱，把无线网密码给了孟芮。

基础计算机课还是上了的，孟芮买了本书，结合网上的教程一起学习。

腊月二十九，妈妈一早收拾了好多年货要出门，孟芮说一起去。

“我自己去吧，你长大了，把自己的事做好。”妈妈说。

“一起去。”

去的是徐家，没能进家门，买的东西被扔到了脚边。孟芮妈妈给了个拜年红包，对方收下了。孟芮没说话，蹲着把东西捡起来提在手上，母女俩回家。

“妈，我想好了，大四我就去投简历争取清泉集团的管培生项目，你知道什么是管培生吗？就是公司专门培养管理层人才的，这家公司很厉害的，等我毕业转正了，就可以自己选择工作城市，正式员工还有住房补助，我肯定能通过面试的。到时候你想去哪里生活呢？去北方好不好？虽然冬天冷了点，但下雪还是很美的。”

孟芮妈妈握住女儿的手，她满脸笑容：“清泉我当然知道了，很大的公司。你当然能考进去，我可等着享福了。”

“嗯，再等三年就好，到时候我们离开这里。”

“好。”

这还不算完，除夕还得去爷爷家。

孟芮妈妈一年攒不到几个钱，除了母女俩的开销，年底还得供奉这两处。孟芮不是没反对过，但妈妈坚持。

“咱们不求别人原谅，求个自己心安。”

下午去扫墓，她们特意避开了孟芮爷爷家那边的时间。孟芮看着墓碑，心里对父亲说：如果你地下有知，就保佑一下妈妈吧，起码别再让你的家人欺负她了行吗？

起风了，落叶满地，孟芮想，自己可真傻。

除夕夜，母女俩做了一桌子菜吃，孟芮没要新衣服，不过她从妈妈衣柜里翻出来两条连衣裙很是喜欢。妈妈按着她的尺寸上缝纫机给她修改了一下。

“我女儿也太漂亮了吧，学校里是不是很多男生追你？”

孟芮穿着新裙子转圈：“那肯定，不过我都看不上，难道我只有脸蛋好看吗？”

妈妈笑了：“是的，自己有本事比什么都好，你看你妈我，就是吃了没本事的亏。”

“没有啊，我觉得你可厉害了，在我认识的人里边，你是最厉害的，我的人生偶像！”

“你才认识几个人？快把毛衣穿上，小心感冒。”

母女俩看电视到凌晨后，准备睡觉。孟芮手机上有很多群发的拜年信息，她都还没回复。妈妈回房间了，孟芮去洗脸刷牙，出来后关了电视准备回卧室上会儿网，路过妈妈房间的时候她听到妈妈压低嗓音在说话，不过是那些道歉的话。

算是“经典节目”了，逢年过节，徐家就打个电话来诅咒辱骂一番，孟芮已经麻木。

她回到房间，李书禹给她打来电话。

“新年快乐孟芮。”

“新年快乐。”

“打扰你休息了吗？”

“没有。”

“那我们聊聊天可以吗？”

“好。”

李书禹问她除夕怎么过的，孟芮不说话。

“你怎么了孟芮？”

“你呢？你们家怎么过年的？你们家亲人多吗？会不会很热闹？”

看孟芮对自己产生了兴趣，李书禹滔滔不绝跟她分享自己的家庭状况。

“我是不是话太多了？”他问。

孟芮擦掉眼泪，深呼吸一下，微笑着说：“不会，还有呢？大年初一怎么过呢？”

李书禹以为除夕夜他和孟芮聊了一个多小时是一种关系变近的信号，但孟芮挂了电话就不再理他了。

孟芮家里偶尔来客人，妈妈的同事或者邻居，看到孟芮都要夸奖一句“真漂亮”。有个阿姨说孟芮以后肯定能嫁个大老板，孟芮妈妈却说：“我女儿以后自己当老板。”

大年初三开始，孟芮打了个零工。下班回来她就在家学电脑，假期就这么过去，走之前妈妈给她装行李，放了两罐土蜂蜜。

下了火车出站之后，孟芮一眼看到了李书禹。她的行李不多，一个小箱子、一个书包、一个电脑包，李书禹接过去。

“你怎么知道我坐哪一趟？”孟芮问。

李书禹停住脚步，看着她，表情稍带不好意思地说："我不知道，我每天过来看，我想你应该不会买晚上的票，所以我等到晚上就回去。孟芮，我自己来等的，我家有司机，我自己坐车来，我也没让别人替我等，也没让人查你家庭信息看你的始发站在哪儿好节省时间，我就死等，我是认真的，孟芮。"

孟芮哑口无言，觉得他认真得跟个傻子一样。

她"哦"了一声，讽刺道："司机呢？怎么没让司机开车来门口等着？被你接还要坐出租车回去？你家的车我不配坐吗？"

李书禹说："孟芮，你不要这样，嘴上这样说但你心里根本看不起我，我都知道。你也别想用这种方法拒绝我，你又不了解我，不要把我归入纨绔一类。"

孟芮又"哦"了一声："你或许不纨绔，但我没兴趣了解。"

"我不管！"

孟芮哑口无言。

打车回学校，下车时孟芮给李书禹车费，李书禹收下，他还不想就这么说再见，于是问："饿了吗？去食堂吗？"

"别来烦我，我忙。"

"你什么时候不忙？"

孟芮笑了："等我空闲到能在火车站等人的程度，我就有空了。"

李书禹被噎住。

回到宿舍，孟芮收拾了一下去看课表。

这学期她也得考虑赚钱的事，之前还比较佛系，现在她觉得毕业前起码把助学贷款赚到手，还得赚自己的生活费。代上课不做了，一来钱少，二来她要花时间学电脑操作，老带着电脑不方便，看视频也不方便。

想清楚了，孟芮果断加入了校礼仪队学姐的兼职群，群里每天都是各种兼职信息，什么活儿都有，孟芮准备把周末献给打工。

李书禹还是经常找她，但他没打扰她。

他像跟踪狂。

上课教室有他，下课图书馆有他，食堂还有他。

李书禹说他自己也有理想要成为建筑师，但他把大量时间花在追姑娘身上，这叫有理想吗？其实算的，他有资本的嘛。

不考虑生存问题的话，聪明的人是可以更高效完成学习任务的，所以说起点就决定了人和人的赛道不一样。

她没打算理会李书禹，但林源找了她一次，跟她说李书禹不是玩玩，是认真的。

这可就麻烦了。

孟芮第一次认真考虑这件事，其实她根本不在乎李书禹是否认真，她压根儿就不会接受李书禹，不管是认真恋爱还是短期玩玩。

李书禹是谁？清泉集团董事长的儿子，现任清泉集团市场总监李写意的弟弟，她要进清泉集团怎么可能和李书禹有感情纠葛？这完全是会影响她专业形象的一步路。

当然退一步说，这世上不止清泉这一个公司能实现她的奋斗目标，孟芮也没想吊死在这一棵树上，她当然会有备选公司，怎么也会找到工作。

但她要启动备选方案肯定是因为第一选择失败了才去，她凭什么为了个李书禹放弃第一目标转向第二目标？他算什么？

她可以把这些理由明明白白告诉李书禹，但她何必呢？李书禹也没说要跟她如何如何，大一学生谈个恋爱，谁想那么远？她是说像她想的那么远，把未来十年先考虑进去。

还有一点，孟芮在夜深人静时心里才会闪过的一个念头是，她好像对李书禹做不到次次冷漠拒绝。

当然，她不会放任这种心软，她还是亲口对李书禹说：“我一直对你很有耐心，但坦白讲你的追求给我带来了困扰。"

李书禹重点落在第一句："为什么对我有耐心？"

他期待她说感动之类的话。

但是她说："因为你是清泉集团董事长的公子。"

李书禹感到胸口被重击了一下，孟芮经常拿这个开玩笑，但这一刻他相信是真的。

"你的意思是怕你伤了我自尊我会报复？"

孟芮耸耸肩，没说话。

李书禹觉得自己要吐血了："我不会那样做的，我知道你有自己的计划，我怎么可能影响你，其实我也一直没来得及说，你吸引我的就是这一点。"

孟芮看向他，不是不感觉意外的："总之呢，我们不可能。"

"如果我不是这个家庭背景，你会愿意了解我吗？"

孟芮想了想，摇头："我真的没时间谈情说爱。"

"明白了。"

李书禹也就是随便问问，他的假设毫无意义。不过他也没打算放弃，他越近距离接触孟芮就越喜欢她，喜欢到无论何时何地听到她的名字都能一次次被吸引。

虽然她现在很冷淡，但李书禹觉得她是真的很忙，而且还不了解他。李书禹想如果有一天她能够卸下冷静，热情地拥抱他，那他的漫长等待和追求完全值得。

大多报酬高一点的兼职都是要连续干三五天，孟芮这学期周五有课，只能做周末的兼职。

每周五晚上，李书禹都会发微信问她第二天的工作时间，他想接她。孟芮不理会，问的次数多了她就烦，跟他说再发信息就拉黑。

李书禹回：你敢拉黑未来老板的儿子？！

孟芮被逗笑了。

她回：谢谢关心，我的兼职很安全，不需要接送。

李书禹回：那你告诉我你在哪儿，几点下班，万一你遇到麻烦也能有个人联系。

孟芮突然想到妈妈经常叮嘱她的话，出去做兼职跟关系好的同学保持联系。

孟芮目前还没有特别要好的朋友。

孟芮回：真的不需要。

周六早上，孟芮七点半出宿舍去做兼职，下了楼，李书禹等在宿舍前。

“你今天去哪儿？几点结束，下班我给你发微信，你回一句就行。”

孟芮看着他，有点不知所措。李书禹对上她的眼睛，有一种坚决不退缩的气势，或者也可以解读为他已经准备好了被嫌弃。

孟芮怎么都不能在这样一个清晨对李书禹说滚蛋，她问：“吃早饭了吗？”

“没有。”李书禹笑了。

两人并排往食堂走，孟芮转过脸清了清嗓子，还是不想给他好脸色。

李书禹突然也不好意思跟她说话了，不知道说什么好。

五食堂门口有一家蛋糕店，孟芮拿了两个三明治，李书禹先把自己的卡放上去刷了。

“你下次请我。”他说。

孟芮看着他把卡收起来，她拿了两瓶牛奶自己买单了。

“请完了。”她说。

李书禹接过玻璃瓶子，把吸管插进去，换了她手里没开封的那瓶，他嘴里嘟囔：“一点亏都不吃。”

孟芮一边喝牛奶一边往外走，李书禹跟着。

她停下，转身面向他：“我晚上七点回来。”

李书禹要说话，孟芮抢先道：“我要来不及了，你回去吧，别跟着我。”

说完她就跑了。

孟芮今天要做的工作是模特，这是一个艺术展，男女模特被打扮成各种造型站着不能动，实在受不了可以简单换一个姿势。

活动下午开始，孟芮的造型需要她整个人坐在一个看似巨大实际内部空间狭窄的圆球里，上半身比较轻松，下半身容易腿麻。

活动允许拍照，孟芮的脸上涂了颜料，五彩斑斓还挺好看。拍照的人挺多，孟芮大概坐了一个小时就受不了了，但她要等工作人员帮忙才能换造型。

悲催的是工作人员很久才想起她……

结束之后，孟芮在工作人员的帮助下站起来脱掉了外面的造型装置，她的双腿已经没知觉了，只能靠在墙边站着休息。

“走动一下，现在坐下来一会儿会很疼，容易抽筋。”工作人员提醒。

孟芮走了几下，小腿突然开始针扎似的疼，她几乎不受控制地倒下。这时有人过来扶住了她，孟芮说了声“谢谢”，扭头看到了李书禹。

“坐下来。”李书禹扶着她坐到一边，他蹲下，抬头看着孟芮说了句“冒犯了”，然后抬起了她的小腿。

随着他的按摩拉伸，她的痛感逐渐缓解。

“我要去换衣服了。”孟芮说。

“嗯。”

孟芮去后面休息室卸妆换衣服，再出来已经是四十分钟以后，李书禹在门口等她。

孟芮走过去拍拍他的肩膀，她想跟李书禹说谢谢，想请他吃个饭。

李书禹转头看着她，假装生气地质问：“孟芮，你怎么老骗我？你不是说七点就回去了吗？”

孟芮：“我说七点就可以回去了……”

“有你这么省略关键信息的吗？”

孟芮理亏，不反驳了，她问：“饿吗？请你吃个好吃的，我今天赚钱了。”

李书禹想到她赚钱的辛苦，哪里吃得下。

他问：“这种工作你还要做多久？”

“这种机会也不是每天都有的好吗？报酬很高的，我明天还有一场。”

李书禹没接话，他似乎很烦恼。孟芮看着他奇奇怪怪地抓抓脑袋，然后一副豁出去的表情问自己：“孟芮，如果我说我能给你介绍一个没这么辛苦的兼职你接受吗？”

孟芮愣了一下，笑着点点头：“干吗不接受？”

李书禹研究她的表情是否又在说反话，他补充：“我说的不辛苦就是不伤害身体，当然还是要你付出劳动去赚钱，并不是我——”

“李书禹。”孟芮打断他，“我会接受，只要是我能做的工作就行。谢谢你的好意，真心的。”

第三章

非同类必殊途

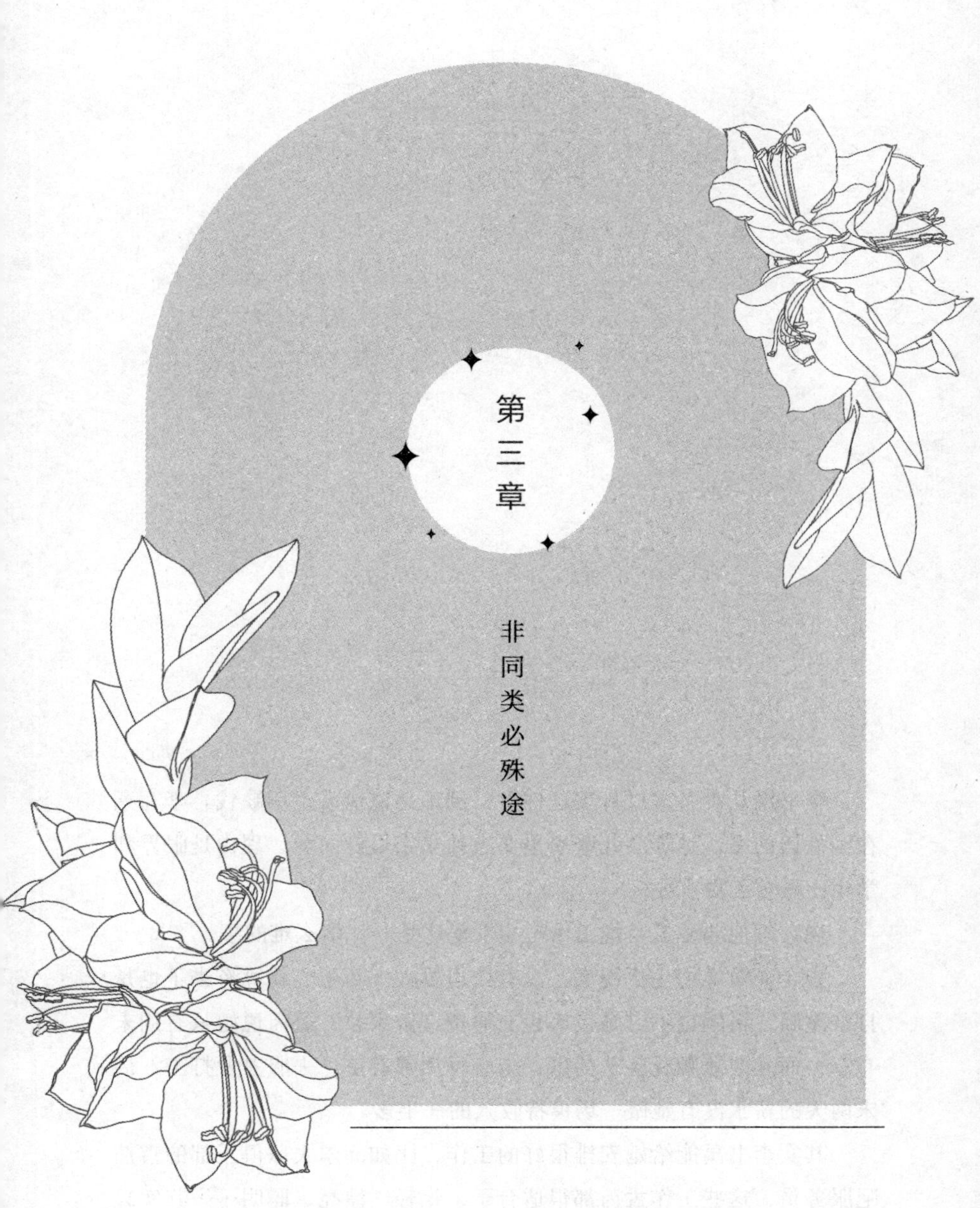

李书禹从没考虑过打工这件事，倒不是说他家里不缺钱。李写意在国外读的书，她那会儿跟家里要求独立家里没同意，理由是眼界和学识比做苦工更重要。

现在等他要替孟芮找工作时才发现这是一件多么难的事。

去企业做实习生不现实，没有公司要大一新生，就算有去了也是打杂跑腿，报酬也不过是包饭包交通费。做家教？孟芮说她只有周末有空，而且要兼顾礼仪队的事，未必每周都有空。去服务业打工？周末两天的薪水没有她做一场模特收入的一半多。

其实李书禹能给她安排很好的工作，比如高尔夫球俱乐部的雪茄吧服务员，这些工作孟芮都很适合干，年轻、漂亮、聪明……其实只要漂亮就可以去了，但李书禹出于私心不太想她去。

因为孟芮太招人了。

他这边都快急死了，孟芮倒是一点不着急，还是自己安排学习生活。

这天他没忍住问孟芮怎么不找他兑现承诺，孟芮说："啊，我都忘了，你不用帮我找了，我找到很合适的工作了。"

什么工作？李书禹跟着去看。

东部旧百货大楼现在是服装批发市场，孟芮在那里的一家女装店做模特，试衣模特。

这里的店面一般都没有试衣间，以批发为主，是很多网店进货的渠道，零售客户来买没地方试穿，就需要孟芮这种职业试衣模特展示效果。

拥挤的店面里摩肩接踵寸步难行，正中间有一个圆形的只能站下一人的台子，孟芮站在上面替客户试衣服。

当场试穿，一刻不停，一天下来少说几百次，遇到纠结的客户，一件裙子所有尺码都要她穿一遍。

孟芮表情麻木站在那儿机械地换衣服，她身材高挑，穿什么都好看，带货能力不错。

她和老板商量好，有空就来做，周末做满，周一到周五累计工时，满八小时算一天，她刚开始做，日薪是五百。孟芮粗略算过，她一个月目标赚四千五。等暑假就来做全职，她问过全职的模特，勤快的一个月能做二十九天，有资深的模特日薪达到一千，就是身体吃不消。

孟芮其实做了一天就有点吃不消，她有点低血糖，不过这倒是让她食欲变强了。孟芮现在一顿饭吃两荤两素绝对光盘，包里还随时装着巧克力和糖果补充体力。

李书禹看过一次后很心疼。

李书禹知道不是每个人都像他这样家境富裕；李书禹也知道同寝室的室友是从大山里考出来的，来上大学要步行几十公里才能坐上班车去火车站搭火车；李书禹还知道清泉研发中心的工厂里有很多流水线工人，每日机械地重复工作只为了拿到三四千的月薪，但李书禹没见过孟芮这个样子。他知道孟芮家境不太好，但他没想到孟芮缺钱缺到这个程度。

他为自己的自私感到羞愧，人果然不能装作理解他人的生活艰难，孟芮已经把自己当成工具来赚钱了，他却在考虑孟芮去高档场所会被别有用心的人觊觎。

她吃的是什么东西呢？批发市场门口卖的盒饭，老板的袖套上都沾满了油渍，孟芮就和其他女生蹲在服装店门口的过道大口地进食。

吃完了她把垃圾收一收丢去垃圾桶，然后回来坐在一堆衣服上闭着眼睛休息，李书禹走过去蹲在她面前。

孟芮感觉到面前有人，睁开眼睛，看到李书禹复杂的表情和微红的眼眶。

她其实有点烦，她特别讨厌李书禹这种眼神。这些人嘴上会对你说劳动光荣，但他们的同情是觉得你做这个工作折价了，孟芮好讨厌别人给她标价。

但她看着李书禹微红的眼眶，做不出生硬的厌烦表情。

两人沉默以对。李书禹轻轻捧起她的左手，手掌外侧有一道小口子。

被他手指碰了一下，孟芮才想起这个插曲，换衣服的时候没注意被一个腰带划到了。

她想抽出手。李书禹用了力握住，又从书包里拿出来一包消毒纸巾给她擦了擦。

“我去给你买个创可贴，你等我。”他说。

李书禹跑开，等他回来的时候孟芮又开始工作了。

她已经完全适应工作节奏了，上午的时候她还注意动作，避免脱上衣的时候会把打底的贴身 T 恤撩起来暴露身体，现在她已经无所谓了。每一次穿脱的过程，孟芮美好的腰腹曲线都展露无遗，她看到了门口的李书禹，目光相接，她的嘴角微微扯出一抹笑。

李书禹挤进去，在她换衣服的时候拉住她的手要给她贴创可贴。

“这位客人请不要影响我工作。”孟芮说。

老板看过来，吼李书禹：“模特不能接触！”

李书禹对老板说：“她试穿的这件我批发了，给我一分钟，她手伤到了。”

老板也不是不近人情的，过来看了看孟芮的手，允许了：“你弄吧。”

老板是做生意的，她转身提醒李书禹：“批发一百件起。”

“好。”

晚上九点，商场要关门，老板拉上了卷帘门。孟芮把穿了一天无数次湿了又干已经有异味的贴身衣裤脱下来换掉，她今天业绩不错，老板送了她一条裙子。

“小芮，明天还来吗？”老板问。

“当然。”

老板笑了。

开门出去，李书禹站在外面等，脚下是他买的一百件衣服。孟芮微微低头闻了闻自己身上是否有异味，这件事让她很介意，毕竟谁也不想臭烘烘到处晃悠。

李书禹批发的一百件衣服有五十条连衣裙，批发价六十，短袖和短裙一套五十，二十五套，一共花了李书禹四千多。

李书禹提着两大包衣服跟她走出商场，坐公交车怕来不及，孟芮决定打车。

上了车她就闭着眼睛休息了。

到学校快十一点了，宿舍十一点半关门。

室友给她发微信说已经开始查寝了，他们两人快步回宿舍。

“衣服你先放宿舍，后面我们再处理。”孟芮说完就跑了。

李书禹回到宿舍被室友取笑了一番。林源直接发微信给李写意，说：姐姐，你弟疯了。

李书禹匆匆冲了澡上床给孟芮发微信。孟芮没回，她洗完澡头发都没吹就睡着了。

第二天早上七点，李书禹在楼下等，孟芮还在睡，她十一点赶到商场就行了。

八点半下楼，孟芮看到了拿着三明治和牛奶的李书禹，她叹了口气走过去。

“你今天还要跟我去吗？”

“你下班太晚，我陪你。”

孟芮又叹气，也没精力劝他了，两人一起往校外走。

李书禹叫了车，赶在孟芮开口前，他说：“我是纨绔子弟，我坐不惯公交车。”

孟芮白了他一眼，上车了。

他今天背着书包来的。下车后，孟芮指着对面不远处的咖啡馆说：“要等你去那儿等我吧。你来也没用，影响我工作，回头你要是再买一百件我要头疼死了。”

李书禹：“哦，那我休息时间买饭来找你。”

“好。”

李书禹一个字也看不进去，熬到休息时间打车去附近好一点的餐厅打包了饭菜，又买了咖啡一起去找孟芮。

孟芮没喝咖啡，说容易上厕所。

吃完，李书禹又看了会儿她工作，离开了。

晚上九点，李书禹来接人。孟芮正在和老板说周二下午和周四下午几点过来。

回去还是打车，李书禹已经联系好了，孟芮休息好就可以去高尔夫俱乐部的雪茄吧工作。他准备跟孟芮说，那里工作清闲，也可以认识不少生意人，或许能对她以后的工作有帮助。

眼界和学识比做苦工重要，圈子也很重要，李书禹觉得，孟芮值得。

但他没来得及说，因为孟芮跟他说："明天晚上，你把衣服拿过来，我们去学校摆地摊儿卖。"

李书禹笑得好灿烂。

她说"我们"。

李书禹和孟芮约了下午五点在她宿舍楼下见，小北门外可以摆摊儿，晚饭时间进出的学生也多。

中午两人一起去食堂吃饭，孟芮想到他们的衣服只有三款，若全卖出去的话……学校里得有多少撞衫的，想想都有点吓人。

"成本估计回不来哟。"孟芮说。

"没事。"

孟芮想了想，说："吃完去你宿舍吧，你给我拿三件样品出来，我去校外服装店问问他们要不要，先卖出去一批再说。"

"我跟你一起去。"

"嗯。"

李书禹怎么那么高兴呢？孟芮和他一起走去他的宿舍楼，李书禹简直要高兴死了！他恨不得整栋楼的人都出来看看孟芮和他在一起，孟芮还在楼下等他呢。

李书禹飞奔上楼拿了三件衣服装袋子里下来，两人一起往校外走。

进第一家店，李书禹跟老板说他有衣服，很便宜，如果老板要得多还能更便宜。

孟芮无语。

老板也了解批发市场的价格，就这三件，她要个几套放店里，价格压得很低。

李书禹可高兴了，觉得自己卖出去了一批货，得意扬扬地看着孟芮，一副求夸奖的神情。

孟芮泼冷水："你是不是不在乎亏钱？"

李书禹委屈："……不是不是，我在乎钱，那个，那我去下一家店价格要高点。"

孟芮觉得他真笨："就这么几家店，谁要对手的同款啊。"

李书禹也不知道自己怎么面对她时总是犯蠢："……那怎么办？摆摊儿卖高点？"

孟芮说："你以为每个同学都很有钱啊……"

李书禹也不在意被她数落，觉得两人在一起就挺好："反正已经进货了，总比砸手里好对吧？"

"对。"

李书禹跑回宿舍给老板拿货，卖出去了十五件。

"你再给我拿一件 T 恤。"

"做什么？"

"我穿。"

"好。"

孟芮准备自己搭一套打样，不然也太难卖了。

下了课，李书禹飞奔过去找孟芮："我们先去吃饭吧？你饿了吗？想吃什么？"

孟芮："卖完再吃。"

李书禹："好的……"

孟芮把入学报到时学校发的翠绿翠绿的格子床单拿来放衣服，她给每件单品加价十块钱，留五块钱还价余地。

“你好聪明哟孟芮。”

“闭嘴。”

“哦……”

效果还行，刚上来就卖出去几件T恤，白色基础款，很好搭配，女生夏天都需要。连衣裙不咋卖得动。

客户走了一批，孟芮去了趟后面的小树林。再出来，下半身变成了一条长款半身裙。

李书禹震惊：她在哪儿换的衣服？！

孟芮掀起裙子，还没掀到膝盖，李书禹一把按住她的手：“你在外面别这样换衣服！”

“走开。”

孟芮认真招揽客人，想着花样搭配衣服卖货，她原地脱外面那件想换个穿法，李书禹一个箭步挡在她面前。

孟芮不懂：“干吗？”

“我帮你挡着。”

孟芮看看自己身后，问他：“那后面的人呢？”

李书禹下意识伸开双臂，孟芮一把拍掉他的手，嘴里骂着“别烦”，耳朵却悄悄红了。

晚些时候，有几个大四的学姐看中连衣裙，想集体买来拍照穿，还了点价，在成本之上。要买单的时候有个学姐说这裙子孟芮个子高挑穿着合适，她们穿就太长了，拿去改边的话得二十，不划算。

“你们付定金，我帮你们改，尺寸发给我，按要求改短，非质量问题不退钱。”孟芮说。

“真的？你会？”

孟芮：“我去找人帮你们改，这个钱我出，我们也想尽快卖出去，你们现在付钱，我周三上午拿给你们。”

“好，加个微信。”

学姐们走后，李书禹夸她会做生意。

再就没人买了，孟芮说降价，李书禹不同意。

“你说得对，款式太单一，咱们换地方卖吧，明天去老校区，还可以去其他学校。”

孟芮不同意：“我没时间。”

李书禹说服她：“不急啊，慢慢卖嘛，夏天还长。”

孟芮说：“我急。”

李书禹继续努力：“降价太亏了……”

孟芮无情打击：“你已经亏不少了……”

李书禹只能耍赖：“求求你了，摆摊儿多有意思啊，我们去别的地方卖吧，行吗？”

孟芮：“……”

李书禹见她“默认”，高高兴兴收摊儿：“去吃饭吧！饿了吧现在，你想吃什么？你今天太辛苦了，得补充营养，去吃肉吧！烤肉行吗？”

孟芮说：“亏钱的人没资格吃肉。”

李书禹笑：“那我不吃，钱是我亏的，你吃，我看着。”

“可以。”

李书禹动作麻利收拾好东西，又把她的袋子接过去。两人去烤肉店，李书禹跟她说去高尔夫俱乐部的事。

孟芮问：“能等吗？暑假我再去？现在商场那边已经开始做了，不好半途而废，我都跟老板说好了，至少干满一个月吧。”

“可以的，那你暑假不回家住校是吧？”

“应该吧。”

吃完饭回宿舍，路过缝纫店，李书禹提醒孟芮去改衣服，孟芮说不用。

打工的服装店有小缝纫机，她借来用用就行，孟芮会，跟妈妈学的。

晚上回宿舍，学姐们把尺码发过来，孟芮记录好，约了交货地点。

室友见李书禹扛着衣服出去又扛着衣服回来。

林源笑话他：“真厉害，你爸知道你在学校摆地摊儿吗？”

李书禹反问：“摆地摊儿怎么了？”

林源拿起一件短袖抖了抖：“这是什么破衣服！”

李书禹抢过来放回去，心想，这衣服怎么了？孟芮穿着不知道多好看。

“衣服能代表人吗？”

林源冷笑：“先把你身上那件五千多的短袖脱下来再说。”

李书禹没理会，他还真打算脱下来。他今天看见了孟芮的好几件衣服，他打算上网买同色系穿一穿。有个学姐来买衣服的时候怎么说来着？对了，说他俩真般配，俊男美女。

真开心。

周二他有课，下课打车去接孟芮，刚好看到孟芮在缝纫机上锁裙边，李书禹看呆了，孟芮怎么那么能干！

“明天我陪你去送衣服。”

“不必。”

“万一她们为难你怎么办？”

孟芮：“嗯？”

李书禹说：“如果她们嫌弃你改得不好，咱们就退钱，不卖她们！”

“好的老板。”

学姐们很满意。这一周，两人又在不同地点摆了摊儿，只卖出去几件。

李书禹安排下一次摆摊儿：“你周末没时间，等你这个月做完，我们去别的学校，去师大那边吧，女生多。那边有一家老字号的烤鸭店东西很好吃的，还可以去看电影……”

孟芮在心里拨算盘，吃烤鸭一顿差不多三百，打车来回一百多，看电影一百多，少爷累了、渴了，吃吃喝喝，休息休息又得一笔钱……

“这样吧，你周末跟我去批发市场。”孟芮说。

“好！我陪你吗？”

“不是，你去店里守着，看到有批发的客人想买这几件，你就等他出去后降价卖给他。”

李书禹犹豫：“……会被老板追杀吧？”

“所以你机灵点。”

“孟芮，我还是觉得我们脚踏实地去别的学校卖比较好。”

“那你自己去吧。”

“那听你的吧。”

“如果被老板发现，不要牵扯我。”

“……”

到了周六，目标倒是好找，但李书禹真张不开这个口。孟芮还老是暗示他，他错过一个就要被她眼神鄙视一番……

孩子好苦。

休息时间，李书禹拿来饭，孟芮把他的抢过来：“卖出去再吃。”

李书禹今天特意开了车来，衣服就在他车上，车在停车场。

“我等下再试试。”

还是没能卖出去。晚上九点结束，李书禹开着车带着孟芮杀去了步行街。打开后备厢摆出衣服，他让孟芮坐在后备厢那儿收钱，他自己招呼客人。

这时候就不在意钱了，见钱就卖，没一会儿就卖光了。也是，一条六十进的裙子卖三十，是挺容易。

“你要回学校吗？很晚了，可以去酒店，单独分开住。”李书禹说。

孟芮摇头：“偶尔一次晚归没什么的。”

李书禹开车，孟芮坐在副驾驶座打开车窗吹风。

李书禹跟她说话：“孟芮，我觉得你很有做生意的头脑，你要不要考虑自己做个小本生意啊？”

孟芮答：“没有。你觉得好玩吗？”

李书禹很兴奋：“好玩啊。”跟她一起做什么都好玩，他还想继续玩。

孟芮问：“那叫你去找批发商怎么张不开口？”

李书禹有点惭愧地辩解：“不一样吧。在人家门口抢生意有点那个……而且……”

“有点缺德对吧？”

李书禹连忙解释：“我不是那个意思。我就是觉得这件事本来是我一时冲动进的货，亏钱也应该，你带我一起摆地摊儿我觉得挺好的，也是很好的体验，比赚钱学到的更多。”

孟芮看向他，认真说：“赚钱不好玩的，李书禹，对你来说这当然是难得的体验，但要你去不择手段地赚钱你做不到，因为你有你的体面和尊严。然而很多人不会顾体面，体面填不饱肚子，四千多也亏损不起。”

李书禹脸上的笑挂不住了，他情绪低落地说：“我知道，我以后不这样冲动了，你别生气。”

孟芮看着他笑：“我没生气，李书禹，我只是没时间陪你体验普通人的打工生活。”

李书禹再说不出话。

孟芮又说：“还有，你实在不需要为了我去改变自己，每个人有每个人的生活圈子，没有高低对错，先前我对你……态度不太好，我道歉，我的确是先入为主觉得你只是一时兴起来追姑娘玩。现在我知道你不是，你挺好的李书禹，不需要改变自己。其实我也没有仇富心理，相反，我向往财富，我也在努力追逐财富。”

李书禹小声说：“我不改变自己你就不会理我，而且，我没有觉得我在适应你，我是在跟你学习，学习认识生活。”

孟芮转头看车窗外飞驰而过的街景，心底一处鼓鼓胀胀的。

到了学校，停好车，李书禹要送孟芮，怕她拒绝，拦着她说：“你别再跟我说‘放弃吧别浪费时间’这种话行吗？如果我打扰到你，那你就跟我说，我会给你空间和时间，如果我没有影响你，我们……偶尔一起玩可以吗？我喜欢和你一起玩，做什么都好，一起去图书馆行吗？在图书馆就好好学习，不会吵你的。”

孟芮有一丝动摇。

“孟芮，你可别是特别讨厌我吧？”

李书禹等她回答。

孟芮突然抬起手，指尖触到他的脖子：“你这是怎么了？”

李书禹看不到，但觉得那里痒痒的，痒了一天了。

“过敏了吗？好红啊……”孟芮说。

“是有点痒……”

孟芮拍照给他看，好多小疹子。

“吃什么了吗？”

李书禹没说话，应该是身上这件不太舒服的衣服造成的，这也太弱了吧！孟芮不会觉得他是贵公子不穿品牌衣服就会过敏吧？

孟芮向前一步，手指轻轻摸了一下。她的脸上有担心：“现在药店都关门了，你不要挠，明天一早去医院……”

李书禹抓住机会，他上前一步，大胆地握住了她的双手：“你陪我去吧，孟芮。”

跑回宿舍，距离熄灯还剩十五分钟。现在天气热了，热水器熄了灯之后存的热水够冲澡，孟芮太累了，把衣服脱了裹上浴巾准备去洗。

“孟芮，你是不是谈恋爱啦？最近老是回来很晚哟！”室友蓉蓉问。

孟芮笑着回答："打工赚钱啊朋友。"

她去洗澡，站在花洒下，热水打在身子，她不由得想起刚才和李书禹的接触。

孟芮没谈过恋爱，也没和男生这么亲密接触过。当然，入学之初一些帮助新生适应大学生活的活动课程上她有和左右的男生女生握手拥抱。

当然不一样。

孟芮更惊讶于自己的反应，她没有觉得抵触，也没有马上甩开他。

为什么呢?

说来好笑，孟芮的桃花运从高中毕业开始爆发，但直到现在，她才体会到被喜欢是什么感觉。

喜欢是毁灭啊，爱上对方的时候是要燃烧自信心续航的呢。一想到李书禹这样条件的男孩子在她面前那般小心翼翼，孟芮就硬不下心肠了。

洗到一半熄灯了，她快速结束擦干身体换上睡裙出来。头发湿漉漉的，孟芮站在阳台上吹风。

室友都上床了，两个在聊天，还有一个在跟男朋友打电话。

她说："现在是十一点半，我们聊到十二点就准时睡觉。你今天给我打电话晚了两分钟，明天罚你早操帮我签到哟！"

她说："明天中午一起去吃六食堂嘛，下午你来接我下课，我们去吃章鱼丸子。"

她说："允许你周五晚上打游戏，但周六你要陪我去市区逛街。"

孟芮看着夜风吹动树梢陷入沉思，恋爱是这样的吧，很费时间。如果是情侣就会很享受一起去做大大小小的事情，一分钟也不想分开，每秒钟都想分享。

手机振动，李书禹发来微信：睡了吗？我洗完澡了，好痒啊……想抠一抠抓一抓……

孟芮蹙眉看着这条信息半天没回复。

她哪有时间谈恋爱?

她此刻因为打工都要累死了，她都能听到五脏六腑打呼的声音了，但她却因为头发滴水不能睡觉。她原本是有计划的，要兼顾打工和学习就要照顾好身体，睡眠对她也是很重要的，但李书禹让她的节奏彻底乱掉，这只是一件小事，但很能说明问题。她哪有时间谈恋爱？她哪有空在深更半夜和李书禹围绕皮肤痒怎么办的问题打情骂俏?

时间对她来说是什么东西？是一分钟都浪费不起的东西。李书禹也好，身边的同学也好，都是可以享受青春的，青春拿来做什么？学习，恋爱，交朋友，看世界。

别人是多选题，她是单选题。

孟芮没回，等头发差不多干的时候就去睡了。

第二天起床，孟芮看到李书禹的微信，他一早去了医院。

快到服装店的时候，她又收到李书禹的微信，他说验了血，查了过敏源，然后很惊讶地跟她分享：“我居然对蘑菇过敏！我刚打电话问我妈知不知道，我妈说我小时候吃了杏鲍菇就会过敏。我问她怎么不告诉我，她说她在我三岁的时候叮嘱过我了……”

没走两步，他又发来一条：“孟芮，我活这么大好不容易啊……”

孟芮回：“我工作了。”然后把手机放进了包里。

她突然想笑，笑自己昨晚一时心软居然同情起了李书禹的自尊心。

太无语了。

李书禹是皮肤过敏一下就会去查过敏源的人，他是喜欢建筑就买机票去世界各地近距离参观大师作品的人，他是会在分享课上做出精美的幻灯片讲述米拉之家的露台后加上去的栅栏破坏了高迪设计的美感的人……

而孟芮，只是一个希望在毕业五年内能够贷款买一套适合两个女人居住的小户型房子的人。

她到底在同情什么东西?

她为什么因为同情李书禹失眠到清晨影响今天的工作状态?如果她体力不支这一天就要损失五百块工资，五百块够查一查过敏源吗?

可别搞笑了，追姑娘失败了去巴塞罗那玩一圈就好了，那里不仅有艺术还有美丽热情的外国女郎，多大的失落是物质不能填满的?没有。孟芮觉得等她手握房产证的时候她就能获得全部的满足。

再说了，退一万步讲，就算她和李书禹怎么怎么样了，现实的差距只是家境吗?她和李书禹的眼界在一个水平线吗?他朋友圈发的东西她都需要查资料才能看懂，等新鲜感过去，等她的脸不再惊艳，他们还有什么共同语言?

孟芮不抱怨家里条件差没给自己看世界的机会，她只是比别人差了点顺序，她正在努力奋斗好在将来自己去看世界。

等着吧。

等三年她就带妈妈离开。

等八年，她一定买了新房子。

等十年，她肯定能够自信满满地面对任何一个优秀异性的追求。

只能等，幸运的话或许这个时间会缩短，但为了保险起见，她自己不要耽误进度。

想清楚了，孟芮给李书禹发微信说今天别来找她，她会生气。李书禹听话，毕竟他昨晚冒失了，孟芮还理他，他已经很高兴了。

跟平常一样的工作。休息的时候妈妈找孟芮，她打电话过去聊了一会儿。

她将在服装店打工的事跟妈妈说了。妈妈觉得新鲜，感叹说现在赚钱的工作真是五花八门。一开始，她还不信试穿个衣服能赚那么多钱，孟芮解释了很久，又不想让妈妈觉得自己特辛苦，于是自己给自己加了一些工作，比如什么要给服装拍照让老板发朋友圈啦，帮忙打包收钱啦之类的。

挂了电话，孟芮抬头看到对面那家大码女装店，这家店生意也很好。其实很久以前孟芮妈妈尝试过开服装店，被徐家闹得没能开下去，实体店生意她们是不敢在城里做了，孟芮返回工作岗位后一直在琢磨其他赚钱的门道。

她妈妈做保险行业有个优势是朋友圈人很多，加的群也超级多，就还挺适合做线上生意的。

成本她能控制，但销路这块要和妈妈好好沟通，也是个大工程。

孟芮回去的路上一直在琢磨这事，走到宿舍门口撞到人了才停止。

李书禹捂着胸膛跟她打招呼："吃饭了吗？"

"吃了。"

"你肯定没吃，就下午吃了，喏，给你。"

一袋零食、水果，孟芮脸色不好看。

李书禹有点尴尬，他看了看周围，小声说："我们去那边说话好吗？"

他们走过去。

李书禹低着头："孟芮，昨晚的事你生气了是不是？我跟你道歉，对不起。"

"没有，也没什么，你别误会就行了。"

李书禹委屈，嘀咕："哪敢误会。"

孟芮叹气，伸手不打笑脸人这句话真的有道理，就这么个人可怜巴巴站在你面前，怎么开口说滚蛋？

孟芮说："你说过，如果我觉得你打扰到我了，就会给我空间对吧？"

李书禹不想承认："……我说过吗？"

孟芮很疲惫："我忙死了也累死了，不要来找我了。"

“哦。”

孟芮愣了一下，转身要走，李书禹追上来，把吃的递给她：“不吃晚饭我不答应了。”

孟芮接过来，走了。

上楼的时候她有点烦，刚刚听到李书禹追上来的脚步声为什么她心里会有一丝……开心?

无敌爆炸螺旋式烦！

李书禹对忙碌的人不陌生，他家一家子大忙人，但李书禹觉得他见过最忙的人是孟芮。

忙没关系，李书禹比较难受的一点是孟芮有迹可循的一点闲暇给了另一个人，那个她每天抱着手机聊电话的人。

孟芮在跟谁聊天?

孟芮在和妈妈聊天，聊卖衣服的事。

孟芮有了上次和李书禹卖衣服的经验之后整理出来一套营销方案，预售团购。

她的问题是控制成本，不能压太多货在手里。她在打工的店里拿货，老板欢欢姐接受孟芮做代理商，但拿货想要折扣量得上去，孟芮刚开始没客源，还要丰富衣服式样，就有点难。

欢欢姐也是靠自己一点点奋斗出来的，她欣赏孟芮的独立，有心帮她，在拿货量和折扣上给了特殊照顾。

孟芮留出一个月时间预售，她每天拍版修图发朋友圈，她搞预付定金团购的模式，但她的团购不是一件固定单品，而是系列风格团。孟芮把成本一样的服装分到一起，起个花里胡哨的名字开团，满足客户需求。

昨天妈妈给她打电话，问第一批团购成功的能不能先发货，里面有她同事，觉得发货时间太久。

孟芮说："不行，妈，我跟你说过，从咱们的角度来说，现在就拿货成本太高有风险。从她们的角度来说，我们既然开了预售就不能破例，相信我，只要这批衣服她们满意，下次会自动考虑等待时间多拿货的，而且一旦客源稳定，我们就可以不预售了。"

孟芮对外宣传是在工厂拿货需要出货期。

孟芮妈妈不懂生意，一应听女儿的，但她脾气好待人有耐心，安抚客户的工作做得非常好。

孟芮平时拍版的图还得给欢欢姐一套，也算是她额外的模特工作了。

她这段时间本来就忙得脚不沾地，又遇上毕业季，礼仪队也不得闲，孟芮只能压缩睡眠时间来学习，经常半夜还坐在宿舍楼院子的路灯下看书复习，奖学金也不能掉档次。

这天她在礼仪队排练完出来看到了李书禹。

李书禹是来确定一件事的。

孟芮忙，不打算恋爱可以；孟芮忙，和别人恋爱不行。他必须确认这件事，只要孟芮别跟别人恋爱，不理他就不理他。

李书禹问："你接下来要去干吗？"

"去吃饭，你吃了吗？"

"没……"

孟芮犹豫了一下，问："一起吗？"

"嗯。"

不知道为何，两人都没说话。李书禹明显情绪很低落，孟芮在想话题，李书禹突然问："孟芮，你是谈恋爱了吗？"

"啊？"

"你每次回宿舍都一直在聊电话回信息……"

孟芮突然想逗逗他："对啊，我在和全世界我最爱的人打电话，等毕业了我还要和她一起去别的城市生活呢。"

李书禹停住脚步不走了。孟芮忍着笑，转身想跟他说“这个人就是我妈妈”，却对上他受伤的表情。孟芮想不明白，一个大男孩怎么永远能随时红了眼圈?

孟芮觉得自己好像踢了一脚小狗那么可恶，她小声说：“我在和我妈一起卖衣服……”

李书禹没明白：“嗯……”

孟芮再解释：“所以要一直和她打电话沟通。”

李书禹：“……”

孟芮叫他：“走不走啊，饿死了。”

两人走到食堂门口，李书禹拉拉她短袖袖口：“去外面吃吧，我们去吃火锅好不好?”

孟芮看了看时间，答应了。

这会儿是下午一点，吃饭的人不多。天气炎热，街道上都是昏昏欲睡的气息，李书禹和孟芮进到火锅店找了个靠风扇的位置坐着。

点菜，上锅，李书禹给她涮菜。

“孟芮，你什么时候去俱乐部那边啊，你去那边的话应该会轻松一点，不会那么累。”

“放暑假吧，我现在不能走。”

“因为要卖衣服吗?有什么我可以帮你的吗?”

“对。没什么要帮忙的。”

其他人还能帮忙宣传一下，孟芮想想李书禹的朋友圈子，谁会买她的货?

李书禹煮菜，孟芮看到一盘菌菇拼盘：“你不是过敏吗?”

李书禹笑了：“没关系啊，我不吃就好，你喜欢吃。”

“那煮到这边，但这也是一个锅，你确定没事吗?”

“没事。”

“孟芮，你的目标是什么?”李书禹问。

孟芮没太懂。李书禹解释："就是你除了毕业要进清泉之外的目标，比如你现在做兼职要赚多少钱才能安心学习？"

孟芮没说话，一开始她就想赚够学费，后来觉得能赚尽量多赚："谁会嫌钱多呢？"

李书禹问："我是想说，你赚到多少钱才会分出时间去考虑……恋爱。"

孟芮愣住了，她不知道怎么回答。

李书禹又说："其实你和我妈我姐很像，你们都是很有想法很独立的女性，我不一样，我其实没什么志向。"

孟芮想说废物不是人人都有资格当的。

李书禹继续说："我们家……虽然我爸妈公司做得很大，但和我没关系的。我姐喜欢生意，所以她去了公司，我不喜欢做生意，我就来学建筑。以后我也是要自己找工作自己赚钱的，我爸妈他们的财产不会留给我和我姐姐，所以……所以可能毕业后我也没什么前途，建筑这一行很难，当然每一行都难，不过你肯定会很成功的。"

孟芮笑了，吃自己的饭。

李书禹突然问她："那时候你应该更看不上我了吧？"

孟芮停下动作看着他。

她说："你怎么会没前途，你成绩很好不是吗？你对建筑有热情有想法，你上次在朋友圈发的那个图是你手绘的吧？我觉得很棒啊。"

李书禹惊喜："你看了？你觉得不错吗？"

"专业性我是不懂啦，但我觉得很好看，是会让人觉得很有艺术设计感的，那样的建筑如果出现在城市街头，大家应该都会去打卡拍照的。"

"孟芮，我特别高兴。"

吃完饭自然是李书禹抢着买单："我知道你现在赚钱了，但你赚的钱肯定没有我这个富二代的零花钱多，你就宰我一顿吧。"

孟芮只能笑着接受。

回学校，两人慢慢散步走。太热了，水泥地返上来的热气烘烤着小腿，孟芮热得流汗，李书禹说去湖边凉亭坐坐。孟芮今天难得休息，也享受这片刻的悠闲，便跟他去了。

“孟芮，其实你现在是因为自己的事情太多，没时间恋爱交朋友对吗？”

孟芮点点头。

李书禹说：“那没关系。”说完他又叹气，“你不会哪天突然遇到喜欢的人了吧？”

孟芮转头看他：“很有可能啊。”

李书禹不上当了，问：“你喜欢什么样的男生？”

“你觉得呢？”

“成熟稳重，事业成功，能和你一起实现人生价值的对象。”

“嗯，是个不错的商业伙伴。”

李书禹眼睛亮了：“那如果你是孟总了，男朋友是个小小事务所的小建筑师，会丢脸吗？”

孟芮拒绝回答这么暧昧的问题。

李书禹自己化解尴尬：“开玩笑的，我会努力成为有名的建筑师的！”

孟芮无话可说。

“要跟上孟总的脚步！”

“你话好多啊。”

李书禹凑过来一点：“孟芮啊，我们再聊点什么吧？过年的时候我姐在家里气得爆炸，说有一个客户她约了半年都约不到，现在我体会到她的心情了。”

“你不是天天跟着我吗？”

“嘿嘿，你都知道啊。”

“我是忙，不是瞎！你那么大个人在我眼前晃我能看不见？”

“那你都不给我一个笑脸。”

孟芮看着他，心里想，真的不能和这个家伙面对面聊天，太会装可怜了，还是隔着电话比较好忽视一点。

“以后一起去图书馆吧！”

“不要！”

“我来宿舍楼下接你吧！”

“不需要。”

“就这么定了，我们做学习伙伴互相监督，看谁拿到更多奖学金！”

“……”

“输的人请吃饭。”

“别烦我。”

“孟芮……都说男追女隔座山，你是喜马拉雅山吧……”

孟芮彻底无语。

晚上，孟芮刚回到宿舍就接到了李书禹的电话。她再次认定人是会蹬鼻子上脸的，给点阳光就灿烂，李书禹多久没这么缠着她了，今天一起吃了顿饭便又开始了。

她接起电话。

李书禹的声音委屈巴巴：“孟芮……我过敏了……”

不要脸是真的不要脸，孟芮去见他的路上在心里骂。孟芮的宿舍离小北门很近，出去就是药店，她按照李书禹说的买了药，回来，李书禹蒙着脸在门口等她。

两人去旁边阴暗处，李书禹吃药，手拿下来孟芮有点被吓到，这次有点夸张，左边脖子都红到脸颊了……

“好难受啊孟芮……”他痒得跳脚。

孟芮下意识拉住他的手不让他抠。李书禹安静了，捉着她的手摸他脖子：“你试试，我这儿可能有四十度啊！”

孟芮抽出手：“要不买点芦荟胶涂一下？可能会舒服一点。”

“你给我买……”

孟芮咬牙切齿：“等着！”

芦荟胶买回来。

李书禹仰着脸：“你给我涂……”

孟芮烦死了，她在超市随便买的完美芦荟胶，挤上去胡乱涂一涂，涂完就看到李书禹小狗一样盯着她还在吞口水。

“孟芮……”

“闭嘴！”

他嘀咕：“想……亲你……”

“滚蛋！”

“后面也有……涂一下。”

孟芮给他涂，凉飕飕的，好舒服。李书禹想，孟芮要是给他吹一吹就好了，最好再亲一下……

接吻什么感觉啊？好想和孟芮接吻！亲一天！

涂完药，两人分别回宿舍，李书禹拦在她面前：“孟芮，明天早上还给我抹药吗？”

孟芮：“呵呵。”

回到宿舍，孟芮收拾了一下就睡了。李书禹回去后看到桌上有一份过敏药。

林源告诉他：“朱莉给你送来的，妹子真贴心。”

李书禹问：“朱莉是谁？”

林源说：“……汉语专业的妹子，上次体育课跟你说话那个。”

李书禹道：“谁跟我说话了？”

林源服了，朱莉和林源女朋友是高中同学，最近拜托他给她和李书禹牵线，林源本不爱干这种事，但最近这个女朋友跟他正甜蜜着，再加上他也想让李书禹看看世界，就答应了。

“微信加一下，我推给你了。”

“不加。”

林源打量他的皮肤：“你刚去医院了吗？你这不会传染吧？”

“滚蛋，孟芮给我买药了。”

林源啧啧感叹：“孟芮给的药就别吃了，你应该去挂个脑科。”

李书禹不理他，上床睡觉，梦里和孟芮玩……

李书禹开始做孟芮的学习搭档，单方面决定的。

孟芮没说什么，她觉得没必要因为这种事你来我往打情骂俏一样。而且孟芮也不反感，他不招人烦的一点在于自己也在认真学习，他不会缠着孟芮说话，专注于自己的功课。如果需要去别的阅览室借书，他也会说一句“先走了”就离开，孟芮喜欢把自己的前途放在首位的人。

李书禹也在观察孟芮，有时候学习完她看看手机特别高兴，这应该是小生意有了进展，月底发工资的时候她也会高兴。孟芮买了台二手的相机特别高兴，有时候她在自习室修图。李书禹很会画图，觉得孟芮真是聪明，每一次看到她都进步很大，他也要不断进步。

他没有和孟芮恋爱，但他觉得追求孟芮的过程都能激励他进步，这可真是令人开心的遇见。

有一次，李书禹去得晚，没能坐到孟芮旁边。还书的时候李书禹看到孟芮拿的是《建筑史》，那天晚上，李书禹笑了一整夜。

高尔夫俱乐部是李书禹表哥和人合伙开的，他对那儿很熟，最近有事没事就打听常去的客人。打听这个很寻常，不过这个李书禹总是特别关心去俱乐部的男士的婚恋状况让表哥着实揪心了几天。

李书禹掰着手指数日子等暑假。

月底的时候，孟芮的小服装店发货了。

孟芮去邮政局寄快递，李书禹帮忙搬货，忙完两人吃了顿便饭。

“孟芮，你是在和建筑系的李书禹恋爱吧？”室友蓉蓉问。

“没有。”

“还不承认，你俩天天在一起，而且昨天我们在楼下碰到他，他承认了。”

“……”

李书禹在上选修课，焊接，他和其他班一个女生一组，女生害怕，作业都是他完成的。李书禹在想，如果孟芮来上课，她一定不害怕，孟芮做什么都很酷，不撒娇的样子也特别酷。

老师打完分，98，同组女生跟他说谢谢。

“不客气。”

女生问：“可以加个微信吗？”

李书禹拒绝：“我女朋友不许我加别人。”

女生表情有点尴尬：“你有女朋友啊？”

李书禹笑着说：“对，学习超好，人超漂亮，性格超可爱。”

女生失落地走开。

就在这时，超可爱的孟芮发来微信：谁许你到处跟人说你是我男朋友的！

李书禹吓得四处张望，孟芮在哪儿？通灵之术？

做错事了得道歉，李书禹想到了一件礼物，他准备亲手做来送给孟芮。

期末考之前，孟芮和李书禹都很忙。

一来忙复习功课备考，二来忙卖衣服。孟芮一边打工一边卖衣服，小县城中年妇女的购买力比她预想的要猛。孟芮一边琢磨她们的需求一边找货，销量还可以，起码生活费赚到了。她重新办了张银行卡专门用来存钱。

李书禹也在做衣服，他准备把孟芮喜欢的那幅手绘印在T恤上送给她。打底T恤是他在品牌店买的白色短袖T，本来他打算手绘上去的，试了几次效果不行。

他买的是情侣T，黑色和白色，衣服中间正好有一道竖杠图案。李书禹设计了一番把原图案隐藏在他的作品中，他想象孟芮穿着这件衣服的画面，跟他的黑T恤是情侣款……真他妈令人高兴！

拿到这件衣服的时候孟芮有点蒙，这份心意太贵重，不好拒绝，她一时不知道怎么回赠这份礼物，所以不好随便收下。

李书禹在她的沉默中委屈死了："就是一件短袖也不收吗？我又没有买几千块的奢侈品给你……"

孟芮下意识接话："这个很贵重。"

李书禹高兴极了："收下好吗？你是第一个喜欢我作品的人，也许以后我没有机会做设计呢？"

孟芮接过来："谢谢你，我会好好收着的。"

"你要穿啊！一定要穿啊孟芮，明天就穿好不好？你明天去图书馆吗？一起呗。"

孟芮摇摇头，她明天要去逛街。

要放假了，过两天李书禹要带她去俱乐部面试，那边有统一的工作服，孟芮想买双新鞋，她的鞋都不适合在那种场合穿。

"那你去干吗啊？不是不用打工了吗？"李书禹问。

孟芮不想说，说了他要跟！

李书禹猜得到："你是不是要去玩？！"

孟芮心想，为什么突然有种做错事被抓包的感觉？

李书禹："带上我！"

孟芮："……我去图书馆。"

李书禹："明早八点，在这儿等你。"

孟芮："好吧，我明天去市区买东西。"

李书禹欢天喜地："一起吧一起吧，我也要买东西，明天穿这件衣服好吗？"

"你管我穿什么！"

李书禹低头，委屈："你是不是不喜欢这件衣服？"

"是。"

万箭穿心。

第二天上午，李书禹穿着自己的黑T恤、牛仔裤、板鞋来找孟芮。等啊等，等到了孟芮穿着情侣款白T恤下来。

"闭嘴！"她警告。

"孟芮，咱们打车去吧，天气太热了，公交车好晒，等下把你晒得跟我的衣服一样黑。"说着他扯着自己的衣服给她展示，"孟芮你看我，我的衣服好看吗？"

孟芮看他："你是不是……有点弱智？大学是自己考的吗？"

李书禹抬手轻轻捶了她胳膊一下："讨厌！"

孟芮受不了："要吐了……"

打车到市区，孟芮直接去了百丽商场，她还打算买一支浅色口红。

李书禹跟在她屁股后面打转。孟芮觉得还挺新鲜的，跟带着多动症儿子出门一样，她看中哪双，李书禹跑得比服务员还快……

她就买基础款单鞋，试了两双就决定了。百丽今天做活动，买两双可以打六折，孟芮算了算账，决定给妈妈买一双。

买完鞋去选口红，柜姐以为孟芮和李书禹是情侣，总是给她试色然后问李书禹意见。

李书禹："好看，真好看，哪个颜色都好看！全买了吧！"

柜姐喜上眉梢："帅哥真有眼光。"

孟芮冷静选择自己想要的："就要这个，其他的不要。"

李书禹指着她手臂上的一道试色说："孟芮，我觉得这个红色的特别适合你！"

孟芮鄙视他："我买的就是这个……"

李书禹拿过卸妆纸给她擦手背，假装自己没被鄙视，他说："那我觉得这个红色也适合你。"

孟芮："这个是涂了两遍的效果……"

李书禹转移话题："孟芮你饿不饿？我们去吃东西吧？"

"建筑设计招生不测色盲吗？"

"……"

逛了一天回到学校，孟芮有点累，直接回去睡了。已经放假了，宿舍就她一个。暑假期间不熄灯，孟芮醒来的时候是半夜，她冲了澡不困了，便打开电脑玩。

QQ 自动登录，李书禹第一时间弹发消息：还不睡！

孟芮回：不是本人。

李书禹：……

去高尔夫球俱乐部面试当天，李书禹一早在楼下等她，之后两人一起往外走，李书禹开了车过来。

孟芮正想说话，李书禹说："第一天我送你，送到门口你自己进去，你工作期间我不去了，那里面好多人我都认识，对你影响不好。"

孟芮有那么一瞬间为自己的过度敏感感到羞愧。

俱乐部离学校不算太远，开车四十多分钟，没聊几句就到了，孟芮道谢下车离开。

面试很简单，培训很难。

孟芮也做过功课，自己背了一些威士忌和雪茄的品牌、口味等资料，但这些完全没用，她要从认识一支雪茄开始学习如何取出雪茄，如何剪烟，如何点烟，更不用说如何向客人推荐。有趣的是来这里的客人大多有自己的固定喜好不会需要服务员推荐，但服务员必须具备这些知识。

孟芮觉得自己要经过很长时间的培训才能迈入这个世界，这让她有点焦虑。

对孟芮来说这是一次颠覆常识的兼职，她再次感叹人与人的差别。纵使她自认优秀，但事实是她无能力做一名合格的服务员，她觉得普通西餐厅的服务员工作很简单，但这家雪茄吧觉得她想得太简单。

这种焦虑导致孟芮忽略了一个基本事实，就是自己的年纪，她刚刚成年而已。拿成年人的标准衡量自己是她的习惯。

第一天结束，李书禹来接她，孟芮很沉默。她的不服输让她回到学校就从雪茄的起源开始查资料，她还要去看网上的帖子，去感受雪茄爱好者口中描述的世界，她要融入这个环境，去理解有钱人的视角。

李书禹不好去打扰她的工作，俱乐部一大半的人都认识他。

孟芮休息的时候会花时间看工作相关的资料。李书禹能感觉到她的焦虑，有好几次他都想提议带她去玩一次，感受一下客人的视角，但又怕她生气，左右为难。

反正孟芮不忙这个也要忙别的，总是没时间理他，李书禹都有点习惯了。

在俱乐部工作其实没什么机会和客人交谈，隐私很重要，服务员不可以在客人谈话的时候站得很近。

上班两周没发生任何意外事件，除了孟芮自己成天提心吊胆怕被客人问到不懂的问题丢脸。

最开始她不接触客人，后来经理调她去服务 VIP 包间，因为她气质好。客人们不会无端骚扰，但给他们看看美女也算养眼。

孟芮在这里见到另一种有钱人，不轻佻的稳重的有礼貌尊重人的有钱人。不忙的时候她会去观察在暖黄色灯光下陷在皮沙发里跷着二郎腿抽雪茄的背影或脑袋，她会琢磨，这些人都在想什么？他们的生活里有什么痛苦吗？

有时候她会觉得某位客人气度不凡很是绅士，然后休息的时候就会听到同事跟她讲这位老板每周都带不同的姑娘来打球，他的妻子也来这儿玩。

成年人的虚伪又让孟芮觉得不可思议，此后她再看这些客人就没之前那种感觉了。

直到孟芮见到祁遇。

第四章

四号先生

高尔夫球俱乐部是半封闭式的，孟芮所在的雪茄吧仅对年费会员及更高级的会员开放，客人流动性不大。孟芮来的时间短，还没记住几个熟脸，所以她对祁遇印象深刻，他一周多的时间能来四次。

老员工私下里喜欢叫他“四号先生”，简称“四号”，因为祁遇喜欢巨著完美四号。“四号”这个称呼私下里念出来有点……孟芮不这么叫，她告诉自己不要做这么没格调的事。

李书禹坚持陪孟芮坐公交车去上班，孟芮心里多少有点感动。想到李书禹一个人可怜巴巴等公交车，孟芮就主动说想坐车，然后李书禹就开心地当起了司机。

这天李书禹照常送到俱乐部附近，孟芮下车进去。走到门口，她遇到一位先生，问她是不是工作人员，又问单次消费和年卡的费用之类的情况。孟芮简单介绍了一下新客户体验活动，对方听完就开车走了。孟芮看着他离去，脑袋里第一个冒出来的念头居然是某位终身制会员对单次消费行为的评价……

她被自己的反应震惊到，站在原地出神。

“孟芮？”李书禹出现在她面前。

孟芮看着突然出现的李书禹，问：“你没走啊？”

李书禹把手里的保温杯给她：“你忘带了。还有伞，今天估计要下雨，下班我来接你，下雨的话你不要出来等。”

孟芮点点头，还是很苦恼的样子。李书禹问：“你怎么了？我刚刚过来看到有人跟你说话，他欺负你了吗？”

孟芮抬头看他，撇撇嘴，说：“李书禹，我好像变成势利眼了……”

李书禹茫然，一时不知道该夸她表情可爱还是该问她为什么这么说自己。

孟芮叹气，环境真的影响人啊，就因为她天天看着有钱老板们高谈阔论花一个半小时抽一支雪茄，她就忘了自己一个半小时只能赚两百块了。

“你才不是势利眼，真的，你可能没见过势利眼。等你休息的时候我带你玩去，我认识好多势利眼，能把你气死那种。”

孟芮叹气：“哎，我去打工了，下班见。”

“下班见。”

孟芮背对着他挥手拜拜。

孟芮走后，李书禹不放心，他想悄悄去俱乐部暗中保护孟芮，又怕孟芮发现他不高兴。思来想去他觉得还是应该进去，反正下午要一起回去，就当他提前来接人了。

李书禹的表哥今天一早过来打球，可惜天公不作美下起了雨，他本来要回家，碰到了李书禹被要走了办公室钥匙。

小雨淅淅沥沥下了一天，四点的时候开始下暴雨。下雨天客人都在室内活动，孟芮今天有点忙。

祁遇今天也来了，还是坐在老位置。

孟芮和另外一个同事在门口换地毯和放置雨具的架子，有位客人叫孟芮，请她帮忙递一张名片给里面的某位客人。

孟芮顺着这位客人的手看过去，应该是祁遇吧，那个位置也就他了。

客人给了孟芮两百块小费，孟芮收钱办事，忙完手头的工作去了祁遇那边。

平日里雪茄吧相对安静，今天有点喧闹，加上外面的暴雨，孟芮都觉得有点烦躁。但祁遇所在的这一圈有点时间静止的意思，也许是他抽雪茄的动作，也许是灯光下烟雾缭绕散开的画面，孟芮有一种不应该打扰这位先生的感觉。

但收钱办事！

孟芮轻轻走到他旁边，微微俯身，礼貌开口：“您好，先生，打扰一下，有位客人让我把这张名片给您。”

祁遇看了她一眼，笑了，他没接名片，说：“帮我扔了吧，谢谢。”

孟芮说“好的”，收回手准备走，祁遇又叫住她。

孟芮再次微微俯身等他吩咐，就见祁遇食指间夹着钞票，他递给她，这回语气顽皮了些，他说："如果再有人让你找我，你就叫他滚。"

孟芮愣了一下，接过小费："我会告诉他们您不希望被打扰。"

祁遇问："多少小费你能叫他滚？"

孟芮愣了一下回答："先生，我们不可以辱骂客人的。"

祁遇笑了，问："但是可以区别对待客人的要求？"

孟芮顿时羞得脸通红。

祁遇没有再理她。孟芮转身离开，去跟门口的客人说祁先生不希望被打扰。客人似乎早已意料到。

接下来半天孟芮整个人都陷在尴尬的情绪中，这算是第一次被客人教训。

李书禹觉得自己今天在这里等孟芮下班的决定简直英明神武！孟芮今天过得一定不好，下班的时候也不高兴，李书禹第一时间去接她，孟芮都没问他怎么来得这么快。

两人撑一把大伞去停车场，李书禹倒是能让人把车开过来，不过能和孟芮并肩在雨里走谁又会嫌路长呢？

上了车，李书禹拿毛巾给她，孟芮擦了擦发尾的雨水。

李书禹看看她，问："孟芮，你怎么不开心啊？"

孟芮说："被客人训了……"

"谁啊？谁训你啊？男的吧，居然教训女孩子，有话好好说家里没教过？你告诉我他是谁，我去训他！"

孟芮笑起来："开车吧你，也没什么，就是有点尴尬。"

李书禹嘿嘿笑："咱们不尴尬。工作都是要受委屈的，尤其是在这种场合，虽然来的都是生意人，有钱也不代表有素质，肯定会遇到奇奇怪怪的人，别往心里去，你要是不高兴我带你去玩，放松一下。"

"这么大的雨去哪里玩？"

李书禹想了想:“可以在车里看雨！”

孟芮没兴趣:“想回宿舍睡觉了。”

“好吧。”

慢慢开回去开了一个多小时,雨停了。孟芮和李书禹在校外吃了饭,李书禹送她到宿舍楼下。孟芮本来要回去的,但看着李书禹想到他一个人在宿舍那么无聊就有点不忍心。

“要不要——”

“要！”

孟芮:“我还没说——”

李书禹揪住她的袖子自顾自地说:“去看电影吧！或者去市区玩?去喝酒吗?你现在都在高尔夫球俱乐部工作了还没喝过酒像话吗?”

孟芮拒绝:“我不喝酒。”

李书禹游说:“不是喝醉啊,就喝一点点,我也很少很少喝酒的。一起去嘛,我那些朋友喝酒都是冲着喝死去的,太吓人,你陪我去吧孟芮,要是我不胜酒力你得看着我,别让人占我便宜。”

孟芮:“我怕你占别人便宜。”

李书禹:“我可以让你占我便宜。“

孟芮:“你这个人真的好便宜。”

真去了爵士吧,环境不错,客人也不多。调酒师是一位意大利小哥,给孟芮调了一杯几乎不含酒精的酒,味道还不错。

李书禹可能是真的很少出来喝酒,孟芮作为初次进酒吧的小孩还能勉强忍住好奇不四处张望。可李书禹比她还好奇,一个劲缠着调酒师和服务员问各种问题。

要不是先付钱再上酒,孟芮怀疑店里的人能把他们扔出去,一看就是两个没见过世面的小孩。

在李书禹问到“要装专业酒鬼喝什么酒”的时候孟芮差点噎死。

总之这一晚还是很开心的，孟芮没喝醉，但短暂忘记了不开心和尴尬。

回到学校，孟芮和他边走边聊天。

孟芮问："你一个人住宿舍很无聊吧？"

"不是一个人，曹军也在，不过他暑假做家教，晚上十一点多才回来。"

"你以前假期都怎么过啊？"

"就玩呗……哎呀我知道你要说什么，我这个暑假的确没有安排，寒假有安排啊，我报名要参加年前的一个交流会，之后还有好多乱七八糟的活动，估计整个寒假都在外面。现在我就找你玩呗。"

孟芮问："是你朋友圈之前分享出来的那个活动吗？"

"对啊，你想不想去？现在还可以报名的。"

孟芮犹豫了，她看过那个活动介绍，对于像孟芮这样经济条件差点的在校生有路费和住宿费用补助，费用方面其实是完全没问题的。

"要去吗？我帮你填表啊，现在申请完全来得及。"

"可是我也不是设计相关专业的……"

"但你对这个有兴趣不是吗？设计专业的本身已经有创造思维了，目的就是激发每个人的创造设计天赋啊，跟我一起订房间的那个男生还是学食品安全的呢。"

"我考虑一下？"

李书禹拉着她的手腕往他宿舍走："考虑什么呀，先报名再说，下个月才交钱，还有反悔时间。"

"可是我没有通行证啊。"

"哎呀，交给我交给我。"

孟芮就这么糊里糊涂被拉到他宿舍开始填报名表，跟面试差不多了，这是一个国际性分享活动，面向全球，所以整个活动需要用英文交流，大会提供同传耳机，收费不低。

李书禹替她拿主意："不买不买，咱们不浪费钱，我给你翻译。"

孟芮问："你法语也很好吗？"

"一般般，日常沟通可以。"

"但你意大利语很好。"

"你怎么知道？"

"在酒吧你和调酒师说的就是意大利语吧？"

李书禹挺害羞："都是很简单的对话，多看两部电影就会了。"

孟芮没说话，她这才反应过来，李书禹在酒吧是怕她尴尬才那样表现吧。

孟芮最近总是想起一部韩剧。具俊表在游泳池放满鸭子的时候还说这是他表达谢意的方式，F4 成员说没有正常人会觉得这样被戏弄是感激的。

孟芮深深认同。

原来世上真的有这种以戏弄他人为乐趣的人！比如祁遇。

自从那次之后，祁遇每次来都要戏弄她，经常把她叫过去让她推荐酒和雪茄。

孟芮有一套自己的小聪明，她想过无数次如果有客人非要刁难她，她就用别的话题岔开，她可以从马龙·白兰度的雪茄聊到男人的必修课，如果男人够绅士那就该立刻意识到为难女孩子是没风度的行为。她还可以从弗洛伊德的雪茄瘾聊开聊到哲学，至少让别人知道她是一个饱读诗书的女生。

她有很多挽回面子的小技巧，但这些在祁遇面前毫无作用。祁遇就是要直白拷问她雪茄和酒的搭配，然后在听到她背出网上那些网友的观点后取笑她，兴致好的时候他还要把经理叫来告状说她服务不好。

孟芮几次被他气得偷偷红了眼圈，偏偏还有同事说祁遇对她有兴趣。

这天，祁遇又一次叫住她。

孟芮急了，语气不太好地在他开口之前说道：“祁先生，我也许的确不符合您对一个雪茄吧服务员的要求。如果您不想在这里看到我您可以投诉，我的上司会处理。但您这样对待一个服务员又算什么绅士风度呢？”

祁遇笑：“哦？谁告诉你这里的客人都是绅士？”

孟芮语塞。

祁遇还想说什么，他手机有来电，孟芮赶紧离开，一下午都避开和他碰面。

孟芮以为她肯定要被开除了，结果没有。祁遇没有再叫过她。

暑假工马上要结束，开学后她只要周末来就可以。孟芮准备回家一趟，她要当面教妈妈开网店的事。

回去前她得去趟服装店拿货，差不多一个编织袋的衣服，孟芮准备自己带回去，让妈妈到火车站接。

李书禹想送孟芮，孟芮只让他送到火车站。

进站前，李书禹要她答应回来的时候叫他接，孟芮答应了。

回到家就没时间聊天了，孟芮忙死了，跟妈妈一起打理网店。晚上，母女俩一起睡，孟芮把自己的存款给妈妈看，妈妈很惊讶。

“你这个高尔夫球俱乐部的工作怎么找的？工资很高呢。”妈妈问。

孟芮把李书禹介绍出来，省略了追求那一部分。

孟芮妈妈怎么会不明白：“这个男孩子是喜欢你吗？”

孟芮不说话。

“他家里条件很好吧？”

“是。”

妈妈问：“他对你好吗？是真心喜欢你尊重你吗？”

“……嗯。”

“那你喜欢他吗？”

“……我不想谈恋爱，我要好好学习啊。妈妈，我这学年成绩第一哟，拿到奖学金啦。”

妈妈摸了摸她的脸：“真棒，上大学都不花家里的钱，妈妈的好运气都用在生女儿上了。”

孟芮窝在妈妈身边睡下。

“如果你为了我放弃自己这个年纪应该享受的生活，我不会开心的。”

“嗯。”

喜欢李书禹吗？孟芮失眠了。

她也算见了不少有钱人，富一代富二代都有，李书禹有一天会变成讨厌的有钱人吗？孟芮觉得如果有那一天，那就太难过了。

她仔细回想这段时间和李书禹的接触，她享受了他的所有付出，难道只是为自己的前途考虑？没有一点点是因为自己也享受和他在一起的生活？

要在一起吗？

孟芮纠结了一晚上，然后在第二天早上看到李书禹发的一堆“等开学倒计时”的信息时笑出了声。

她之前觉得错过李书禹不遗憾，等到自己足够优秀去恋爱也不迟，但现在她开始思考，等她足够优秀的时候，还能遇到这样对待她的李书禹吗？或许他们交往之后李书禹自己都会变，更遑论再等一个李书禹？

孟芮打算回去见到他的时候再决定，她会抛开所有的考量单纯地去见来接她的李书禹，如果她也有恋爱中的室友说的那种喜悦和开心，她就和李书禹在一起。

五个小时后，网上曝光了清泉集团董事长的女儿李写意和神秘男子在海边约会的照片。

当天晚上，清泉集团公关部确认了这个消息，称李写意在恋爱，双方交往不久，还没到谈婚论嫁的地步。

这个消息孟芮早知道了，李书禹告诉她的。

李书禹：是李写意大学的学长，现在在高中当老师。

李书禹：我爸妈不管我们恋爱的哟，我爸妈还总是警告我别借着清泉的背景去骗女孩子，他们说我自己不努力做事业的话，以后追不到女孩子的。

李书禹：你知道吗？李写意年轻的时候超叛逆，我严重怀疑她在国外读书交往的那个男友有反社会人格，我爸妈才不管，说自己的路自己走。

孟芮回：你爸妈很开明。

第二天，李写意男友的信息就被挂在了网上，连小学参加作文大赛获奖的经历都被扒了出来。

看到这一切，孟芮想到了自己。

她没有什么值得被人指摘的丑闻，除了父亲的车祸。

孟芮偶尔被徐家逼急了也会生出厌烦和不服气，但大多数时候她能理解徐家的恨。毕竟徐家夫妇是白发人送黑发人，失去了年仅二十五岁的儿子。

徐家怎么发泄恨意都合情，这一直是孟芮妈妈坚持忍耐的原因，因为孟芮爸爸出事当天是在家里和妻子吵完架愤怒跑出去的，出门前他已经喝醉了。

事发当天在医院做笔录，徐家夫妇听到孟芮妈妈说知道丈夫喝了酒出门，所有的怨恨就都归到了孟芮妈妈头上，毕竟他们不能再对死了的人做什么。当年这件事很轰动，还有媒体就这起事故中孟芮妈妈的责任进行长篇分析报道。

孟芮和妈妈从来不谈论那晚吵架的原因。

这些年孟芮和妈妈经历了什么，这个小县城没人不知道。如果有一天她因为是某人的女友被媒体盯上，记者们也不用花什么时间，随便找个她老家的人问问孟家母女就知道了。

她们忍了很多年生活才平静下来，孟芮不能再成为焦点，因为她还没有能力保护妈妈和自己。

返校当天，孟芮和妈妈告别，跟她说过年会按时回来。

火车到站，李书禹来接她。

原来是这种感觉啊，孟芮第一次感受到见到李书禹时的喜悦。

是很开心。

坐车回学校，孟芮先回宿舍收拾东西。

“我在这儿等你啊，一起吃饭吧！”李书禹说。

“好。”

孟芮回宿舍换衣服，翻到李书禹送她的那件 T 恤的时候孟芮犹豫了，思量再三，她把衣服从衣架上拿下来叠好装进了行李箱。

他们去校外吃炒菜。

“你是不是累了？”李书禹问。

孟芮勉强地笑了笑，放下筷子，说：“没有，我有话跟你说。”

李书禹笑不出来了：“不好的话吗？”

孟芮没否认。

“那你别说了，反正你说了我也不听，别浪费口水。”

付钱离开，李书禹要走。孟芮拉住他：“去湖边走走吧。”

李书禹低头看她握着他手腕的手，他回握住她的手，紧紧地，抬头眼神坚定地说：“你让我牵手，我就听你说。”

孟芮没反对。

李书禹牵着她慢慢走：“到了地方再说，现在不许说话，一二三木头人，谁开口谁是傻瓜。”

李书禹牵着她走啊走，路过食堂路过图书馆还要去篮球场，半个校园都走遍了。

怎么会有这样的事呢？就这么一直手牵手走下去不行吗？

走到分岔口，孟芮要去湖边。李书禹站在原地不动。孟芮双手拉着他往前走，李书禹不情不愿。

随便说吧，反正他不听。

到了没人的地方，站好，孟芮要松开手，李书禹不肯。

“你快说呀。”

孟芮看着他，说：“李书禹，我今天见到你很开心。”

李书禹看着她并不开心的脸，连喜悦的时间都没有，他握住她的双手：“不要开心吗？”

孟芮说：“开心不是我现在这个阶段首要考虑的事情。”

李书禹想问又不能问：“你有喜欢我对吗？孟芮，你喜欢我吗？”

孟芮不承认但也没一口否认。这在李书禹看来就是好消息，孟芮这样的女孩，真对他没好感是不会常常见他的。

李书禹靠近她，问：“等你，可以吗？我不着急啊，等你准备好恋爱的时候，我还会在你身边的，真的。”

孟芮不是不感动，生平第一次有一点点埋怨自己的生活过于疲惫。

她抽出手，走到凉亭边坐下，李书禹走过去坐在她旁边，他还是想握着她的手。

孟芮平静地看着湖面，似喃喃自语：“我室友的目标是毕业后去做经纪人，我们礼仪队的学姐她的计划是考研去学法律，你知道我的计划是什么吗？”

李书禹回答：“去清泉做管培生，以后成为很厉害的职业女性。”

孟芮苦笑：“我的计划是，照顾好妈妈。”

像妈妈照顾她一样，被徐家人打骂的时候把她送出去或者护在身下，被徐家人说要撞死孟芮的时候跪着磕头道歉。

李书禹觉得自己能感受到孟芮的无助：“你可以做到的，孟芮。我特别相信你，你一定能靠自己照顾好你妈妈，这是你现在最重要的事情对吗？”

孟芮点点头。

李书禹说：“孟芮，我从来没有问过你，其实你家里有很多麻烦是吗？你不想告诉我对吧？”

孟芮轻轻地“嗯”了一声。

李书禹望着远处沉默，许久，像是下定决心似的，他说：“我知道了，那你就去做你该做的事情，我也去做我该做的事情。”

孟芮问：“你该做的事情是什么？”

李书禹笑得像春天的太阳：“等你已经成长为不需要依靠的人的时候，我会成为你能依靠的人。”

孟芮胸腔内似潮水一般泛起感动，她多想说要是晚几年遇到多好啊，等她能够平静地生活的时候遇到一个这样的男孩子多好啊。但命运是不会按照每个人的心愿去安排相遇的，它喜欢恶作剧。

两人不再说话，李书禹还是握着她的左手。眼前的湖面上有几只天鹅在游湖，天气十分美好，李书禹和喜欢的女孩子并肩坐在凉亭里，真的很好。

李书禹不止一次想问孟芮，她家里到底有什么麻烦呢？

钱？人脉？什么是不能解决的呢？尤其是对李书禹这样家境的人来说，除了生老病死不由人，什么是解决不了的难题呢？

幸好他没问，没有把自己的家境拿出来炫耀，没有像那些追求孟芮的小老板一样说“我每个月给你十万块你跟了我就好”。

他拿什么炫耀？是孟芮让他意识到能解决问题的是他的父母，和他没关系啊。

十八岁的李书禹没有任何能力去照顾一个女生，他没有底气给出承诺的，所以他只能先站远一点，让他遇到的最好的最努力的女孩子单打独斗，他必须这样做。他也要去努力练级，和生活厮杀，总有一天他们一定能并肩作战的不是吗？

幸好遇到孟芮，遇到孟芮真好。

从大二开始，孟芮和李书禹向着各自的目标前进。

他们只在图书馆自习室见面，每周一到周五晚上固定时间，谁先到就会给对方占个座位。学习期间不会聊天，结束后李书禹会送她回宿舍。

网店生意算不上太好，但每个月也能有一笔收入，周末孟芮照旧去俱乐部兼职。

祁遇偶尔会来，有时逗一下孟芮。孟芮现在采取不接话对策，久而久之，祁遇就觉得没劲了。

国庆快到了，孟芮不回家，俱乐部国庆期间会给三倍工资，孟芮不能错过。

她给妈妈打电话说不回去的事，妈妈叮嘱她别太辛苦。

孟芮听她那边背景声音像是在医院。妈妈说是带客户来做体检，这很寻常，孟芮没怀疑。

国庆第二天，孟芮在工作的时候被经理安排去球场给一位客人送酒和烟。祁遇在那儿，孟芮倒是第一次见他穿得这么休闲。

祁遇又想逗孟芮，她放下东西招呼都没打就跑了。

祁遇的朋友刘瑞明问他是什么情况。

祁遇笑了笑：“雪茄吧里特逗的一个小孩。”

“哦？长得不错啊，怎么？有兴趣？”

“没兴趣，人家小姑娘刚上大学。”

刘瑞明回味：“现在的大学生妹妹可是越来越漂亮了。谁说只有电影学院出美女，我看这个也不错嘛。”

祁遇问：“想泡？”

刘瑞明没否认。

祁遇点好雪茄，随意又肯定地说：“这个你泡不到。”

刘瑞明不信：“来这儿做兼职的美女有多难追？”

祁遇笑了，他想起孟芮的许多表情，说：“打个赌，你要追到了，我给你发红包。”

下班后，孟芮换好衣服出来遇到了祁遇。

祁遇叫住她。

孟芮没好表情。

他走过来笑眯眯看着孟芮，没头没脑来了句：“加油，我看好你，别让我输。”

孟芮嘀咕：“有病。”

第二天，她就知道祁遇说的话是什么意思了。

孟芮就在电视上见过一后备厢的玫瑰花，现在一个不认识的男人把她堵在俱乐部门口给她展示了这个场面。

孟芮觉得神经病真的越来越多了。

眼前这个男人和俱乐部其他客人差不多，看穿着低调又富贵，看脸，不符合偶像剧里霸道总裁的形象，所以是真实生活里的霸道总裁。

孟芮思绪乱飞，在想偶像剧毁掉的可能不仅是纯情少女对爱情的幻想，还有油腻老男人对少女的期待。

她拔脚就走。

男人上前拦住她，递名片。

孟芮说：“我在雪茄吧工作。”

男人说：“我知道啊。”

孟芮问：“发生在俱乐部外面的事会去我的工作场合报复吗？”

男人笑了：“不会。”

孟芮抬手就把名片撕了。末了，她还补充了一句：“滚。”

另一边车门打开，祁遇走下来，用力鼓掌，满脸都是看好戏的喜悦。

孟芮直接走人。

半小时后，雪茄吧，祁遇来了，老搭配，孟芮经过，他叫住她。

“小费。”

孟芮想到他和另一个神经病的赌局，心安理得拿走了那两百小费。

刘瑞明的追求比之前所有人加起来都要高调，要不是国庆放假学校人少，孟芮可就闻名全校了。

李书禹知道后气得不行，他打电话给孟芮，孟芮和他在宿舍后面见面。

“我不会答应他的。”

“我知道。”李书禹说，“但是刘瑞明这个人不太行，他已经结婚了还有孩子。”

孟芮好烦：“无语。”

李书禹说：“被他纠缠对你不好的，孟芮，我……我必须跟他打个招呼。”

“什么？”

“他们公司不少业务仰仗清泉，我去找他，他就不敢再骚扰你了。”

孟芮犹豫起来。

李书禹问：“难道你想被别人说你和这种人牵扯不清？”

孟芮脑海里瞬间闪过无数关键词：“小三”“拜金”“勾引”“上位”……

“不想。”

李书禹直接打电话给刘瑞明。

“你好，刘总，我是李书禹。”

“你好，有什么事吗？”

“没别的事，就是听说刘总最近在追我女朋友？”

对面瞬间沉默。孟芮看看手机看看李书禹，这一瞬间她突然觉得李书禹特别……霸道总裁……

“误会，不会了。”到底是跟个小孩低头，刘瑞明还是有点舍不下面子。

李书禹不想给他面子。正要说话，孟芮直接按了挂断键。

“这样就可以了。”

“嗯。”

两人面对面站着半天不说话。

李书禹突然大声说：“干脆我跟全世界说你是我女朋友好了！这样就没人骚扰你了！”

孟芮心想，还是那个幼稚鬼！

孟芮没想到祁遇会跟她道歉，刚听到的时候她还以为这又是祁遇的新把戏。

他说：“可以冒昧问你一个问题吗？”

对方态度好，又是客人，孟芮自然要礼貌，她微笑着说：“您问。”

祁遇单手撑着下巴，十分好奇地问：“你男朋友是李书禹？”

孟芮无语。

她看着祁遇，问：“您是听谁说的？刘瑞明吗？他怎么说的？说他一把年纪想泡姑娘结果被一个还在读书的男生吓回去了？我以为像……”孟芮上下打量他一遍才继续说，“会在意颜面吗？这种丢脸的事也要到处说，真是刷新我的认知。”

祁遇笑了，他假装生气，质问：“你的员工手册里没有写对待客人要礼貌用语吗？”

孟芮“呵呵”笑：“我们是服务人员，不是旧社会的奴隶，您无礼在先，还要我以礼相待？”

祁遇：“穷人家的漂亮女儿总是这么敏感尖锐吗？”

孟芮转身就走，走没两步又回来，说：“无礼是恐惧的表现，害怕得不到自己想要的才无礼冒犯。比如您的朋友，他也知道他只能靠自己那点可怜的钱去赢取部分年轻女孩的虚情假意，所以他要把全天下的年轻女孩都认作虚荣拜金；比如您，您屡次三番在我这里找自信，是因为离了这就找不到尊重了吗？”

祁遇笑言：“只有孙子才会打爷爷呢。”

孟芮脸色有点白，这是阿Q的台词，祁遇取笑她崇尚精神胜利法。

祁遇看着她，像长辈劝导晚辈一样：“你太紧绷了，什么事都想拔高到精神层面，容易显得心虚没底气。就礼仪这一点来说，没那么多精神分析，无非是教养不够或不在意罢了。”

孟芮的脑子转得也快：“那您是没教养了？”

祁遇又笑了，这就是小孩子怄气非要吵赢架了：“哦？你这么坚信我在意你啊？”

孟芮彻底说不出话，脸微红，走了。

这个人太讨厌了！

那天李书禹给刘瑞明打完电话之后，孟芮有点担心这事会乱传开，她本来想问问李书禹，但考虑到李书禹……还是算了。

实际上，孟芮和李书禹的事李家早就知道。不过李家家长是不会特别在意儿子大学恋爱的事的。包括李写意，之前就收到弟弟好友林源的各种吐槽，她忙，没顾上细问，好奇心也就停留在弟弟的审美上罢了。

周五下午，李书禹发微信约孟芮下课后见面。

设计大会审核通过了，要在十一月底之前确认邮件并且在线缴费，六百元人民币，孟芮还需要把自己的往返车票和住宿订单提交上去拿补贴。李书禹一早就收到邮件了，本来准备给她缴费的，想了想还是没自作主张。

见面后，孟芮把邮件浏览了几遍没点在线缴费按钮。

李书禹有点急了，就六百块钱，孟芮现在应该不缺的，那就是不想去了……

“李书禹——”

“不行！”

孟芮又看了眼活动时间，之前也是一时冲动就报了名，完全没考虑这个时间段她需要回家陪着妈妈。

“我寒假得陪我妈，不能去，之前……没考虑到。”

李书禹不想听，他都已经规划好了一切，大到住宿、行程，小到去中环半山扶梯给孟芮拍偶像同款“梦游”照片……

都安排好了！

“对不起啊。”孟芮很抱歉。

李书禹看着她：“就去一周也不行吗？”

孟芮摇头。

李书禹气得跺脚：“为什么呢？是有很重要很重要的事吗？你妈妈……身体不好？不是不是，是有什么事呢？就去五天也不行？”

孟芮不想说。

李书禹垂头丧气：“你都答应了，怎么这样啊……”

李书禹颓丧地坐在台阶上，两人都不说话，孟芮坐过去，说：“以后，以后再一起去好吗？”

李书禹抬头看她：“以后？什么时候？”

“毕业了工作了，生活稳定了。”

李书禹“嘿嘿”笑：“那时候还在一起呢。”

孟芮假装没听到。是啊，希望还在一起呢。

回宿舍，孟芮给妈妈打电话，对方拒接，过了一会儿才回过来。孟芮觉得不对劲，再三问妈妈最近怎么怪怪的，最后终于问出来，孟芮妈妈从国庆节开始就一直在医院照顾生病的爷爷。

挂了电话孟芮坐着叹气。

她对爷爷家感情很复杂。当初出事，不管是徐家还是爷爷家都把责任归在妈妈头上，孟芮妈妈要卖房赔偿的时候爷爷还阻拦了，不过等情绪过去这事也就过了。

孟芮能理解爷爷白发人送黑发人的悲伤，责怪就责怪吧，不过再多的理解，也会在长达多年的折磨中消解一些。

说不上感情好，孟芮挨过了这几年，看多了妈妈的“赎罪”，强迫自己自私起来，她只考虑自己和妈妈过得好不好，其他人随便。

可惜，甩不掉的麻烦很多。

孟芮问妈妈爷爷生了什么病。妈妈说老人家上了年纪，心脏不太好，不能动刀，就住院观察养着。

孟芮问：“医药费呢？”

“花不了几个钱，你爷爷有那个新型农村合作医疗的保险，都能报销。”

孟芮问：“报销要等出院才办理，现在谁掏钱？报销完钱落到谁手里？”

妈妈说：“这些事你别管，我有分寸。”

孟芮生气：“你要么出钱，要么出力，没道理又伺候人又出医药费。”

妈妈也有点不高兴，说她：“你这孩子现在怎么满脑子都是钱。”

“因为他们都盯着我们的存款过日子不是吗？”

妈妈叹气：“小芮，好好读书，家里的事我会处理，你管好自己就好。”

孟芮很生气，绝大部分时间她很爱很爱妈妈，但偶尔她会觉得妈妈性格太软弱，不过她不能说，她是妈妈最后的伙伴。

周六去俱乐部，经理问孟芮寒假能来全职做几天。孟芮说了下自己的情况，经理有点为难。

孟芮知道经理是看谁的面子让她工作时间灵活安排，既然对方为难，肯定是影响到了别人。于是孟芮主动说寒假她不做了，开学后有空缺的话她再来，经理松了口气。

俱乐部最近在裁员，再加上冬天淡季到来，也不需要那么多人了。

正好提到了这事，孟芮决定做完十一月就暂时不来了，十二月安心准备期末考。

一直到孟芮离开俱乐部，她都没再见到过讨厌的祁遇。

离职当天结算了所有工资，孟芮荷包满满，决定请李书禹吃饭，顺便告诉他寒假不去俱乐部了。

李书禹有一点点不高兴："香港你也不去，俱乐部你也不去了，你是不是要和我彻底划清界限？前两天还说到以后，说过几年还和我一起去，这就反悔了……"

孟芮说："不是啊。因为寒假要早点回家。"

"你家那边好玩吗？我能去找你玩吗？"

孟芮语气认真："不要来找我。"

"哦。"

孟芮看他可怜兮兮的，说："吃完饭要不要去看电影？"

"要。周末去市区看吧，还可以去吃好吃的，顺便去逛逛。"

"……周末万一有安排呢？"

李书禹伤心死了："跟我约好都不算安排？"

"不是，礼仪队可能有事。"

李书禹叹气，他双手撑着脑袋，右手中指和食指伸出来摇摇晃晃："两次，你伤害了我两次，你得补偿我。"

"什么两次？"

李书禹欲哭无泪。

孟芮笑起来："好吧，你说吧。"

李书禹满足了："我得好好想想，不许限定时间啊。"

"你倒是提醒了我。"

"来不及了。"

吃完饭八点多，学校附近就一家私人电影院，李书禹是想去的，但那里边的环境他担心孟芮不自在就没去。两人散步回学校。

进了小北门，李书禹停下脚步，叫她："我想到一件事了。"

"说吧。"

李书禹走上前，离她很近。孟芮感到自己垂在身侧的手被他轻轻碰了一下，面前的人笑得十分明朗："牵手逛校园，熄灯再回去。"

孟芮："……"

李书禹说："我都没要求亲……"

孟芮握住他的小拇指。李书禹不说话了，宽厚的手掌整个包住她的小手，心情愉悦地牵着她一步步走。

"一定要走到熄灯吗？我有点困了……"

"那去那边坐着聊天？"

"有什么好聊的！"

"这么困吗？"

孟芮点头。李书禹思考了两秒，牵着她走过去，坐下，他用空着的手拍拍自己肩膀："可以免费借你靠一下。"

"谢了，不用。"

"用吧，不要太客气了。"

"真的不用。"

李书禹双手把她的手包在手心。他现在特别开心，但他特别疑惑，这牵手的姿势谁看了不说是情侣，但他们不是，暧昧什么的最没劲了。

"孟芮。"

“干吗？”

“你都让我牵你的手了，我算不算男朋友？”

“不算。”

“预备男友！”

“不要。”

李书禹听不见，他慢慢把脑袋靠在她肩头：“孟芮芮同学，我就当你把我预订了，这位客人要记得提货，不要让我在仓库积灰太久……”

孟芮忍不住打了个寒战，她用食指推开他的脑袋：“靠我肩膀要收费。”

李书禹继续靠上去作小媳妇状：“人都是你的了，还要什么钱……”

孟芮心道，要吐了要吐了……

还真给孟芮说中了，周末还真有事。

是礼仪队一个学姐临时有事找孟芮救场，这个学姐给孟芮介绍过几次工作，孟芮肯定要帮的。

一个地产公司的活动，据说还邀请了一位当红明星来表演，兼职群里都炸了，大家都在商量要去合照要签名的事。孟芮本来无所谓，但谣言传到周五的时候，已经成了当红流量小生来现场献唱了。

活动当天，大家很失望，所谓明星也就是比她们这些素人有名气一点。孟芮和伙伴拿手机查了半天才找到一点点这位明星的出道经历，前几年某选秀节目全国一百强……

不过孟芮倒是在这里见到了祁遇。

祁遇显然也很惊讶：“你到底打几份工？”

孟芮解惑：“穷人家的女儿早当家。”

祁遇笑着走开。

休息时间，一起兼职的校友赵佳嘉问孟芮怎么认识华众的祁总。

孟芮解释：“我之前打工的店里常来的客人。”

“什么店？”

“嗯……爵士吧。”孟芮撒了点谎。

赵佳嘉讨好地笑：“还招人不？帮我介绍下呗。”

“现在不招了，有的话我告诉你。”

“谢啦。”

活动结束后，孟芮等人要去后台换衣服，祁遇又来了。

“我这儿有个工作，你要不要做？”

孟芮本能想拒绝，但又想起过去和祁遇针锋相对的次次失败，她无所谓地问：“什么工作？”

“晚上我有个活动需要携伴出席，不知道你愿不愿意，酬劳从优，置装费我出。”

孟芮会答应就有鬼了。

“一万。保证不需要你喝酒应酬，结束后我会叫司机把你安全送回学校。”

“抱歉，我不做这种工作。”

祁遇也没坚持，走了。

他走后，赵佳嘉骂孟芮脑子不清醒：“一万块哎！又不会发生什么，而且你去那儿说不定还能认识朋友，你是不是傻？”

孟芮不说话，她哪里猜不出来祁遇要去的场合会遇到哪些人，她以祁遇的女伴身份出席才是脑子有屎。

“你要真不想去……不如介绍我去？”赵佳嘉一脸期待。

孟芮实在是不想跟祁遇多说话，但赵佳嘉开口了，只是让她介绍一下她都拒绝的话倒显得有问题。

孟芮硬着头皮出去找祁遇，他还没走远。

孟芮直接说明来意，祁遇问：“比你漂亮吗？”

孟芮忍着心里的抵触回答：“是的。”

祁遇不信："撒谎。今儿的礼仪队里，我就没看到比你漂亮的。"

都说赞美人人爱听，孟芮却觉得有些恭维真的让人恶心。

祁遇又问:"真不去? 也许你应该亲自体验一下有钱人的社交生活，或许能再次刷新你的认知。"

"不用了，再见。"

回去告诉赵佳嘉对方已经找好了女伴。赵佳嘉撇撇嘴，叮嘱孟芮以后有好的工作机会分享一下，孟芮答应下来。

孟芮回学校专心准备期末考，周末她就去批发市场淘货，快过年了，她的很多客户会在年底为自己冲动消费一次，商机不能错过。

这天她从市区回到学校，下了公交车，正好遇到李书禹和林源几个人出来找地方吃饭。

李书禹来和她说话："给你发微信都没回……"

孟芮回忆了一下："意念回复了……"

李书禹摇摇头，不跟她计较："去吃饭吗? 一起? 我们俩去。"

林源凑过来："啧啧啧，好卑微……"

李书禹："滚蛋。"

林源挑衅地看着孟芮："孟芮，我看错你了，你还真是铁骨铮铮不畏富贵。"

孟芮看了他一眼，又看了眼李书禹，她突然笑着挽住李书禹的胳膊，问："吃什么?"

李书禹脑袋里都炸烟花了，嘴角咧到耳根："你想吃什么就吃什么！"

孟芮本来想拉着他去吃食堂，未来得及开口，林源发话了："一起啊?"

"好。"

李书禹收紧胳膊又握住她的手，他只差蹦着走路了。

他们去校外的中餐馆吃饭。进了包间，李书禹眼里就没别人了，眼珠子就没从孟芮身上下来过。

林源想起一事，说："圣诞我们有个聚会，都是李书禹从小玩到大的朋友，孟芮你去吗？李书禹追你这么久终于追到手，大伙儿可都想见见你的庐山真面目呢。"

他特意把"从小玩到大"五个字说得很清楚，就是要告诉她，这场聚会的成员都是什么家庭出身。

李书禹烦他："闭嘴吧你！"

孟芮看向李书禹，问："我可以去吗？"

"当然！"

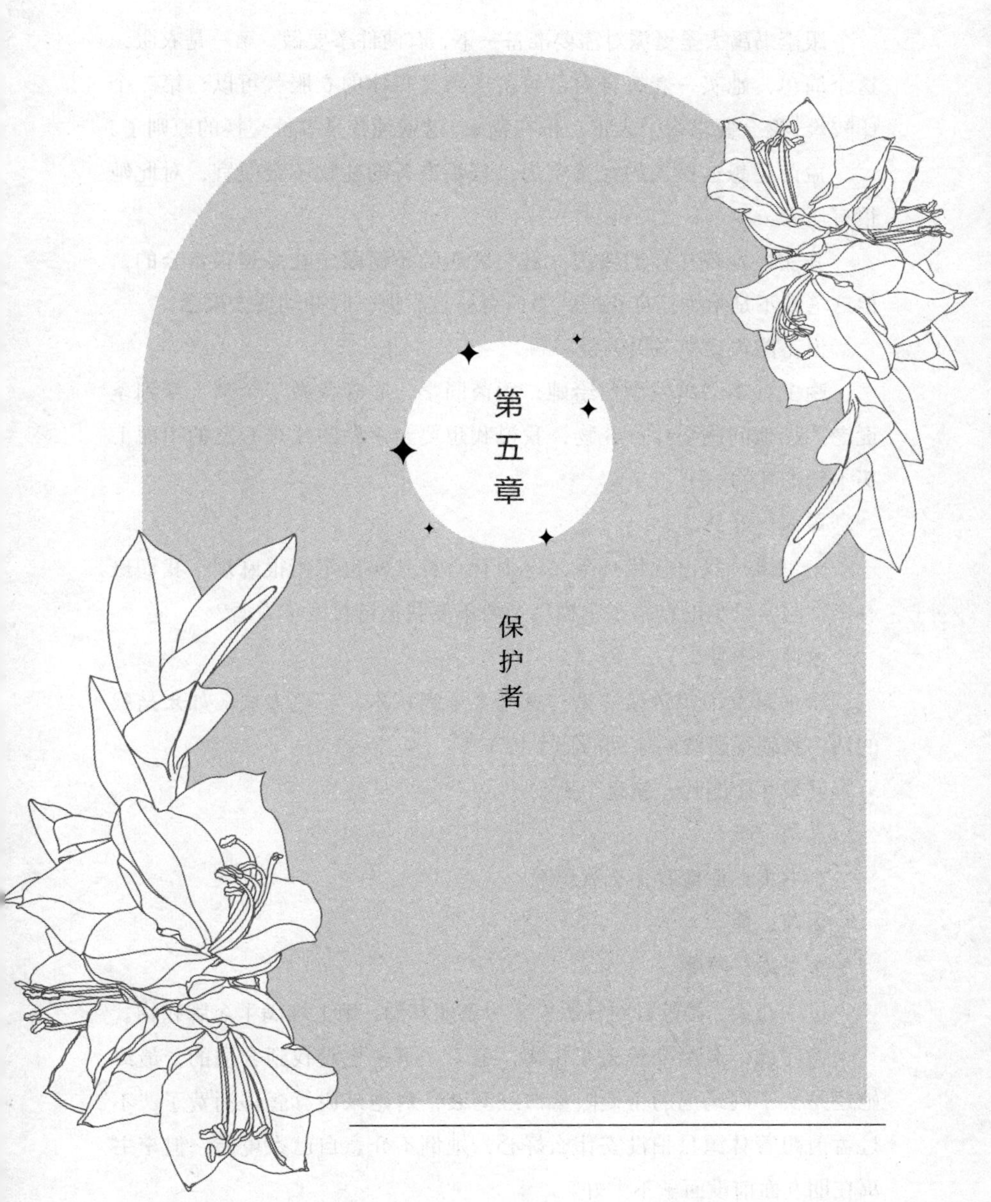

第五章

保护者

跟李书禹去圣诞派对需要准备一下，有两件事要做。第一是衣服，这个简单，她买一套符合自己经济实力又得体的衣服就可以；第二个比较难，聚会要求每个人带一份礼物来。这就纯粹是等价交换的原则了。

孟芮想想这些人的经济实力，只怕准备的礼物不会便宜，对此她很有压力。

其实以她现在存的钱买一份名牌店的圣诞限定礼品是很富余的，但这笔钱不是给她这样花的。孟芮有一点后悔一时冲动要去聚会。

但不能再让李书禹失望了啊。

晚上，李书禹发微信给她：孟芮同学，昨晚我做了个梦，梦到圣诞老人，他问我要什么礼物，我说我想要亲手做的代表心意的市面上买不到的礼物……

孟芮：好梦。

李书禹：我再解释一下，这个有心意其实也不用很麻烦，我们班有个女同学给男朋友搭了个模型，要不要我把链接发你看看?

孟芮：不要。

李书禹发了个链接过来：就是个乐高积木，一百多块。如果是我的话，我就很喜欢同系列的那个校车！

又发了个图片：就这个！

孟芮：哦。

李书禹：你懂我什么意思吧?

孟芮：懂。

李书禹：嘿嘿。

过了几天，孟芮看到林源发了一条朋友圈，地上堆满了名牌礼物。

考完试，孟芮准备去买礼物，逛了一下午也没找到合适的，最终她还是买了阿玛尼的圣诞限量口红套装，对她来说算奢侈消费了。不过孟芮想着林源只怕没安什么好心，她倒不介意自己家境差，但李书禹在朋友面前没面子不太好。

买完去兼职群找活儿，本来她打算放假直接回家的，现在把这笔亏空补上再回去也好。

圣诞正好在周六，大家都有空。

周一，李书禹和孟芮一起从图书馆出来去食堂，碰到了林源和一个女生。

孟芮觉得陌生：“这个女生好像不是上次吃饭那个呀。”

李书禹说：“是的。林源这个人不行。”

孟芮同意：“的确不行。”

李书禹表清白：“我可不是那样的人，我跟他完全就是塑料兄弟！”

“哈哈哈好吧。”

“周六睡醒我来接你呀。”

“不是下午才去吗？”

“就……提前见面啊。”

“干什么？”

“吃午饭。”

李书禹心想：把礼物给我呀！

周五下课，李书禹又来找孟芮，孟芮在自习室复习，还有一门专业课元旦后才考。

从三楼下来，孟芮遇到了一个女生，看着脸熟，一时没想起来。

对方主动打招呼：“周六你要跟李书禹他们去玩是吗？”

想起来了，林源前女友。

孟芮点头。

林源前女友打量了孟芮一眼，她知道一些孟芮的情况。首先林源大一高调追孟芮的事大家都知道，其次李书禹追孟芮战线有点长，这期间林源偶尔也和她说说孟芮。

“其实一开始我对你有点成见，因为我知道林源追过你，他也没否认。因为我不高兴，他就一直哄我。林源这种人，追你的时候，对你好的时候会让你觉得自己是无价之宝，但他的热情去得也快，没有比这更伤人的了。孟芮，你家里条件也不好吧，听我一句劝，别动心，跟这些公子哥玩玩可以，认真你就输了。不是一个圈子的人，融不进去的。”说到这儿，她自嘲地笑了笑，“等你去跟他们玩一次就知道了。”

孟芮微笑：“谢谢提醒。”

两人一前一后下楼，李书禹在楼下等孟芮，看到她，迎了过来。孟芮回以微笑跟他一起去吃饭。

“哎，那个那个，林源前女友！”

孟芮白他一眼：“不要这么八卦。”

李书禹：“哦。”

周六，上午十点半，李书禹已经在宿舍楼下等了二十分钟。

孟芮抱着礼物下楼，李书禹看那个盒子的尺寸有点不对劲。

“怎么这么大！”

“盒子大。”

李书禹笑：“其实也不用包这么大啦，直接给——”

“我买的口红套装，送给女孩子最合适。”

“……”

就是生气。

孟芮走了两步不见人跟上来，回头叫他：“走啊。”

李书禹边走边从书包里掏出来一份包装精美的礼物：“送你的！”

孟芮接过来：“谢谢。”

李书禹说：“你可千万别内疚啊，虽然你没有给我准备礼物，但我给你准备了就好了，真的，你千万别自责。”

孟芮表情很平静：“好的。”

李书禹：“……”

孟芮问：“吃什么？”

“不饿！”

“不饿算了。”

“哼！”

吃完饭两人慢慢悠悠往聚会的地方走。林源他们几个已经到了，打了两个电话催。

一路上李书禹都在生气，鼻子不是鼻子眼睛不是眼睛，孟芮假装看不见。

下了车，李书禹装不下去了，拉住她：“孟芮！我跟你谈谈心。”

“谈呗。”

“你学坏了！”李书禹说，“艰苦朴素的作风已经被你抛弃了，过个圣诞而已，你看看你，买这么贵的礼物送人，一套口红得一千多吧，你得做几天兼职才能赚到？一点不懂珍惜钱，我叫你买个一百块的玩具你都不买，你的价值观已经坏了。”

孟芮反问：“你怎么知道一套口红多少钱？买过？”

“没有没有！怎么可能！上次陪你买口红不就有套盒吗？我看到价钱了。”

“买过就买过啊，肯定是送给女生的，居然不承认，诚实守信的好品质已经被你抛弃了。”

“你就气我吧你。”

聚会地点在林源家的酒店，先安排喝下午茶，男生们喝酒玩牌，晚点一起吃饭然后去酒吧玩。

孟芮先前逛街在名牌店看到的限定款都穿在现场男男女女身上了，室内空调温度高，女孩子们脱了外套都是精致的高跟鞋、丝袜、连衣裙。孟芮穿着卫衣、牛仔裤和小靴子，格外出挑。

毕竟是李书禹带来的，女孩子们也没有表现出势利，拉着孟芮一起自拍。

孟芮这辈子都没拍过那么多照片，跟着看她们修图，互相审核修的图，煞有介事讨论发朋友圈的文案，就这么一件事就花了两个小时。

孟芮加了她们好友，照搬其中一个的图发了一条朋友圈，配文：圣诞快乐。

熟悉之后孟芮也了解到，这群女孩里有真富二代，也有普通家境的在校生，只是一起来的男孩子都条件不错罢了。

孟芮发朋友圈的时候大家都看着，她没好意思分组，等她发完没多久，她的微信就炸了。孟芮平时发生活类朋友圈少，这还是第一次收获这么多点赞和评论。

礼仪队的好几个都问她在哪儿玩，有人在群里说要孟芮带她们一起去。

宿舍群也在讨论，第一恭喜孟芮和李书禹在一起，第二讨论这张合照上所有的品牌衣服加起来多少钱。

孟芮没去回应，她仔细观察身边的人，没觉得有什么不好。原本就是出身富贵的孩子，消费能力在这儿，为什么要掩饰财富？也许有人误会她凭借外貌傍富二代，但这种猜测又有什么好解释的呢？

孟芮只觉得放松。

当然，她也想到林源前女友在楼道里跟她说的那些话，但她没有在意，李书禹的真诚已经不需要怀疑了，而所谓的圈子……她的确是够不上此刻的环境，但这是先天家境构成的，不是她的终点。

一整晚，孟芮唯一的担心是林源会闹点不愉快让她尴尬，但最终也没有。

吃过晚饭，大家交换礼物，孟芮的化妆品被一个女孩子选走了，她也随便挑了一件，不知道谁送的。

她和李书禹都不喝酒，去酒吧坐了半小时就走了，出来后李书禹要她拆礼物，孟芮拆了，是一条羊毛围巾。

李书禹问：“你会戴吗？”

孟芮摸了摸布料，又看了看颜色：“给我妈妈戴。”

李书禹笑了：“嘿嘿，挺暖和的，阿姨戴应该不错的。”

孟芮笑而不语。

“走啦走啦回学校。”李书禹招手打车。

回到学校，李书禹送她到寝室门口，两人站着聊了一会儿天，怪冷的，李书禹依依不舍放她回去。

“等一下。”

李书禹回头。

孟芮从包里拿出来一个小盒子扔给他：“圣诞快乐。”

“哈哈哈哈我就知道你肯定准备礼物了！”

“拜拜。”

“明天见呀孟芮芮同学。”

“我忙。”

回到宿舍，气氛不对。孟芮先去洗澡，出来的时候室友们围着她桌上的两份礼物在看，见到她出来立刻作鸟兽散。

孟芮没问，走过去把围巾装好收起来，又把李书禹送的手链放到架子上去睡了。

宿舍很安静，室友们噼里啪啦打字的声音此起彼伏，孟芮看了看手机，宿舍群一条消息也没有。

“孟芮，你说你毕业后的目标是去清泉集团啊？”同学问。

孟芮承认：“是。”

又有人问：“李书禹原来是清泉集团的公子啊，够低调的。”

孟芮冷笑回应：“我也不知道你父母是做什么工作的，你也很低调。”

还有人问：“清泉很难进的，今年招的都是985、211研究生，你现在是李书禹女朋友，是不是能有绿色通道啊？”

孟芮看对方一眼，问：“你是在担心我会靠不正当途径卡掉你的机会吗？我觉得这个问题等你自身成绩和综合实力能比过我的时候再担心也不迟。”

对方无言以对，孟芮入学以来一直是拿校级奖学金的。

谣言很多，孟芮毫不在意。这个问题从她知道李书禹的家庭背景后就猜到了，当时没想和他多来往也是考虑到了这一点，但现在到了这一步，孟芮也不怕。

她要着急辩解只会越描越黑，不如硬气回击。

宿舍气氛也怪怪的，室友偶尔还跟孟芮说别理会那些酸话。孟芮是没空分辨这安慰里的真心成分，人际关系这么不堪，那她索性就图个清净。

她靠脸靠实力都能杀出一条光明大道，这些人到底在想什么？难道毕业求职简历的特长一栏写“特别擅长嫉妒同侪”？

元旦过后，期末考全部结束，李书禹要走了。他家里有事，忙完直接去香港。

礼仪队期末要负责学校的一个校企合作的项目接待工作，为期三天，此外孟芮自己还接了个工作，也是三天，做完她也就回家了。

接待第一天，孟芮就遇到了祁遇祁总，他们公司要和经管学院合作办实训基地，听说祁遇公司还会派人来授课。

会议茶歇时间，孟芮端庄地站在礼堂门口。祁遇朝孟芮走过来，孟芮在心底翻白眼，面上还要保持微笑。

“你是经管学院的？什么专业？”

“工商管理。”

“怎么学这个？”

“为何歧视我们专业？”

祁遇笑：“没有没有，结束后能陪我逛下校园吗？好久没来学校了，很是怀念。”

“抱歉，这不是我工作范围内的。”

“OK。”

祁遇转身去找了老师。几分钟后，老师过来跟孟芮说去接待祁遇，以在校学生的身份和企业老板沟通一下学生对岗位培训的需求。

可真是冠冕堂皇。

系办刘老师对成绩很好的孟芮是有印象的，她也觉得这是个机会，说不定孟芮毕业后还能进祁遇的公司。

孟芮只好答应，逛校园而已，多大个事。

“那边体育馆，那边图书馆，食堂在那儿，女生宿舍集中在那儿，这是教学楼，您看要去哪儿参观？”

祁遇双手插袋：“走走，随便聊聊。”

孟芮跟着他一起走，一点也不开心。

祁遇闲扯：“你好像对我很有成见？”

孟芮无语，这倒打一耙的能力厉害了，脸皮也随着年纪加厚吗？

祁遇见她自己在那儿嘀咕，笑了：“好像是我总逗你玩，抱歉。”

“真的抱歉不如现在放我回去？”她脚踩高跟鞋有点累。

祁遇自顾自找了个地方坐下，孟芮站得离他有点距离。

祁遇：“我需要拿个喇叭和你聊天吗？”

孟芮往前走，隔他三人距离也坐下了。

“你让我想起一个故人。”

孟芮要吐了，这找话题的方式好老土：“让我猜猜，祁总年轻时还没发家致富时遇到的姑娘，对方嫌贫爱富把你抛弃了，如今祁总功成名就打算再续前缘发现物是人非。”

祁遇大笑：“纠正一下，我年轻的时候就很有钱，对方是嫌富爱贫。”

“所以呢？”

“你总是让我想起她，以前我怎么对她好都会让她觉得有压力，她家境不是很好但人非常优秀。”

“哦。”

祁遇看向她：“你呢？和李书禹交往有压力吗？”

“没交往，没压力。”

“你永远都是战斗状态吗？”

“分人。”

“看来我是真的惹到你了。”

“祁总何必在意一个学生对你的看法。”

祁遇看着远方，问：“你会因为双方家庭条件差距大而放弃爱情吗？”

孟芮觉得他真烦人，耐心逐渐耗尽：“关你什么事？”

“好奇，想知道。”

孟芮笑了：“想知道我和你那位前女友是否一样对吧？我说是你就高兴了，认定我们穷人家的女儿都是敏感、脆弱、自卑的。”

“不是吗？”

孟芮看着他的眼睛：“不是，这跟穷不穷没关系，说白了就是不够爱你。你说那个女孩自身很优秀，她现在过得如何？”

“还不错。”

“看吧，只是不值得为你奋斗罢了，为自己奋斗还是可以的。”

祁遇沉默了两秒，问：“这算是从前我欺负你的报复吗？”

“你自己问我的。”

“所以李书禹值得你奋斗？”

孟芮站起身：“本末倒置，我首先为自己奋斗。其次，我选择值得付出的爱人。”

“你不用辛苦奋斗也有前途。”

孟芮对这种话已经麻木了：“富二代不过坐享其成，富一代才值得尊重。”

“所以你看不起李书禹。”

“关你什么事！”

她走了。

晚上，孟芮收到祁遇的微信好友申请。

她拒绝了。

他又加：未来的富一代同学，拒绝潜在合作伙伴不够明智啊。

孟芮通过，屏蔽朋友圈，决定不理他。当然祁遇也没有找她聊天。

孟芮今年在外婆家过年。

回去没几天，李书禹到香港了，他每天给孟芮发很多照片和视频分享。孟芮看到就回，但李书禹参加活动比较忙，不经常看手机。

这天晚上，孟芮吃过晚饭去外面散步，李书禹打来电话。

“明天我们视频吧！我给你转播演讲！”

孟芮：“没流量。”

李书禹：“Wi-Fi 呢？”

孟芮：“我在乡下外婆家，没有网。”

李书禹：“孟芮你是葛朗台吗？你做兼职赚那么多钱买点流量怎么了！”

孟芮生气：“我在乡下！信号不好！买了流量也没用！”

李书禹：“你就骗我，什么乡这么偏僻！”

孟芮：“地图上找不到的那种。”

李书禹：“……我不信，我给你充话费，明天我必须看看这个乡的信号到底有多差！”

一分钟后，孟芮手机到账一百块话费。

隔天上午，李书禹发来微信：在干吗在干吗？演讲马上开始了，找个信号好的地方坐着去。

孟芮：在喂猪。

李书禹：我总感觉你在骗我……

孟芮：乡下不能养猪？你以为人人家里餐桌上的猪肉都是养殖场来的？

李书禹：看看猪。

孟芮一个视频弹过去，画面里出现哼哼唧唧抢食的三只大黑猪。

信号果然不好，镜头卡在猪张嘴那里就没动过，李书禹看了十几秒，挂了。

除夕夜，孟芮和妈妈一起做了年夜饭，一家人坐着看春晚吃饭。

常规的拜年信息中夹杂着一条祁遇的，他发了个红包，孟芮没领，回了句“新年快乐”。

晚些时候，李书禹给她打电话，两人断断续续聊天。

李书禹想到去年，他问孟芮去年是不是不开心。

孟芮说是。

李书禹问：“今年开心吗？”

“很开心。”

“我也开心，孟芮，新年快乐，以后每一年都要你快乐。”

“新年快乐。”

今年过年有个好消息，孟芮妈妈垫付的医药费报销下来后爷爷叫人给她们送来了。

这件事让她充分体会到苦惯了的人一点点甜就能甜到心间。

她觉得生活一点点在变好。

开学之后发生了一件事，李书禹他们学院的。

李书禹念的建筑系是五年制的，下学期大三，学院有个去柏林交换学习的项目，李书禹在名单上。当然，这个项目背后是清泉集团出的钱。

这事孟芮原本不知道，林源跟她说的。

他的原话是：“拜托你不要再荼毒李书禹的思想了，本来就是个富贵人家的少爷现在偏偏也和你一个战线伪装清贫气节，这可真是欺负人啊。”

孟芮约李书禹出来。

李书禹说：“这个名额其实是看成绩的，我的成绩的确符合要求，但我们宿舍还有一个人比我成绩更好，他应该去。”

李书禹说的室友是从大山里走出来的那个。

孟芮问：“既然对方比你有资格，学院怎么会选你？”

李书禹叹气：“交换只是包学费和住宿补贴，生活费、往返机票都要自己出钱的，他……家里条件不是很好。”

孟芮问：“去多久啊？”

“一年。”

孟芮又问：“对德语水平有要求吗？”

“不知道，应该有吧，但上课是英文授课。”

孟芮思考了一下，说出自己的看法：“出国交换也不是那么简单的，语言不通也很麻烦，像你说的，支付不起生活费也是问题。我倒是觉得，对于很多贫困一点的学生来说，未必所有的机会都是值得抓住的。”

李书禹若有所思：“可他本人很想去呢。”

孟芮问：“那他有没有去争取啊？我是觉得像你这种条件出去一年挺好的。你同学那种，如果出去一年会给家里带来很大的经济负担的话真的没必要，先解决生存问题比较实在。”

李书禹不说话了，孟芮说的话当然没错，他哪里在意别人说闲话，他真想靠家里，犯得着去抢这种交换生名额吗？高中就出去了好吗？

但他就是不想靠家里啊，一点点也不想啊。他想和其他人一样努力学习毕业后找设计院打杂、跑腿，向上爬，他想像孟芮一样靠自己奋斗起来。

他还要成为孟芮的依靠呢！如果靠家里怎么保护孟芮呢？怎么和她并肩作战呢？

孟芮向前一步，靠近他一点：“如果这次出国对你来说是很好的机会，在专业上能够得到提升，你不应该放弃的。你家那么有钱，送你出国很简单，你也不要考虑别的。”

李书禹嘀咕：“没考虑别的，就是不想去。”

“为什么不想去？”

“其实这种交换项目也就是给履历镀金，有个出国的经验罢了，这个我又不缺……”

孟芮没再劝，支持他的决定。

李书禹回去后跟辅导员说放弃名额，辅导员反映上去，自然要通知到李书禹父母那边。

李书禹父母都在外地出差，叫李写意问问李书禹是怎么回事，不是想当建筑师吗？

李写意给李书禹打电话，李书禹还是那套说辞，觉得意义不大。

“林源跟我说了，你那个女朋友是怎么回事？”

李书禹生气：“跟她没关系，她还劝我去呢！她还不是我女朋友呢现在！”

李写意：“哦，还没追到手？你行不行啊？”

李书禹：“再见！”

这次交换生一共四个名额，研究生两个已经定好了，还有两个都在李书禹宿舍，林源和曹军。最近这件事在系里很受关注，曹军的条件大家都知道，不少人私下议论觉得他真没必要逞强，谁料到曹军很快就去系上要补助，并且提出可以和清泉集团旗下的设计公司签约毕业后去就职。

他的底气来自自身实力，他对自己的专业水平很自信。

在校成绩当然能说明一部分实力，但从建筑设计行业来说，一个毫无项目经验的本科大三学生的成绩单实在不值钱，清泉的设计公司每年校招的应届生优秀的比比皆是，曹军真的没啥竞争力。

不过校领导很赞赏他的骨气，私下也帮他说了，清泉集团方的负责人表示勇气可嘉，希望三年后校招能看到这位优秀的同学。

这就是拒绝了。

真正靠关系拿资源的是林源，他老爸做房地产的，林源以后要接手家里的生意，并不会去做设计，要个学位证书即可，这种出国交换学习的机会他很需要。毕竟林家有钱让儿子留学，但不想他在学校浪费太多时间，本科五年都有点长了。

林源对此很大方，谁都不敢说什么。

曹军这边去不了换研究生去就好。

林源闲得无聊也劝曹军："出去交换一年为的是开阔视野，不是让你去体验资本主义的小时工，不要本末倒置。"

扭头他又私下教训李书禹："看看你干的好事，给别人制造了多大的幻想。"

李书禹也怼他："你不就是想有个伴陪你玩吗？你可别侮辱别人的上进心了。"

"上进心？无视客观条件硬碰硬那叫上进？那叫不知天高地厚！"

"跟你没话聊。"

"是，你就跟孟芮有话聊，孟芮靠着自己的条件和你的帮助，生活费赚得满满当当，曹军有这种机会吗？这两个人都不是一个水平的好嘛。"

李书禹笑了："你为什么总是要强迫别人按照你规定的方式生活？圈子阶层你划分好了，谁敢跳起来你就要按下去，你是怕什么呢？"

林源没接话，走了。

他怕什么？他什么也不怕，他就是讨厌孟芮这种人对周围的影响力，即便他已经躲得很远，她还是能让他不舒服。他就是不喜欢李书禹一副要和孟芮绑死的态度，他就是不要在未来很多很多年还一直见到孟芮出现在他的生活圈子里。

她不是有能耐吗？要单打独斗自己闯吗？那就离他们这种人远一点自己去悄悄奋斗不行吗？

烦。

林源点开孟芮的微信。

他看孟芮的朋友圈，最近一条是过年时发的，在农村的一个院子里，和家人的合照。林源看到自己送的围巾系在一位中年女士脖子上，应该是她妈妈吧。

家里这么穷还把几千块的围巾自己用！烦！拉黑！

交换的事来来回回折腾了几次，曹军最后放弃。系里先没通知学生，跟清泉的人重新报了名单加了个研究生。他们想着看看清泉的反应，要是最终还是李书禹的话，也不用让另一个同学空欢喜。

果然，对方说过两天回复。

李书禹被家里叫回去。他老妈第二天一早的飞机才回来，在家吃个早饭跟他谈谈心又得走，李书禹就在家等着被约谈。

林源拉黑了孟芮之后神清气爽，他已经开始准备到德国之后的旅游目标了。这天，林源在学校和现女友约会，他跟对方说了要出国的事，女朋友很不舍，林源觉得差不多该分手了。

女生想和林源在外面住，林源正好开了车准备一会儿去赴个局，两人吃完饭准备过去，他的车就停在北门外边的路边，周围都是等客人的黑车。林源刚走到车边，孟芮着急忙慌地跑过来揪着一个黑车司机问去平川县多少钱。

好家伙！空车回来的话他要是司机他就收一千！这是穷学生的消费水平吗？！

林源鬼使神差决定送孟芮回家去。

路上两人很沉默，林源安慰自己说美女的眼泪一向杀伤力强，送就送吧。他还想着到了主动给李书禹打个招呼，这算义气，毕竟李书禹要追孟芮也明明白白先问过他了。

快天亮了才到，孟芮让他停在路边。

“回去再谢你。”她说，嗓音沙哑，她低着头不看他，手搭在车门上，“请不要跟过来。”

她下车走了，林源才不听，大老远送来了就这么回去？林源熄火下车，跟着她进了巷子口。

刚进去就看到巷子两旁摆满了花圈……他走近几步看到挽联上写着：徐成德老先生千古。

徐？外公吗？

林源心里暗叫不好，孟芮家出事了。他犹豫着要不要进去，前面的孟芮停住了。

孟芮忘了自己在哪里看到的。听说如果家里有人遭意外过世，家属会把害死死者的罪人扎成纸人跪在灵前，然后下葬的时候一起烧掉。

现在是凌晨四点半，守夜的宾客寥寥无几，灵堂设在院子里，孟芮站在门口，看到自己的妈妈跪在灵前在烧纸。

她一步一步走进去。徐家的人看到她，又哭了起来，嘴里喊着已故的父亲，说孟家的人来齐了，紧接着就是孟家害死徐春阳，让父亲无人送终的叙述。

孟芮迎着所有人的目光走到妈妈身边要把她扶起来，妈妈不动，扭过头小声对她说快走，回去上学。

孟芮不走，一旁的亲属见孟芮过来推了一把她，嘴里不清不楚地骂着。

孟芮跪着烧了些纸又上香，旁边的女眷哭得厉害，吵醒了在里面屋子里休息的徐奶奶，老人家让人扶着走出来。

孟芮起身问最近的那位女眷：“你们想怎么样？怎么样才能满意？”

对方收了眼泪，怒气冲冲："怎么样？我们家老爷子白发人送黑发人，现在过世了连拄孝棍的人都没有！你问我怎么样？就要你和你妈守灵发丧一路跪到坟前去！"

孟芮看向她："就这样吗？送走徐爷爷就可以了吗？"

"你什么意思？"

孟芮看着对方的眼睛："徐奶奶过世还要这样糟蹋我们一次吗？"

啪！

对方一耳光抽过来。孟芮整个人被打倒，跟过来的林源见状跑上前跟孟芮妈妈一起扶孟芮。徐奶奶已经来了，老人家没什么力气，瘦得皮包骨一样。

孟芮站起来，徐奶奶揪住她的领口狠狠啐了她一口："一家子恶毒的东西，还咒我老婆子早点死！来，你今天就把我也撞死，我们一家子都死干净好成全了你的心愿——"

老人情绪激动，整个人往孟芮身上靠，孟芮几乎被再次弄倒。

林源冲过来拉开老太太，徐家人打过来，闹成一团。

混乱间，孟芮被林源护到身后。她扭头一看，妈妈晕倒在了灵前。

120 急救车来把孟芮妈妈拉走，林源也跟着上车去。

他一句话都不敢说，什么都不敢问。孟芮的眼睛还是那么红，巴掌大的脸蛋上清晰的手印更是吓人。

林源在想刚刚到底经历了什么，怎么会有这样的事情？

孟芮……

他看了一眼孟芮，算了，不忍心看。

林源悄悄摸出手机，给李书禹发了个地址，说：孟芮出事了，速来。

孟芮妈妈是劳累过度晕倒了，打了点滴没一会儿就醒了。母女俩在说话，林源出去，李书禹还没回信息，他打个电话过去。

林源怕李书禹着急路上出事，没细说。李书禹也立刻往外跑。这会儿还早，李书禹妈妈的飞机还没落地，家里人都还睡着，李书禹拿着车钥匙就走了。

孟芮妈妈打完点滴后先回了家，林源中间去了徐家一趟取车，顺便在来吊唁的客人口中得知了这两家的恩怨。

好家伙，林源直接脑子都不转了。这事超出他的认知范围了。

他不知道自己此刻对孟芮是什么感觉，同情吧也不是，心疼吧也不是，难以描述。

酒驾出事这种事在林源看来不算小概率事件，他们这个生活圈子里出意外花钱打点的太多了，说句难听的，都说人命值钱，但很多时候人的命也有价格。

打死林源也想不出来还有这样闹的。

这会儿林源开车把孟芮母女送回家。他也不好意思跟上去，送到他就走了，去找了家酒店开了个房休息，顺便等李书禹。

孟芮在家照顾妈妈。

妈妈看着女儿脸上的巴掌印，哭了："小芮，咱们不能这么说话，死者为大，要理解他们家人的心情。"

孟芮点点头："我错了。妈，你在家休息，我去守灵。"

"回学校去，听话。"

"你跪在那里我怎么回去？"

徐家的女婿、外甥们晚些时候知道了孟芮来说的话，气急败坏跑去了医院，没找到人，又来孟芮家了。

孟芮开门，几个男人气势汹汹站在门口，孟芮绝望地看着他们不发一言。

孟芮本来就瘦，现在更是脸色苍白，开门时带起来的穿堂风都能给她吹倒一样。来找麻烦的男人见了这一对病弱的母女，气势稍微弱了下来。

后面跟着个中年男子倒是像来拉架的，他进了门先看了眼孟芮妈妈，然后对孟芮说：“小姑娘，你也是个名牌大学的大学生，人情世故也懂。该体谅的也体谅一下，如今老爷子过世，奶奶本来就伤心，那么大年纪了，再想起儿子，哪里受得了，情绪失控也是可以理解的。你心疼你妈，也要理解对方的心情，有些话不能说的。”

孟芮：“您几位来有什么要求吗？需要我去烧纸磕头我一会儿安顿好我妈妈就去。”

“算了算了，晦气。”另一个男人摆摆手走了。

李书禹赶到时已经下午了。林源让他把车停在酒店，他开车送他过去，路上把孟芮家的事给他说了。

“什么？开车的不是孟芮和她妈，这家人有病？这么欺负人警察也不管？”

林源已经冷静了：“怎么管？寻衅滋事？这缘故可有得说，这就是判不明的官司。”

到了孟芮家，敲门。

李书禹看到孟芮的那一刻心疼得眼泪直接掉下来，他把孟芮抱在怀里：林源站在身后看到孟芮扯出一个十分难看的笑容，然后她闭上眼睛，豆大的泪珠掉了下来。

林源烦躁不已，转身下楼去跑到附近的小卖部买了包烟蹲着抽。

他这辈子就没见过人这么活着。

孟芮家。

孟芮对李书禹说：“你能帮我一个忙吗？”

李书禹摸着她的脸，说：“嗯。”

“帮我看着我妈妈，别让她出门。”

“你去哪儿？”

“我要去办点事，你帮我看着我妈行吗？我外婆和舅舅晚上就来了，到时候你就可以走了。”

李书禹已经猜到她要去哪儿，他拉住孟芮：“我陪你去。”

孟芮笑了：“李书禹啊，别跟着我啊。”

李书禹在孟芮家陪着孟芮妈妈。

他让林源去买了吃的，回来端给阿姨。

孟芮妈妈道谢，问：“你们俩是小芮的同学吗？一个班的？”

林源回答：“是同学，不是一个专业，社团活动认识的。”

孟芮妈妈笑了笑，看着林源：“早上谢谢你啊，是你开车送小芮回家来的吗？你们是小芮的好朋友是不是？她在学校过得好吗？”

林源说：“特别好。孟芮同学成绩好，人缘好，人又漂亮，又有个性，老师同学都喜欢。”

孟芮妈妈又看向李书禹：“你叫李书禹对吧？小芮跟我提过你。”

李书禹不看她，问：“是的阿姨，我是李书禹。”

“你是不是喜欢我们家小芮啊？”

李书禹抬头，轻轻点头。

“小芮跟我说你很优秀，对她很好。”

“没有，阿姨，我一点也不优秀。孟芮很优秀，她特别好。”

孟芮妈妈欣慰地笑，她把碗放下，看着两个男孩：“我们小芮脾气有点倔的，她啊，最不喜欢被人看到家里这个样子。谢谢你们在这儿陪我，早点回去吧，别让家里担心。”

李书禹知道，他怎么不知道孟芮不让他跟着去的原因，他点点头，说：“等外婆来陪您我们就走。”

“好。”

等到下午六点多的时候，孟芮外婆来了，舅舅家里有点事耽搁，他开车过来还要一会儿。

孟芮妈妈打发他们走，李书禹和林源听从安排。

“开车小心。”孟芮妈妈叮嘱，“对啊，林源你昨晚没睡是不是？

要不还是去酒店睡一觉明天再走吧。”

“我订房了阿姨，您放心。”

“那就好，那我不送你们了。”

“阿姨再见，您注意身体。”

“去吗？”林源开着车问。

“去。”

“孟芮不想让你看见啊。”

“我不进去。”

林源心想，看到那个场面你不冲进去才怪，我都忍不住。

到了徐家，正是哭丧的时候，在巷子口就听得到。林源就没下车，他不能再看第二次了。

李书禹一个人进去，走到院子门口，他也停住了。

孟芮跪在那儿烧纸，火盆里燃烧起来，火星满天飞，家属们或坐在地上或跪在灵前哭。时不时，孟芮就要被拉扯一下，她没什么反应，木偶一样机械地烧纸，磕头。

李书禹的脚灌了铅一样沉重，他转身躲到院子外面对着墙壁不发一语。

许久许久，里面的哭声骂声停歇，李书禹看了一眼，孟芮起来了，坐在一旁草堆上抱膝发呆。

李书禹悄悄进去，没人注意他，他走到孟芮面前，牵起她的手要离开。

孟芮无力地说：“回去吧。”

徐家的大女儿见有人又来闹事，早上那会儿围观的人少，现在街坊四邻都在，她正好要把孟芮那恶毒的诅咒再说一万遍让大家评评理。

李书禹说什么也要把人带走。

“犯了罪自然有法律管，当年发生那样的不幸，您的家人离世，孟芮的父亲也没能活，迁怒也不是这样迁怒的。您要是觉得不公平，去报警，打官司，法律都不判孟芮和阿姨的罪，你们还要株连九族吗？”

徐家大姐冷笑：“她爸死是活该！我弟弟那时才二十五，还没结婚成家就那么白白丢了命，我爸妈没了儿子这些年是怎么过的？你孟芮和你妈真的心安理得才是笑话！阎王老子来了今天你也得给我跪完这五天！”

李书禹心下悲凉，他感叹自己居然能理解这位大姐的部分说法，孟芮和妈妈就是这样的吧，太过善良才会被这样欺辱。

徐家大姐笑：“什么东西！早上一个晚上一个，杀人犯的女儿就是下贱！”她挑衅地看着李书禹，“你要替她出头，那你来跪。”

李书禹简直说不出话，他就没遇到过这样不讲理的人。

“他是清泉集团董事长的儿子。”孟芮突然说。

周围安静了下来。

徐家大姐问：“那又怎么了？”

孟芮站到李书禹面前：“他只是我的同学，只是送我回来而已。他妈妈是清泉集团董事长，你应该知道这家公司，你要他跪，只怕你们家承受不起。”

徐家大姐被人拉走，周围的客人都在打量李书禹，孟芮拉着他的袖子离开。

李书禹感到自己全身的力气都被抽走了，看着挡在自己身前保护自己的孟芮，他好难过。

第六章

时差和邮件

李书禹没走，他住了下来，孟芮在院子里守，他在外面等。

他定时进去给孟芮吃东西喝水，孟芮也不跟他说话。

李写意找他，问他怎么回事，大清早开了车出去，这两天不去学校也不请假。

李书禹说有事，挂了电话给辅导员打电话请假。

第三天的时候，孟芮舅舅来了。他带了一帮人来说要给徐家老爷子守孝。

“不是缺儿子吗？这个儿子我来当。大孝里里外外都得照顾到，您放心，人我都带齐了，客人我都给您招呼好。孟芮，起来，回去照顾你妈，舅舅接你的班。”

孟芮站起来没走。

徐家一开始也没说什么，结果孟芮舅舅带来的人连吃带喝，跟前来吊唁的宾客把这些年徐家是怎么欺负这对母女的，复读机似的不停地讲。本就闲来无事的街坊最爱断这种公案，一会儿说徐家情有可原，一会儿也跟着说的确是过分了，直把个白事闹得不像个样子。

徐家终于忍不住要他们滚。

孟芮舅舅问："当着这么多人的面说清楚，这回滚了咱们两家恩怨就算了了，往后不要再有什么牵扯。"

徐家出面的人巴不得他赶紧走，答应了。

孟芮舅舅见好就收，招呼朋友们走，他整理好仪容，走到灵堂前跪下，对着徐爷爷磕了三个头，每磕一次头都响亮地撞在水泥地板上。

磕完头，他说："老爷子，您走好，到了那边见着了我那姐夫您随意打骂，活着的人咱们就各自好好过日子，都不容易，您理解。"

说完他起身，额头上已经渗出了血。徐家人到此又痛哭了一场，这事也就这么完了。

孟芮请了一周假，多出来两天她陪妈妈。

李书禹走的那天孟芮去楼下送他，他表情那么难过，好像犯了多大的罪一样不敢看孟芮。孟芮心疼了。

她主动拥抱李书禹，李书禹在她耳边轻声问："我只会给你添麻烦是不是？"

孟芮笑了笑安慰他："没有。回去开车小心。"

李书禹回去后被叫回了家里。

父母对他最近的行为很是疑惑，这叛逆期来得也太晚了点。

"你说你爱建筑设计，出国交换学习你又不去，现在还不去学校，你这几天去哪儿了？"

李书禹不说话，浑身疲惫。

“需要我找人调查吗？李书禹，我和你爸从来不插手你的私事，但你也不能让我们担心，白白浪费我们的信任。”

李书禹抬头：“朋友家里出了点事，去陪她了。交换学习我会去的。”

李书禹妈妈打量他，问：“听说你谈恋爱了？”

“没有。”

“去忙你的吧。”

李书禹出去后，李妈妈打了个电话让人查一查李书禹这几天干吗去了。

孟芮假期结束后回学校，李书禹来车站接她，他跟孟芮说他下学期去德国。

李书禹说：“每天给你打电话没有意义，你回来的时候开车来接你也没有意义，装傻充愣逗你开心更没有意义。孟芮，我收回说要和你在一起的话，我没有资格。”

孟芮紧闭嘴唇不出声。她拒绝过很多人，从不考虑对方是否受伤，这不是因为她冷漠，她只是知道那些人不会真的受伤。

有心的人，用心的人才会被伤。

李书禹看着前方的路，他不停地想起那天孟芮挡在他面前说他是对方惹不起的人时的身影。他拿什么喜欢孟芮，一个需要被家里保护、被孟芮护着的人拿什么说喜欢。

轻飘飘的“喜欢”二字真的毫无价值。

去他的自食其力，去他的漫长努力，唯一正确的选择就是用最快的方式借助最多的力量去成长，他必须快点成长。

“我就去一年，然后回来继续读书。等我大四的时候你已经工作了吧，我也会努力的孟芮。”

孟芮点点头：“一起加油。”

李书禹伸手过去握住她的手，两人没再说话。

林源很高兴李书禹决定去德国，他每天上蹿下跳开告别会，一场又一场，醉生梦死。偶尔他会想起孟芮，然后就吓得他继续喝酒，总能把记忆冲淡。林源想，孟芮以前的样子已经够烦人了，被欺负的样子更烦人，他还是决定忘记那一段，记住相对不烦人的孟芮。

反正，未来很长很长时间内，他应该都得经常见到那个傲慢的孟芮吧。

清泉集团发了一个内推招聘信息，李书禹转给了孟芮。是实习生岗位，接受大三学生，孟芮打算下学期去报名。

学期末李书禹就要走了，他和林源一起，家里人不来送，林源喊了一群朋友为他送机。

李书禹给孟芮发微信，孟芮说到时去送他。

出发前一天晚上，孟芮从图书馆出来接到一个电话，李写意的。

李写意开车带她去了学校附近的一家茶楼。在那里，孟芮见到了李书禹的妈妈董亚洁。

董亚洁开门见山："李书禹一直在追你，你们现在是交往状态吗？"

孟芮老实回答："不是。"

"不喜欢李书禹？"

孟芮不回答。

董亚洁替她说："不够喜欢，但看上他的家世所以不拒绝他的追求？"

孟芮放在膝盖上的手握紧："不是。我喜欢李书禹，但现在我不打算恋爱，我的生活重心是学习和工作，之后才会考虑恋爱。"

董亚洁点点头："你在校成绩不错，毕业后的规划是什么？"

孟芮对上她的眼睛："我想进清泉集团管培生项目。"

董亚洁挑眉，她看向一旁的李写意。李写意开口："管培生现在都是研究生起步，你进不了。”

孟芮说：“今天招聘的人里研究生学历只占了75%。”

李写意补充说：“剩下25%都是清北毕业生。”

孟芮说：“我并不比别人差，我看过清泉每年的招聘要求，也看了很多面试者的分享，我认为我可以在大四的时候通过面试。”

董亚洁问她：“怎么通过？让李书禹帮忙？”

孟芮告诉自己没关系，董亚洁这样优秀的女企业家不可能是真心说这些话，于是她冷静回答：“我从大一进校就决定进清泉，我也一直在朝这个方向努力，我相信，清泉集团招聘一个管培生还不需要李书禹推荐。而且，他也跟我说过，他不参与清泉公司的事。”

董亚洁笑了：“知道的事还挺多。既然你不想靠李书禹，那怎么又接受他的安排去俱乐部上班？你那份工作那个薪水靠自己能进去？”

孟芮脸色微红，说不出话。

董亚洁继续说：“你说你大一开始就把目标对准清泉，结果你又和我儿子纠缠不清，这真的很难不让人怀疑你的动机。看你长得漂漂亮亮的，不少人追吧，在俱乐部的时候就有人追你——”

孟芮打断：“我不能左右别人的行为，我只约束自己。”

董亚洁更强势：“你聪明又漂亮，选对一条路，说不定马上就能和我在一个桌子上吃饭。”

孟芮没明白：“您说的是让我去嫁一个有钱老板还是把作为您的儿媳妇当终身目标？”

李写意别开脸，心想：强敌对抗。

董亚洁看着孟芮：“都可以不是吗？”

孟芮不卑不亢：“您对我有疑虑很正常，想必您也查清了我的底细，加上我的家境，似乎更能证明我的动机不纯，我狡辩也没有用。清泉是我的第一选择，如果我的确实力不够无缘通过面试，我也会继续找匹配我能力的工作。”

“嗯,”董亚洁喝了口茶,说,“明天李书禹就要走了,你去送他吗?”

“去。”

“好。”

孟芮走后，李写意整个人瘫在沙发上。

“妈，你这是在干吗？上演刁蛮恶婆婆？”

董亚洁面无表情：“很过分吗？”

“你回忆回忆自己说的话，哪个女孩受得了。”

“受不了困难就没有了吗？一个女人想在这个社会闯出来，这点话都听不了？”

李写意啧啧感叹：“幸亏我不是你儿媳妇。”

第二天上午，孟芮在机场送李书禹。

林源的朋友们超夸张拉着横幅送行，一帮人在那儿嘻嘻哈哈拍照留念，引得来往旅客注目。

李书禹拉着孟芮去一边说话。

“假期我不回来。”

“嗯。”

“孟芮，你……你会等我吗？”

“等你回学校吗？”

李书禹摇头：“等我再次跟你告白，那时候我应该能喜欢你了。”

孟芮轻轻摇头，好傻的。她也傻傻地答应了：“嗯。”

李书禹欢喜异常，他握住孟芮的双手：“我昨晚做梦了……”

孟芮笑：“又梦到圣诞老人了？”

李书禹也笑：“没有。我梦到现在这个场景，梦到我和你拥抱……吻别。醒来的时候，我告诉自己，拥抱不着急，亲吻也不着急，我们还有长长久久的以后。对吗孟芮？”

“嗯。”

两人面对面手牵手不说话，时间一分一秒流逝，到了最后。

李书禹紧了紧握她的手："我走了。照顾好自己，不要生病。"

孟芮没说话，她仰头看着李书禹，然后踮起脚拥抱他："你也要照顾好自己。"

因为这个拥抱，李书禹一路好心情。

暑假前，孟芮投了清泉的实习生岗位。这个岗位要求低竞争少，本市在校生优先，主要是上班方便，工作内容难度也不大，以孟芮的实力完全可以进。

但她被刷下来了。

其实孟芮是通过了的，不过她面试时被祁遇看到了。祁遇想继续逗她玩，他很多年没遇到这么有意思的人了。看到她后，祁遇就跟清泉某高管要了这个实习生。

这事李写意后来偶然得知，她私下问董亚洁。董亚洁想都没想："这有什么好在意的？祁遇和我们合作多年，要个实习生而已，这种人情为何不送。"

李写意无语："你还真不让孟芮进清泉啊？"

"我拦着她毕业来投简历了？"

"那到时候祁遇再要人呢？"

"这是孟芮自己要做的选择，跟我们有什么关系？"

李写意问老妈："你不怕李书禹跟你闹啊？"

"他对公司毫无奉献却享受了不少资源，为了个实习生名额和我闹？"

"为了爱情！"

"与我何干？"

孟芮收到面试未通过邮件的当天，祁遇就找她了。邀请她去他公司做实习助理，他亲自带，绝不让她跑腿打杂。孟芮想都没想就拒绝了。

祁遇因此评价她没有远见，迟早会因为自尊心吃大亏。

孟芮同意他的观点，但表示这个观点放在自己身上不合适。

祁遇来劲了：“哦？怎么不合适说说看？”

孟芮冷静回答：“祁总，我见识浅，在我看来，只有家中父母开公司的孩子才能有这样的机会在毕业前就直接接触生意。像我这样普通人家的学生，都是要从实习生打杂开始一点点学习的，即使我去清泉，干的也不过是基层工作。所以祁总您给我这么好的机会是出于什么目的呢？”

祁遇漫不经心地回答：“大概是比较喜欢听你叫我祁总。”

孟芮忍着怒火保持风度，她说：“那再免费送您一句，祁总。我觉得您这个人也挺天真的，您是觉得全国除了清泉就剩您一家公司了？难道我去不了清泉就找不到实习单位？”

祁遇突然做出受不了的表情，他说：“孟芮啊，你太无聊了吧，你来我公司吧，我太无聊了。”

孟芮愤怒地挂了电话。

她重新找了个实习工作，一家日化公司市场部的实习生，主要工作内容是管理兼职促销员。

李书禹跟孟芮之间隔了七小时时差，两人经常错过聊天时间。李书禹很想跟孟芮约定一个通话时间，因为他不想让这一年的异国生活冲淡两人之间少得可怜的感情。但他不敢说，怕孟芮嫌他烦。

孟芮总是很忙，回消息很不及时，李书禹能理解。她面临毕业，还要实习，哪里还能跟海外党每天固定聊天？但他也不想加深在她面前烦死人的形象。

令他意外的是，孟芮主动联系他要了他的邮箱地址。

李书禹问：“你要发什么给我啊？”

孟芮淡淡地说："也没什么。"

其实是一封信，不是很正式的格式，甚至有点像日程记录，但的确是发给他的，给他讲了自己今天做了些什么。

李书禹意外又惊喜，孟芮开始给他分享日常点滴。

他看完后立刻回复她，也说了自己下午和晚上的安排，邮件里还附带了自己拍的街景。

孟芮没回复。

第二天同一时间，他又收到孟芮的邮件，她说：今天一整天都要去上班，晚上回学校要整理资料写论文，没时间跟你聊天了。对了，今天我们专业群里有同学问论文格式排版的问题。我就做了个模板发到群里了，好几个同学说没想到我这么热心，你说我平时是不是太冷漠了啊?

李书禹收到信立刻回复：没有！（一点点……）哈哈哈哈，孟芮同学真棒，我也要你的模板。我现在知道了，你白天没时间跟我聊天所以以后我们固定每天发邮件对吗? 孟芮，我每天都会第一时间回信的！要是哪天不回，回来叫你打我！

孟芮收到信后笑了，为着李书禹能明白她的心意。

孟芮是怎么想的呢? 为什么要用邮件联系呢? 因为她有点焦虑，觉得自己的人生有点失控了。

别看她面对祁遇时冷静自持，实际上，她开始心慌。

尽管孟芮一直对自己对外都说清泉只是目标之一，还有别的选择，但她一直很相信自己的实力，觉得自己进清泉十拿九稳，至少不应该连应聘实习生岗位都进不去。真要是最后因为实力不足被刷了也就还好，问题是现在冒出来个祁遇一句话就把她的资格取消了，这么多年的努力突然没了意义，她没法不灰心。

她第一次真切感受到人只有实力也不够。

她有点怕，不知道祁遇这种拿她取笑的兴致能维持多久，会对她的人生规划产生多久的影响。她知道祁遇公司做得大，在本市有很多人脉，她不管去哪个公司，祁遇都能轻而易举搅和一下。

她无力反抗，她真的有点怕。

原本设想的人生是进清泉，好好工作攒钱买房把妈妈接出来，后来加了一条，跟李书禹恋爱。这是孟芮想要的人生，事业、家庭、爱情的最佳配置，现在还没开始就乱套了，就因为一个祁遇，就这么简单。

失控的无力感刺激了她对自我命运的掌控欲，她重新梳理眼前的困境，唯一不变的选项居然是感情生活，是李书禹对她的真诚。

孟芮承认，自己开始需要李书禹。

孟芮就是这样的性格，认定了一个目标就会全心全意对待，工作如此，生活和感情也是如此。

虽然现在她对李书禹说不上非常爱，但她的确想让李书禹存在于她未来的人生里。有了这样的目标，孟芮就不会任由距离和时间毁掉原本可能美好的结果。

她明白了，生活不会按照自己的计划表走，爱情也不会等她五年十年整理好了生活再降临，想要的还没争取已经在流逝，她丢不起更多了。

她和李书禹还没正式开始，现在李书禹就身处异国，如果彼此不用心对待，很容易会因为距离和时差产生矛盾误会，让感情逐渐冷淡下去。

她不要这样。

深思熟虑之后，孟芮觉得写邮件是最合适的方式，她可以在每天晚上睡觉前给李书禹分享自己的一天，李书禹也可以有充足的时间来给她回信。

回信的时间不重要，重要的是两个人每天能拿出一点时间维护这段感情。这个态度很重要，这也是孟芮想让李书禹感受自己诚意的最佳方式。好在李书禹没让她失望。

孟芮写信提到祁遇骚扰她的事，这种事她没别人可以倾诉，只能告诉李书禹。

她在邮件里简单陈述了事件经过，然后问李书禹：我觉得有点无助，你明白我的感受吗，李书禹？

李书禹回复：我明白。有些人一时兴起的玩心，玩弄的是别人努力多年的目标，没有比这更卑劣的行为了。孟芮，我很理解你的心情，我能做些什么给你安慰吗？

孟芮把他的回信看了好几遍。

人生第一次尝试袒露自己的脆弱，被人好好接住温柔对待了。孟芮觉得自己有点想念他了。

睡前，她给李书禹发微信：已经被安慰到了。我要睡觉了，提前跟你说晚安。

李书禹秒回：晚安孟芮，做个好梦。记住哟，我这边比你晚七个小时，当你哪天过得不开心，我可以重新帮你找点快乐补回来！

第二天睡醒，李书禹给孟芮发了漂亮可爱的小女孩的照片，发了可口诱人的甜点图片，发了德国人不好笑的笑话，还发了自己煮饭炸厨房的视频。

足足补了七个小时的快乐。

李书禹跟林源合租，还有两个留学生，都是亚洲人，大家相处不错。林源就不是来学习的，成天组局喝酒。李书禹一般不参与，除非是大家一起去旅行。

这天晚上，李书禹从酒吧把喝醉的林源接回家，两人坐着聊天。林源说李书禹无聊，年纪轻轻不知道珍惜自由。

李书禹问：“你怎么那么爱喝酒？有什么意思？”

林源说："不是爱喝酒，是爱和美女喝酒。"

李书禹不理解，林源笑话他："你啊，没谈过恋爱什么也不懂。"

李书禹笑得志得意满，他问："林源，你知道什么叫浪漫吗？"

"你知道？"

"孟芮啊，每天都给我写信，每天！"

林源的表情跟吃了苍蝇似的："互联网时代把你们俩抛弃了？"

李书禹傻乐："你不懂，孟芮是怕忽视我的感受，所以每天固定给我发邮件联络感情，真浪漫。你明白那种感觉吗？你被这样对待过吗？每天都有期待，就算我们隔得再远，我也知道她心里有我，我可以永远相信孟芮，她说每天就是每天！一天也不差。"

林源不说话了，李书禹这会儿越说越骄傲，恨不得全世界都知道孟芮对他的重视。他握住林源的手臂激动地摇晃："林源，我要开心死了你懂不懂啊？我们家孟芮喜欢人原来是这样的，会把我安排在每天的日程里，天啊，突然觉得我们孟芮体内有德国人的严谨魂！"

"滚滚滚，恶心不恶心！"林源骂骂咧咧回房间去，内心多少有些失落。

"羡慕吧你！"李书禹说，然后回卧室抱着他的平板睡前再看看孟芮的来信。

林源不懂爱情，李书禹懒得理他。

小组里有一个意大利女同学对中国文化很感兴趣，经常跟李书禹、林源聊天，算关系比较好的新朋友。

李书禹跟她提到自己和女友每天除了电话、微信之外会固定发邮件分享日常。女同学听完后说："你女朋友一定很爱你。"

李书禹高兴死了，说："是的，我也这么觉得。女生会这样做一定是很在乎对方，怕对方失落对吧？"

"那当然。远距离恋爱最大的问题就是在彼此的生活中缺席，她很在意你的感受，你应该珍惜对方。”

李书禹就像得到了孟芮亲口保证的天长地久一样喜悦，他问：“那我还可以做什么让她也感受到我的真诚呢？”

女同学说：“不要把对方的邮件当作很稀松平常的小事。你要知道，现代人都习惯了快餐式爱情，很少有人会这样传统地对待感情，非常纯粹的方式。”

“我明白的。”

“你真幸运。”

“谢谢你，我也这么觉得。”

他跟同学继续夸奖孟芮，夸到女同学都对孟芮这个人好奇起来了。

李书禹这才发现自己没有孟芮的照片。

他赶忙给孟芮发微信：孟芮，你怎么都不在朋友圈发自拍啊?

孟芮今天有空聊天，说：我不爱自拍。

李书禹说：咱俩交换照片好吗?

孟芮说：不要。

李书禹发去语音耍赖：“我好久好久没见过你了，我想看看你是不是没好好吃饭饿瘦了，一定没好好吃饭吧！我知道的，你最不会照顾自己了！”

孟芮回：别烦。

李书禹现在才不把她的高冷当真，他一个视频通话拨过去，嘴里默念“不要拒接不要拒接”。

孟芮接了。

她那边是晚上，人在宿舍阳台，应该是刚洗完澡吧，头发披散着，还有点潮湿。

李书禹在大太阳底下笑得灿烂：“嘿嘿，好久不见！孟芮你怎么那么好看？”

孟芮翻白眼：“看够了吧？”

“不够！我给你看看学校环境，你别挂啊。”

孟芮见他眼神一动不动，画面也没切出去，她问：“李书禹，你最好不是在截屏！”

李书禹吓得站直了：“我没有！”

孟芮不说话了，看着不大高兴。

李书禹承认：“我错了……我就截了一张，给你看看，可好看了。”

“我不看！”

“那我留着自己看。”

“你不许留。”

李书禹眼珠子转了一下，说：“那我还给你吧。”

他发来一张两人视频的合照，主屏幕是自己。

孟芮十分嫌弃：“谁要看你啊！”

李书禹嘿嘿笑，问她：“你要睡觉了是吗？可以打电话吗？”

孟芮问：“你不用上课吗？”

“下课了已经。”

“嗯，那我等下打给你。”

“好！”

一小时后，两人开始煲电话粥，李书禹一个劲跟她说自己女同学盖章认证孟芮多在意他。孟芮哪里肯承认，说：“无聊，我要挂了。”

“别啊！我不说了，我一会儿要去超市买些东西，我准备自己做饭吃了，你最喜欢吃的菜是什么？我学会了回国给你秀一下厨艺。”

孟芮想了想自己没有特别爱吃的，她随便说了一个：“番茄炒蛋吧，我喜欢拌饭吃。”

“这个简单，你等着，我一定要做出全世界最好吃的番茄炒蛋。”

“期待哟。”

两人又聊了一会儿结束了通话。孟芮去卫生间，回来的时候室友问她：“孟芮你是交男朋友了吧？最近很反常哟。”

孟芮下意识否认，毕竟她和李书禹还没正式确定关系，不能算恋爱。

室友明显不相信，孟芮也懒得多解释径直上床睡觉了。

第二天一早，有兼职人员跟孟芮请假说自己周六有事不能去，她的室友帮她代班。

孟芮同意了。没必要为难大学生，对方能这样安排肯定是还想长期兼职，如果她不同意也得自己找新人兼职，何况就一天。

为了保证不出意外，周六的时候孟芮提前去了这个展位，一来查岗点名，二来也要考察一下替补人员是否业务熟练，不熟的话她得培训一下。这个工作很简单，她们是给饮料厂商做促销，穿统一的服装站着就行，现场活动是买两瓶饮料即可参与抽奖，奖品有人字拖、足球、马克杯等。

孟芮观察了一会儿，发现对方也是常做促销的，搭展架、陈列产品都很熟练，于是放下心来。

这是月底最后一个周末，原本的一百张奖券应该都用得差不多了，孟芮要给个别销售情况好的展位补奖券，其中就有在卖场门口的热门展位。

她过去之后多待了一会儿，打算等客流量大的时候拍照发工作群里交差，没想到这一等，等出了问题。

一位顾客现场买了四瓶饮料后参与抽奖，手气好，客人抽到了一、二等奖，也就是马克杯和足球。兑奖的时候，奖品不够了。

这不应该。

她今天补奖券也是一百张，新奖品同步补上的，奖券多了奖品少了就只有一个可能，促销人员自己吞了奖品。

好在客人好说话，不想要杯子，换了人字拖。公司的人字拖定制的都是男士的鞋码，很大，客人说带回家给丈夫穿。

孟芮为了不影响工作，只是把情况记录下来然后离开了。接下来一天半她在每个展位检查奖品兑换情况，发现差不多都有私吞现象。

孟芮在写月度报告的时候纠结了很久。在这之前她上网搜了各类快消行业的兼职“内幕”，工作人员私下里谋取一点好处其实很常见。

她也不是第一次遇到，比如之前她的室友也做过类似的兼职，好像提到过把好的奖品扣下来自己留着。其实这些东西实际价值不高，大多数都印着品牌标志，转卖都卖不出去，自己拿着算是……心理补贴？毕竟兼职真的辛苦又低薪。

孟芮给李书禹写邮件时分享了这件事，然后她在报告里如实记录了这个现象，她的考量是只做自己分内的工作。既然是行业内心照不宣的内幕，这事应该交给管理层决定，管理层认为这个行为损害了公司利益自然会做出反应；如果公司也默许，那她的报告也对得起自己微薄的工资。

第二天睡醒，李书禹回信，他提出一个有趣的观点，他问：孟芮，你会不会有这样的感觉？大多数人辛辛苦苦工作换取微薄的报酬，其实不太会考虑对社会的价值，自己能存点钱买个喜欢的手机或者换个有阳台或者飘窗的小房子就满足了。

孟芮陷入沉思，自己努力找工作目标好像也是改善生存条件，并没考虑人生价值、社会责任这些。

她回复：那你学建筑是理想还是务实？

李书禹答：虽然不好意思，但我的确会投胎，生存成本不用考虑，多少容易理想化一些吧……不许嫌弃我！

孟芮回：没有嫌弃你，我还是如实上报了。我觉得认真工作是对的，如果什么都应付敷衍的话，努力就没有意义。

李书禹回：你说得很对！可以不用一直努力一直拼命，但人生总体还是要努力的。

孟芮的报告得到了上司的肯定。

招聘她的主管陈姐找她私聊，她说："你是这两年第一个主动汇报这件事的实习生，这说明了你的工作态度。孟芮，好好干，希望你毕业后还在我的团队。"

这算是孟芮在求职路上第一次得到认可，她的内心是喜悦的。

开题报告也很顺利通过了，孟芮最近状态好，论文框架很快整理出来了，她安排好时间上图书馆查资料做问卷调查。发问卷的时候她请李书禹帮忙。李书禹很靠谱，不仅充分发挥了人脉优势，还给她找了不少国外大学的资料发到了邮箱里。

孟芮感谢李书禹，李书禹趁机邀功请赏："口头感谢不够，你得答应我一个愿望！"

"什么愿望？"

"约会！"

孟芮笑了："等你回来再说。"

"算你答应了啊，我已经记下来了，孟芮要和我约会一整天！"

"幼稚。"

"别胡说。我最近好像长高了。"

"是吗？"

"是！我给你看！"

李书禹发来两张照片，穿的是同一件衣服，但第二张照片上，衣服显得短了一点点。

孟芮默默看完照片，问："有没有一种可能是你把衣服洗坏了？"

李书禹过了很久才回复，他说："孟芮，我从小也是自己洗衣服自己洗碗长大的，这件衣服是个意外。"

孟芮笑着回："我看你才是个意外！"

李书禹不要脸，回她："我是你的意外。"

"闭嘴。"

几天后，孟芮在宿舍写论文时收到学生会一位学长的 QQ 消息，叫她去学院办公室一趟。

孟芮去了，见到了祁遇。

这家伙故技重演跟老师撒谎，说上次来学校开会陪同他参观校园的学生自荐入职，他考虑过后觉得对方勇气可嘉决定给她一次机会。校方当然乐于帮助毕业生找工作，何况祁遇还是本地有名的企业家，于是老师立刻联系孟芮，正好一旁的同学认识孟芮，就找了她。

当着老师的面，孟芮不能对祁遇发火，还得配合表演。好在祁遇没打算继续留在院办公室，说要带她去公司交给主管一对一面试。

这话听着可疑，但祁遇说了：“正好看看你的应变能力，也不用准备简历了。”

真的无耻。

离开院办来到无人的校园里，孟芮停下脚步看着祁遇说：“感谢祁总赏识，我已经找到工作了。”

“你还要我三顾茅庐啊，不要太高估自己了孟芮同学。”

孟芮简直无语。

祁遇观察她极力忍耐不想破功的表情，心下了然她的冷静维持不了多久了。这让祁遇觉得有趣，他很期待，很想知道孟芮情绪崩溃之后会是什么表现。

孟芮冷着脸问：“你到底想干吗？”

祁遇居然摆出无辜可怜的表情：“我好无聊，没人陪我吃饭，你陪我？”

孟芮一点也不觉得他可爱，倒是想到李书禹，现在要是李书禹跟她撒娇卖萌，孟芮觉得……她会开心。

她说：“我没空也没必要陪你吃饭，请你不要影响我的生活可以吗？”

“那你得陪我吃个午饭。”

孟芮冷笑，“吃顿饭你就再也不骚扰我了吗？”不等他回答，孟芮笑了，“你以为我会这样问你吗？”

“你知道你最大的问题在哪儿吗？”祁遇问。

孟芮说：“并不想听你的评价。”

“还是听一听吧。”祁遇说，“你最大的问题是不会处理人际关系，这样还怎么混职场？每一个稍微让你不舒服一点的人你都拒于千里之外冷漠对待吗？难道你不知道工作本身就是要跟各色人打交道的吗？”

孟芮笑出来。祁遇问她笑什么。孟芮说：“祁总知道自己是让人不舒服的存在我很高兴，您对自己有正确认知我就放心了，又对生活充满期待了。”

祁遇难得被孟芮堵住嘴。

孟芮一路没回头，进了宿舍楼。

几个小时后，祁遇发来邀请：后天有个商务活动，陪我出席吧，算兼职，报酬你开，不喝酒不应酬。

孟芮被激怒，没过脑子就回：一千万。

祁遇秒回的速度让孟芮立刻后悔说错话。果然，他说：我可以支付，问题是你敢收吗？

孟芮当然不敢，不仅不敢收，连这样的对话都不敢再继续下去。

祁遇跟其他追过她的成功人士都不一样，耐心十足，跟追过她的同龄人也不一样，根本不会被她的态度轻易击退。孟芮所有的拒绝都是无效子弹，杀伤力为零，她伤害不到祁遇一丝情绪，倒是被他折磨得心烦意乱。

她想过要不要反其道行之，或许祁遇很快会感到无聊而走开，但又不甘心委屈自己跟讨厌的人多相处。

孟芮感到十分烦恼，她以前以为自己成长过程中已经遇到足够多的烦忧了，应该是准备好了接受社会的拷打，此刻看来不是这样。

是非烦忧不随人的主观意愿来去。

晚上，祁遇就派人送来了名牌手包、连衣裙和高跟鞋。孟芮又被富商追求的消息就此在同学间传开。

第二天她从图书馆回来，宿舍门虚掩着，室友们在议论她。

惠欣说："我也好想有一堆富二代、大老板追着我跑啊！"

蓉蓉说："你有孟芮的脸蛋身材吗？你有人家吊胃口的手段吗？"

"真的厉害。天哪，以前林源追，林源追完他的好兄弟追，李书禹出国了天天打电话吊着，身边又出现个开保时捷的大老板。"

小陈说："也不能这样说，孟芮那样的女生本身就会有很多异性追求，爱美之心人皆有之嘛。"

"唉，羡慕了，同样是大四面临毕业，咱们都是打工的，人家说不定会直接杀进决策层啊。"

门外的孟芮脸色发白地走开，好一会儿才装作没事人似的回宿舍去。

第三天，祁遇真的派车来接孟芮，孟芮穿着朴素的衬衫、牛仔裤和几十块的帆布鞋素颜上了车。她还背着书包，谁看都是一副穷学生的样子。

见了面，祁遇的眼神透露出意外，但更多的好像是愉悦。孟芮明白，祁遇怕是就喜欢有人跟他作对，她内心懊悔自己出错招。

今天是想来跟祁遇好好聊聊，不能这样下去了。

祁遇不可能真的带着一个背书包的女生去参加名流富商云集的酒会。他转而在隔壁餐厅订了位，看上去也不是一定要去参加活动的样子。

孟芮随着他落座，她说："我今天来一是归还你的礼物。同时也希望你不要再自作主张送东西，再有下次我就当二手商品卖掉，以你的名义捐款，折损差价我不会补给你。二是想跟你聊聊。"

祁遇根本不在意礼物，说："聊吧。"

孟芮诚心发问：“你打算什么时候放过我？”

祁遇叫来服务员点酒，又自作主张给孟芮点了菜，然后说：“等我觉得你无聊的时候，不过我预感你不会让我感到无聊。”

孟芮问：“什么叫无聊？”

“别人都很无聊。”

简直是废话循环。孟芮只能改变策略：“祁总，我不清楚您的最终目的是什么，但我只是一个普普通通的毕业生，生活的重心就是找工作养活自己。可能对您来说是无足轻重的逗闷子，对我而言却影响了正常生活。”

“比如呢？”

孟芮说：“比如因为您，我在老师和同学心中都有了不好的印象，我自问没有什么地方得罪您，您能放过我吗？”

祁遇面露无奈，说：“今天算是你的妥协？但你现在恨不得踹我一脚吧？孟芮，你为什么这么拧巴？你要不要考虑去学习一下表演，释放天性什么的对你应该有好处。”

孟芮不说话了。祁遇见她快气炸了，笑着说：“这样吧，你来给我当助理，我保证不会对你有逾越上下级关系的言行，我会好好培养你。”

“不需要。”

“看看，这就没办法了，咱们各有各的坚持。”

孟芮好想把面前的水泼到他脸上。

这时，祁遇站起身扣上西服扣子跟人打招呼：“董总，好久不见。”

孟芮回头，看到李书禹的母亲董亚洁。

回学校的路上，孟芮有点难过，她无法忘记董亚洁看到她时的眼神。她扫视孟芮一眼，随即向下看到孟芮脚边的名牌礼物，那表情似乎在说她早就想到孟芮会走这一步。

不知为何，孟芮有点想哭。

她到学校外面的超市买了一瓶酒。回到宿舍，空无一人，孟芮把不怎么好喝的便宜白酒倒在马克杯里自饮，很快就有了醉意。

趴在桌上睡了一会儿，室友们回来了，见她在喝酒，蓉蓉凑过来问她怎么了。

孟芮主动邀请室友们一起喝酒。另外三个早对孟芮有许许多多好奇的点，纷纷拿手机点下酒菜，又拿出各自的零食存货，折叠小桌摆在中间，四个人围坐着开始聊天。

孟芮问："你们是不是觉得我……"她斟酌了半天才说，"我只跟有钱人交往？"

小陈说："交没交往不知道，你也没说过，不过的确有很多老板、富二代追你不是吗？"

蓉蓉说："谁让你长这么好看，美女当然桃花运旺啦。不过你到底在跟谁交往啊？"

孟芮说："准确来说我没有跟谁交往。但我有喜欢的人，是李书禹，他出国了，明年回来我们就会在一起。"

室友们没想到孟芮会回答这个问题，她一向性格冷淡。蓉蓉乘胜追击，问："为什么不现在在一起？一年哎，变化很多啊。你看你现在不是还有很多人追？李书禹条件也不错啊。"

孟芮被问住了。

惠欣憋不住了，直白问道："孟芮，不是我要恶意揣测哟，说实话，我觉得你有点吊着男生慢慢挑选的意思。"

"我没有。"孟芮说。

"好吧。因为你什么都不跟我们说，我们只能看到你每天跟李书禹联系，但又收其他人的礼物，很难不这样想。"

孟芮明白了大家对她的判断的依据，她开始解释："我和李书禹之间，他很理解也很尊重我，我是一点点对他动心的。你们说得对，也许是我自身处理问题的方式容易被误解，我应该改变。"

室友们面面相觑，都觉得今天的孟芮和她们认识三年的冰山美人不一样，真诚了，有温度了。

孟芮喝得醉醺醺，手机都拿不稳，她还记着给李书禹发邮件，也不知道有没有打错字，反正她简短写了几句就发送了。

远在世界另一边的李书禹刚起床不久，孟芮的邮件比平时早几个小时，他点开来，看了一眼，呼吸都快停止了。

孟芮说：李书禹，要不我们正式交往吧，你觉得呢？

李书禹揉着眼睛看了好几遍确定自己没在梦里，他立刻打电话过去，没人接。

李书禹发微信给她：好好好！不许反悔啊，从现在开始我就是你男朋友了哈哈哈，孟芮你在干吗？在忙吗？忙完跟我打电话好不好？

发完微信他还发了朋友圈宣布了脱单喜讯，然后一上午捧着手机等孟芮联系。

李书禹很好奇孟芮怎么会突然主动说要在一起，他问了孟芮。

孟芮逗他："有吗？我昨晚喝醉了。"

李书禹大喘气："你怎么喝醉了？在哪儿喝的？孟芮，不要自己喝醉啊，很危险的。"

孟芮哪里还忍心再逗他，她说："骗你的，我是认真的。"

李书禹一个劲地笑："孟芮，我好开心。"

孟芮也笑起来，她说："我的室友啊，她们都觉得我对你不公平，在吊你胃口。"

李书禹心情复杂："你这些室友虽然帮我有了女朋友，但是她们怎么这样恶意揣测你呢？真是的。"

孟芮说："因为我平时都没有跟大家多交流，所以有误解很正常。"

李书禹简直要呐喊了：“孟芮你怎么那么好？”

孟芮说：“不是，我只是改变了一下自己的……孤僻？怎么说呢，前两天听到她们那样说我我是有些难过来着，但回头想想这个问题可以解决。我跟她们解释了，她们就没有误会我了。”

李书禹好喜欢这样的孟芮，他说：“你难过怎么不跟我说呢？”

孟芮正打算跟他说。

她说了跟祁遇的对话，说了见面的时候遇到了李书禹的妈妈，也坦诚地说了自己有点难过，觉得被李书禹的妈妈误会了。

李书禹听着她这些话简直要跳起来了，他终于亲耳听到孟芮多么喜欢他了，她都开始在意他妈妈对她的印象了。

李书禹觉得孟芮好可爱。

他连忙安慰她：“别难过孟芮，我跟你保证，董女士绝对不会因此误会你小瞧你的。你想想看，董女士一路走到现在，身为女性，她遭遇的言语攻击只会比你多，没人比她更了解一个优秀的女孩想在这个社会上闯荡会遭遇多少障碍了，所以她不会误会你，真的，否则她也不可能成功的。”

孟芮早就不纠结这件事了，但此刻还是被李书禹安慰到了，她说：“我知道，谢谢你李书禹。”

“不要说谢嘛。孟芮，其实你和董女士很像的，她了解了你就会喜欢你。”

“嗯。”

孟芮觉得他从前在身边随时挂在嘴上的表白都没有此刻的对话让她感动。

她从没有对哪个男生有过这样的情绪，这很难得。孟芮最近学会了打开自己迎接外部环境，于是她允许自己释放，她对李书禹说：“我有点想你了，李书禹。”

李书禹觉得自己下一秒就要心脏骤停了，他说：“我每天都很想你，每分每秒都想你。”

秋季招聘会要开始了，李书禹认识一个在清泉上班的朋友，他问孟芮要了简历帮她内推。

他是这么说的：“你知道内推成功一个有两千块奖金吗？所以并不是走后门哟，简历提交上去审核很严格的呢。”

孟芮在感激他的同时也在反思自己过去的言行是否过于敏感。这样不好，她得改变。

孟芮的改变落实到跟李书禹的交流中，足以让李书禹幸福到爆炸。他以前就幻想如果孟芮哪天接受了他，一定不会再那么冷漠决绝，他想过如果有那么一天他会多么幸福，但想象还是不及真实体验的万分之一。

好想回国——不对，必须回国！

第七章

恋火暖暖

孟芮因为经历了上次被刷掉的事，这次做好了也被刷的心理准备，她同时将简历投给了另外两家公司，结果都进了最终的面试。

也许是因为这次没有那么志在必得，反而取得了想要的结果，孟芮一路过关斩将经历了四轮面试后成功入选管培生，试用期一年。因为考虑毕业生夏季面临答辩请假会比较多，清泉给这批实习生规定的入职时间是六月中旬。

孟芮第一个跟李书禹分享好消息。李书禹很为她开心，他提出想回国找她玩。孟芮犹豫了一下，问：“有假期吗？回来一趟会不会很麻烦？”

李书禹想说一点也不麻烦，一张机票的事。但这话他不敢说，怕孟芮不许他回，他说：“圣诞和元旦连着放假，差不多有两周时间，如果不回来我就去打工，但我想回来找你玩。”

孟芮温柔地说：“好。”

“真的？”

“嗯。你自己想回来不用我同意啊。”

“那你想不想看到我？”

“嗯。”

李书禹激动不已：“孟芮我告诉你，我打工赚了钱的，给你买礼物好不好？”

孟芮笑起来：“那先谢谢你。”

“不用谢，我买好机票再跟你说啊。对了，你上班忙不忙？”

“还好。”

得了孟芮准许，李书禹开始大肆采购。选来选去都是些零食，小熊软糖，各类巧克力，黄油小饼干，甚至还在看到泡腾片的时候买了一组，想着孟芮平时上班可以泡水喝，因此他又买了一个杯子。

林源看着他成日抱一堆零食回来简直无语，这恋爱谈得真穷酸。圣诞他不回国，留在本地跟朋友们开派对过节。

“回国跟你爹妈说了没啊不肖子孙？”林源问李书禹。

“当然说了，我得回家住啊！”

林源搭上他肩膀奸笑：“呦，那你这恋爱谈得有什么劲？”

李书禹当然懂他的意思，瞪了他一眼，拍开他的手，说：“滚蛋，别拿你的龌龊心思想我和孟芮。”

“怎么了？你俩还手牵手恋爱一辈子啊？”

“闭嘴！”

晚上躺在床上，李书禹想到自己将来能和孟芮结婚睡一个被窝，还挺不好意思的。

入冬后，孟芮被上司陈姐约谈，对方想了解她毕业后入职的意愿。陈姐提出的条件不错，只要孟芮愿意，现在可以签正式合同，薪资待遇按实习算，毕业拿到学位证立刻转正。

孟芮老实回答，感谢了陈姐的赏识，然后坦白自己已经面试上了清泉。

清泉的招牌打出来，陈姐知道自己公司毫无竞争力了。于是她不再挽留，同时也迅速做出了一个决定，既然是不想留下的人才就没必要培养。她跟孟芮坦白说了这个考量，孟芮表示理解。

“这样吧，你再干一个月，就离职吧。”

“好的。”

一个月后就到十二月了，李书禹要回来，辞职后也能有时间陪他玩，孟芮回去后仔细考虑了一下，觉得这样也不错。既然正式工作已经敲定，她也忙了好几年了，最后半年就休息一下好好享受最后的学生时光吧。

她不再找兼职了。

孟芮自从上次跟室友们喝酒聊天之后，意识到跟身边人沟通的重要性，她想在最后一学期跟同窗四年的同学们好好相处。

辞职的事她发邮件告诉了李书禹。李书禹高兴得一蹦三尺高，他回去能和孟芮好好玩一周多！

孟芮辞职后拿到了工资，她去商场给李书禹买圣诞礼物。挑来挑去，还是买了围巾，德国的冬天应该挺冷的。

李书禹十九日晚上到上海，住一夜之后再飞回家。晚上，他跟孟芮打电话，孟芮问：“明天你家里人去接你吗？”

本来是的，家里司机去接他。李书禹问：“你要来接我吗？”

“如果你家里人——”

李书禹抢话：“我家里人不理我，我爸妈出差了，李写意谈恋爱呢不回我微信。我们家人很冷漠的，孟芮，我好可怜，一个人回国，要不你来接我吧……”

孟芮笑：“好。”

第二天，孟芮起个大早，跟去上班的室友小陈一起出门，两人坐同一班地铁。

小陈问孟芮去干吗。孟芮说：“李书禹今天回来，我去接他。”

疲惫打工仔小陈羡慕不已：“哇，羡慕了，同样是大冬天早起，美女是去谈恋爱，我就得去打工，好可怜的我！”

孟芮笑着说：“那你这么想，你有工作，而我……被开除了，是不是不可怜了？”

小陈看着孟芮，为她的安慰送上真诚的微笑。她以前不知道孟芮这么暖心，也不知道她是个会开玩笑的人，从前不管哪次见她回应同学都是犀利刻薄的，看来人与人之间还是要深入了解，表面印象不可靠。

“看我干吗？”孟芮问。

“觉得你不一样了。”

孟芮但笑不语。

小陈到站后跟她再见，孟芮又坐了三站转机场线。

孟芮提前半小时到达机场，她看了一个缓存的视频就到时间了。李书禹下了飞机立刻给她发微信：“到了吗孟芮芮？我刚下飞机，要去拿行李，是不是很冷啊？”

“没有，我刚到。”

“等我啊，很快就出来！”

“好，不着急。”

十五分钟后，李书禹暴躁地发来微信：“好烦好烦，行李还不出来，孟芮芮冻坏了吧！”

“没有，别着急。”

足足等了半小时才拿到行李，李书禹一路小跑来到到达大厅。他一眼就看到了人群里高挑出众的孟芮，她就安静地站在那儿看着出来的旅客。注意到李书禹的身影，孟芮微笑着冲他招手，李书禹露出大大的笑容对她招招手跑出来。

跑到她面前，李书禹的笑容还没收起来，两人略有些尴尬，一时都不知道下一步做什么或者说什么。

还是孟芮先冷静下来，她从包里拿出自己准备的面包递给他："要不要吃？"

李书禹拿过面包塞进口袋，顺手牵住了她的手。孟芮脸上闪过一丝难为情。李书禹心花怒放，有点想进一步展开拥抱操作，无奈周围接机的人太多，孟芮不情愿，说："走吧。"

"嗯！"

李书禹要打车，他右手牵着孟芮，左手拉着行李，没多余的手操控手机。为难了一秒，李书禹灵机一动："咱们坐地铁吧。"

"好。"

坐地铁好，地铁空旷，出租车空间狭窄，司机在前面坐着，说话都不方便，他有太多话想跟孟芮说。

两人手牵手进地铁，李书禹没卡，买了单程票。李书禹总是要牵着她，行李总被忽略。孟芮担心行李会丢，主动帮他拿，李书禹不愿意，把自己的衣角塞给孟芮，说："要不你牵着我吧？"

孟芮无语："神经病啊！"

李书禹好感慨，他撇撇嘴看着孟芮："你以前就是这么嫌弃我的。"

这一趟地铁人很多，连个座位都没有。两人走到另一侧车门处站着，李书禹让她坐自己的行李箱，孟芮没坐："站着就行。"

行李本来在两人中间，李书禹嫌弃地将行李放到身后去，双手牵着孟芮把她拉到身前。孟芮瞪李书禹，李书禹假装看不见。

"我给你买了好多好吃的，你平时上班装在包里，肚子饿的时候可以补充能量，我还给你买了泡水喝的泡腾片，你不是不爱喝白水吗？你可以喝这个啊，女孩子要多喝水。”

孟芮没想到他买的是这些礼物，她一时心情复杂。看在李书禹眼里就是失望，李书禹内心大喊：失策！难道林源那厮也有正确的时候？恋爱不能送女朋友这些礼物？完蛋了完蛋了！

孟芮对上他的视线，说：“谢谢你啊，我也给你买礼物了。”

“真的？买了什么呢？”李书禹心里打鼓，孟芮给别人买礼物都很大方的，要是给自己买了很贵的，自己这次不是很没诚意吗？

“围巾。柏林冬天应该很冷吧？”

“最冷的时候还没到呢，二月份会超级冷。但是室内很暖和的，到时候我天天戴着你买的围巾。”

孟芮冲他笑，问：“现在去哪儿啊？你要不要回家？”

李书禹委屈：“怎么总赶我回家？我肚子饿了，咱们去吃饭好不好？”

“好啊，你跟家里打个电话吧，要不然家里人会担心你。”

“好！”李书禹拿出手机，信号弱，“出地铁再打，没信号。”

“嗯，你想吃什么？想吃火锅吗？”

“火锅。我自己在宿舍做过两次火锅，但是那个火锅料不行，没什么味道。”

孟芮想了想，说：“去吃海底捞吧，重庆火锅太辣。”

“好的，都听你的。”

换了线，来到商圈，孟芮带他下车。

出了地铁口步行几百米就到达一个商场，两人按照指示牌上楼。

入座后，李书禹拿着平板电脑点单。服务员看李书禹的行李箱太大，放在桌边容易挡着路，于是主动提出帮他保管行李。

他点了几道菜之后把平板电脑给孟芮，孟芮点完下单，要去打小料。现在桌上都没私人物品了，孟芮又把包背在身上。李书禹跟她一起去打料，她弄什么他就弄什么，孟芮嫌弃他：“干吗学我？”

李书禹说：“就学你，我要跟你吃一样的。”

“幼稚！”

“我就幼稚。”

李书禹是真想念祖国的美食了，点了份酥肉一口气吃了一大半。孟芮问要不要再点一份，李书禹没要。

吃完饭李书禹要买单。孟芮没抢，李书禹高兴了点。

拿了行李箱从店里出来，李书禹抢先说：“别赶我回家啊孟芮芮，我晚上回去吃饭，下午都跟你玩。”

孟芮有点尴尬，说：“没想赶你，但你提着行李好麻烦哟。”

“我不嫌麻烦。”

来到一楼化妆品部，李书禹的视线总被各大品牌的圣诞广告吸引。孟芮拉着他走开，去咖啡店坐着聊天。

她有话说。

孟芮说：“李书禹，我问你一个问题，你要老实回答我啊。”

李书禹竖起三根手指保证：“永远对孟芮同学诚实。”

孟芮笑了笑，问：“李书禹，你面对我会不会有点……怎么说呢？就是很小心翼翼，总怕我生气？尤其是关于钱的问题。”

李书禹有点傻眼：“啊？什么意思？我没有啊。”

孟芮耐心解释：“就比如说你想回国，但你要问我同意不同意，是不是担心我会觉得你节日回国机票很贵是浪费钱？再比如你给我买礼物，会不会故意去买不‘冒犯’我的礼物？”

李书禹不说话了。他原本没这么想，这会儿被孟芮一说，好像真是这样？

孟芮提醒：“说实话哟。”

李书禹发过誓，只能实话实说：“有一点吧，主要是怕你生气，我不想让你觉得我不尊重你，更不想让你觉得咱俩不合适……”说到最后他声音小下去了。

孟芮微微叹气。李书禹被她这个反应搞得很焦虑，不知道她在想什么。

下一秒，孟芮趴在了桌上，看也不看他。李书禹彻底慌了，坐到她身边轻轻推了推她，焦急懊悔地道歉：“我错了孟芮，别生气好不好，我乱说的。”

孟芮不回头。

李书禹也趴下来面对她的后脑勺，他的食指点着孟芮的胳膊，道歉的话不停地从嘴里冒出来，到最后，都要急哭了。

孟芮终于忍不住了，她转过头面对他，却是满脸笑容，眼神里还有一丝调皮。

她离他那么近，李书禹都看呆了，也忘了要哄她，只是呆呆望着她，孟芮真好看啊。

还有更好的。

孟芮伸出手指钩住他的手指，小声说：“李书禹，我们俩本来就家境有别，既然在一起，不应该是你迁就我的消费水平，你不用委屈自己假装是贫穷大学生。你肯定有自己的生活习惯和消费观，这是事实，如果我们在一起，却要你时时担心我的敏感，那这段关系肯定不会长久的。”

李书禹现在只会“嗯嗯”点头了。

孟芮又说：“还有啊，我以前……拒绝你，那都是借口，因为我没时间和精力谈恋爱啊，不是真的介意你家里很有钱。也许以后我们之间还会因这个敏感的话题产生矛盾吧，但我想告诉你，你出生在富贵之家不是罪过，我家境普通也不是罪过，既然两个差距很大的人在一起了，就更应该坦诚以对，找到合适的相处模式。你觉得我说得对吗？”

“你说什么都对！”

孟芮笑了，笑得那么好看。李书禹问出自己的担忧：“那我给你买的礼物你会不会不喜欢？因为都是很普通的零食，会不会显得没有诚意啊？”

孟芮轻轻摇头，说：“不会，是很用心的礼物，我喜欢。”她握住他的手，认真地说，“李书禹，你是给我力量的人，送什么礼物都不重要。”

“真的吗？我有什么力量啊？”李书禹靠近她一点问。

孟芮不想说，不管是从前陪着她在徐家的丧礼上受屈辱的他，还是陪着她打工、读书、吃饭的他，或是这一年因为面试失利沮丧时被他的暖心话安慰到的时光，这些对孟芮来说，都是接受李书禹的理由，绝不后悔的选择。

“说说嘛。”李书禹撒娇。

“不要。”孟芮拒绝，表情难得透出一股亲昵。

李书禹脑袋发晕，轻轻靠过去，贴上了她的唇。

孟芮没有反对也没有抵触。李书禹大了胆子，又吻了一下，然后退回去，说：“孟芮，我好喜欢你。”

孟芮说：“我也喜欢你。”

李书禹怀疑人类的心脏真的有可能因为极度的幸福而膨胀到爆炸，他牵着孟芮的手，两人就那么趴在桌上四目相对默默不语，身旁是冒着白气的热饮。

平安夜当天，李书禹去商场买礼物，他还是想给孟芮补一份礼物，这次他知道孟芮不会拒绝。

喜欢谁就是这样的，总想给她买点好看的东西。李书禹自己不是没钱，这会儿也不用考虑什么贵不贵的事，他买了一套化妆品，请柜姐挑选的，说自己女朋友马上要上班了，需要一些职场新人用得到的淡妆产品。柜姐要看孟芮的照片，想要按照气质和肤色来推荐产品，李书禹给她看了孟芮的生活照，柜姐很快就搭配好了一整套化妆品。

精心包装好，李书禹去学校找孟芮。

这会儿临近期末，孟芮因为不用打工了，每天泡在图书馆写论文。李书禹直接去自习室找她，果然一找一个准。

“你写你的，我去找本书看。”李书禹说。

忙到午饭时间，两人手牵手离开图书馆。孟芮要先回宿舍放电脑和书，李书禹把礼物给她：“送你的，平安夜快乐孟芮芮。”

孟芮接过，说：“谢谢，那我要今天给你礼物吗？”

“明天给！”

“好。”

他在楼下等，孟芮跑上去放东西。

孟芮的室友蓉蓉去食堂打饭，看到李书禹打趣问：“又来追孟芮了啊李书禹？”

李书禹抬起下巴说：“是在等女朋友！”

“哈哈哈牵手成功了呀，恭喜恭喜，回头请客啊！”

“好的。”

孟芮很快下来。只见她换了件外套，正好是白色的，跟李书禹的同色。李书禹牵住她的手说：“情侣装！”

孟芮不认：“我那件袖子脏了，随便换的。”

“随便一换就是情侣装！”

“走开。”她甩开他的手。

李书禹跟上去重新牵住，说：“刚刚遇到你室友了，她说要我请客，你说请不请啊？”

“好像是要请客的，就在校外吧？我回头问问她们哪天有空，要毕业了大家都好忙，小陈老加班。”

“好的啊，咱们去哪儿吃饭？下午去看电影好不？我买票了。”

“好。午饭就在校外吃吧。”

“好。”

孟芮想起了他的礼物，问道：“对了，你怎么送我化妆品？不是说买了吃的吗？”

李书禹说：“那个是圣诞礼物嘛。”

孟芮“哦”了一声，没说什么。

两人吃了老麻抄手，然后坐公交车转地铁去市区约会，看电影，逛街。商场内节日气氛很浓，李书禹拉着孟芮四处拍照然后发朋友圈。

李写意看到后给弟弟评论：回国就为了女朋友是吧？没良心的东西！

李书禹假装没看到。

逛到晚上，李书禹送她回学校。进入校园，李书禹说：“逛一逛吧？还不想回去呢。”

“好吧。”

李书禹把她的手握住塞进自己口袋：“这样暖和。”

孟芮说：“回宿舍搭着被子更暖和。”

“啊对了，宿舍冬天好冷啊，晚上还要断电，你有暖手宝吗？要不要早点回去充电？”

孟芮的室友们已经会主动帮她充电了，这是她维护室友关系的回报。孟芮故意逗李书禹：“是啊，那我回去了。”

李书禹舍不得，但又不想她睡冰冷的被窝，只好委屈自己：“好吧……”

孟芮笑了。李书禹反应过来：“骗我呢？”

“哈哈，室友帮我充了。”

李书禹好喜欢跟他开玩笑的孟芮，这是亲近的人才拥有的特权，于是他抱住孟芮，说：“老是逗我！”

“谁让你总上当？”

李书禹大言不惭：“你说的话在我这儿都是金科玉律，一律不怀疑！”

“油嘴滑舌。”

“我改。”

李书禹放开她一点，还是环抱着她的腰。孟芮抬头看他，问：“你是不是长个子了？”

“没有吧。”他伸手比着彼此的身高差，炫耀道，“这就是网上大家都说的最萌身高差！”

孟芮拆台：“人家说的最萌身高差是一米八跟一米五八！”

李书禹改口：“那就是最完美身高差！孟芮你看我长得高高大大的，是不是很有安全感？我能保护你！”

孟芮说：“没有。”

李书禹撇撇嘴，说：“回头我就去学散打！”

“我看行。”

李书禹笑了，把她拉近一点，低头触碰她的额头，悄声说：“得放你回去了，亲亲好不好？”

孟芮真是受不了这家伙，哪有人每次接吻先打报告的，好烦，她说：“不好！”

李书禹黏在她身上耍赖：“我要亲亲！”

孟芮实在说不出来“你亲啊”，她捧着他的脸敷衍地亲了一下。李书禹来劲了，抱着她加深这个吻。

一吻毕，李书禹说：“平安夜快乐孟芮，希望你永远平平安安。”

孟芮脸红红的，说：“你才是，明年要平安回国啊。”

李书禹拥她入怀：“你等着我，我肯定平安回来啊。”

孟芮在他怀里笑，不知怎的，李书禹突然想起了亲姐姐骂他的没良心，良心的确有一点点不安……不过他很快开解自己，自己这是在谈恋爱啊，将来要给家里带回去一个好优秀的家庭成员呢！说得过去！

晚上，躺在家里舒服的大床上，李书禹思考着明天的行程，实在是想跟孟芮整夜过圣诞，但恋爱没多久就提出一起过夜……他的意思是一起度过二十四小时，这样合适吗?

孟芮说，恋爱要彼此坦诚。于是他放下顾虑，坦白询问孟芮的意见，孟芮过了半小时才回复，说："好。"

圣诞当天才订酒店是订不到好地方的，但李书禹好歹算是个富家子，解决这个问题也就是一个电话的事。他这次特意选了文华酒店，为的是体贴女友。孟芮也是第一次恋爱，第一次跟男朋友过夜，就算只是一起聊天吃东西，既然自己有条件，没道理委屈她。

他希望自己和孟芮之间所有的回忆都是美好的，孟芮之前特意跟他沟通这件事，他就不能再以自己的小人之心去揣度"维护"孟芮并不存在的敏感。

第二天一早，孟芮还是先去图书馆查资料写论文，两人约好中午在商场见面吃饭。

出发前，李书禹给她发微信，发去了自己的穿搭：我今天穿这样哟。

孟芮：不错，给你点个赞。

李书禹回了个感叹号。

孟芮：先不聊了，一会儿见。

李书禹：最后一条，你穿得跟我一样吧孟芮。你有黑色大衣，我见过的！不穿我当街哭给你看！不用回这条，孟芮芮好好写论文啊，加油！

孟芮看到这条在安静的自习室笑出声，什么鬼。

孟芮提前回宿舍，要过夜的东西早都收拾好了。她化了个淡妆，翻出黑色大衣换上，内搭是毛衣和短裙，脚上穿着雪地靴。

按照约定时间来到商场，李书禹已经在等了。他也背着包，手上提着给她买的零食，好夸张的一包。

看到孟芮打扮的瞬间，李书禹喜上眉梢。他凑到她面前嬉笑：“我就知道你最好了，嘴上说别烦，还是穿了情侣装啊，孟芮对我好好啊。”

孟芮：“你真是烦死人了！”

“我就烦。咱们先去放东西再吃饭？”

“嗯。”

办理入住放好东西，李书禹迫不及待拆开了礼物换下了自己的旧围巾。孟芮穿的毛衣本来就是高领，就没戴围巾。李书禹把自己的旧围巾给她戴上，指着她买的新围巾说：“也很搭！”

孟芮没拒绝。

午餐就在酒店吃，李书禹提前订好的。孟芮以前吃西餐也不过是必胜客这样的餐厅，哪讲究过什么餐桌礼仪，如今来到这种餐厅，心里多少有点没底。好在李书禹体贴，主动点餐，还先吃给她打样，孟芮一道道跟着吃，体验还不错。

“你最喜欢哪个？”

“火腿好吃，三文鱼也不错，那个树根蛋糕好看，但是不太好吃。”

“我也喜欢火腿。”

餐厅有抽奖活动，李书禹让孟芮抽。孟芮抽到了餐券，晚餐可以用，赠送一瓶酒。

“我们晚上想去吃别的，这个只能今晚用吗？”李书禹问。

服务员说：“您二位今晚入住吗？如果入住可以送到您房间的。”

“好啊，那就麻烦了。”

“您客气了，晚上回来您直接打电话就可以。”

“好的。”

下午李书禹原本打算带孟芮去参加朋友的聚会，但吃完饭后李写意打来电话，说她在对面喝下午茶，叫他们过去玩。

李书禹问：“你没朋友吗？不约会吗？大过节的找我们玩什么？”

李写意说：“怎么？我现在见你是要预约吗？过来，我跟孟芮聊聊天。”

“你要聊什么？”

“想聊什么就聊什么。你什么意思？我能吃了她？”

孟芮愿意去。

李写意今天穿得很有节日气氛，跟几个女伴在一起喝茶。见了面，李写意热情向女伴介绍：“我弟和他女朋友，孟芮。”

李写意的闺密们也都是看着李书禹长大的姐姐，夸赞道：“李书禹你可以啊，找了个这么漂亮的女朋友。”

孟芮笑了笑，叫李写意“姐姐”。

李写意满意，拉着她的手坐下，又叫服务员给两人上茶。

“我这弟弟可算追到你了，不容易啊。”李写意说。

孟芮有点不好意思。李写意说：“没别的意思，不要拘谨，放心，我跟我妈不一样，我蛮喜欢你的。”

孟芮看着李写意，说：“谢谢姐姐。”

李书禹问李写意：“大过节的叫我们来准备礼物了吗？初次见面都不送我们孟芮礼物吗？你的礼貌呢？”

“找抽呢？”李写意踹他一脚。

李书禹挤过去坐着，把孟芮拉到自己身边搂住，冲李写意说：“抱你自己男朋友去。”

李写意从旁边的一堆礼物里随手挑了一个给孟芮：“一点心意，过节嘛，圣诞快乐。”

“谢谢姐姐，我都没给您准备礼物。”

“不用，你也不知道今天要见我啊，明年送吧。对了，咱俩加个微信吧。”

孟芮当然愿意。

李写意又问了她工作的事，得知她面试上了清泉的管培生岗位，祝贺了她，并给她加油打气。管培生还是很辛苦的，尤其轮岗到采购部的话，那真是苦不堪言，更别提各部门的“阎王主管”了，一个个铁面无私，毕竟是要给集团培养储备干部的。

因为李写意跟孟芮介绍公司情况，孟芮感兴趣，聊了许久。这一聊就到四点了，李写意要赶赴下一场聚会，放人走，走之前跟孟芮说有空去家里玩。

李书禹终于能跟女朋友独处了，心下觉得自己昨晚大胆约孟芮过夜真是明智，要不然今天得损失多少独处时间。

吃过晚饭，参加了圣诞节装饰圣诞树的活动后，李书禹跟孟芮回酒店。

他提前叫酒店送酒和小食去房间。酒店很贴心，还送了圣诞姜饼和冰激凌。李书禹打开电视，可以点播电影，他选了经典影片《真爱至上》，问孟芮看没看过，喜不喜欢。

孟芮说没看过，她很少看电影。

“那我们一起看。”

两人靠在沙发上边小酌边观影，李书禹没心思看电影，一会儿牵她手，一会儿觉得牵一只手不够，要十指紧扣，一会儿又要搂着孟芮。孟芮看电影正投入呢，被他烦得不行，凶了他一下，李书禹老实了，乖乖坐着，没一会儿，又开始绕着她的长发玩。孟芮回头要揍他，被他捉住吻住了。

“It’s my favorite time of day, driving you. It’s my saddest time of day, leaving you.（一天中我最愉快的时刻，就是送你回家。一天中我最悲伤的时刻，就是离开你。）”

李书禹说着电影里的某句台词，表达自己的心声。孟芮触动，拥抱他，与他接吻。

“今晚不用分开，真好，孟芮，你别担心，我不会做什么的，我就是很想很想跟你多待一会儿。我很快又要走了，这一去又是半年，我得多储存点回忆，要不然我在柏林好孤单。”

快乐的日子总是飞逝而过，圣诞假期就此结束，李书禹在此期间除了每天跟孟芮约会之外，只见过父母一次，一家人跨年吃了一顿饭。

饭桌上董亚洁问儿子：“谈恋爱了？”

李书禹承认：“对，她叫孟芮，十分优秀，我爱死她了。”

董亚洁冷笑：“爱死了？分手了你要去死吗？”

李书禹说：“我们不会分手。”

董亚洁摸了摸傻儿子的脑袋，说：“但愿如此，不然我这养了你二十多年，一头撞死了我亏不亏？”

“妈！”李书禹生气，转而又笑着讨好妈妈，“妈，你肯定喜欢孟芮的，她和你一模一样，是很努力很坚定，积极又向上的姑娘，还长得很漂亮，都说这世上没有完美的人，我们孟芮堪称完美！”

“哦。”董亚洁不想再聊。

李书禹回柏林那天家里是不送的。董亚洁夫妇对待子女一向不溺爱，他们能自己办的事就让他们自己办，当然孩子要是没出息，想仰仗家里他们也没意见，只是家里能提供的便利也就那么多。

李书禹让家里司机开车去学校接上孟芮，她已经放假了，过两天也要回家过年。

两人在机场分别，李书禹这回可算体会到什么叫依依不舍了。

李书禹久久拥抱她，最后关头，他又念出《真爱至上》的台词，只不过这次稍微改编了一点：“每当我在柏林感到孤单时，我就会想到这个接机大厅。很多人都开始觉得我们生活在一个充满贪婪与憎恨的世界里，但我却不这么认为。飞机撞上双子楼的那一刻，没有一通来自航班上的通话传递的是仇恨或复仇，它们全部是爱的留言。如果用心去看，就会发现，真爱无处不在，我的真爱就是孟芮。”

孟芮只看了一遍，可背不下来那么多台词，也不确定他背的是不是完整的，她说：“好好学习，等你回来。”

“等我回来咱们要每天都在一起好不好？”

孟芮下意识觉得这件事很难实现，但仔细一想，都在一个城市，恋爱中的情侣做到每天联系也很正常吧，况且她实在不忍心破坏此刻李书禹的心情，于是点头答应。

“好，快进去吧，落地跟我报平安。”

“嗯……”

还是不舍得放手，他拉着她的双手靠近，小声说：“要亲一下。”

语气真是可怜到令人不忍，饶是不想在公开场合亲热，但也想满足恋人的小要求，于是孟芮踮脚搂住他的脖子亲了他。

一对养眼的年轻情侣在机场吻别，步履匆忙的旅客路过时也忍不住放慢脚步，留下一秒笑容。

孟芮送完他之后上了李家司机的车。司机很有素养，十分绅士又尊敬地给她开车门。行人看到后，心底都觉得孟芮这一对都是家境富裕的孩子。孟芮迎着这样的目光上车，再也没有从前被人误解就会烦躁的反应。

人活着，就得接受正面和负面的看法，若一一在意，便是傻瓜。

孟芮回老家跟妈妈过年。这是母女俩久违的清静春节，没有徐家，没有烦扰，就母女俩吃着火锅看着春晚。

孟芮告诉妈妈自己毕业就要进清泉了，而且毕业论文也写得很顺利，老师给了她很多修改意见和参考资料，她很有可能拿到优秀论文奖励，也有一千块奖金呢。

孟芮妈妈非常开心，告诉孟芮要专注于自己的生活和工作，不要考虑她，她自己有工作有朋友过得很好，身体也非常好。

孟芮又告诉妈妈自己和李书禹在一起了。孟芮妈妈见过李书禹，觉得对方是个心思很单纯很有家教的孩子，能培养出这样孩子的家庭想必父母素质也很高。她跟女儿说：“妈妈没能给你一个好的家庭条件，但我的女儿很优秀，妈妈希望你不要因此觉得自己比谁差，面对生活要有底气。”

“我知道。”

分开的半年里，孟芮除了完成论文之外，还加深了跟同学、室友们的关系。因为她的主动，她在大家心目中高冷傲气的印象也出现了改观。论文后期，拖延症严重的同学们没少接受孟芮同学的帮助，不管是格式设定还是参考资料，甚至是一起讨论选题改稿，孟芮都大方提供帮助。一时间，孟芮变成了大家最喜欢的同学，各个聚会都邀请她。

临近答辩，孟芮积极跟同学们一起合影留念，或者在校园内外四处打卡。答辩结束后，各宿舍开始毕业前的狂欢，要么通宵在校外喝酒撸串，要么偷偷在宿舍喝酒聊天。宿管对此睁一只眼闭一只眼，只要不过分也不怎么管。

喝醉了容易放大情绪，不少不曾亲近的同学酒后抱着孟芮哭诉自己的悲惨感情经历，也有人借着酒劲说做梦都想当一天孟芮，想试试身为大美女活着是否会更容易一点。

孟芮敞开心扉，对女同学们说：“所谓容貌优势，其实是争取男性优待。如果我们把对生活的美好期待都投注在男性身上，就是最危险的赌博行为，尤其是当我们的筹码只有容貌的情况下。那些为了你的脸和身材来献媚的男生，最终都会因为别人的美丽离去，而且这个速度会很快，毕竟这个世界上有太多种美人。能为一种美人一掷千金的人，绝不会满足只拥有一种美人。所以大家不要羡慕我，不要羡慕所谓的美女。”

女同学不同意：“你这样说，是因为你已经拥有了美貌这个优势，你敢说美女的待遇不会比丑女好？就算去买东西，只怕服务员对美女态度都会好一点。而且这个世界，靠脸混出头的人不要太多。孟芮，我不是在说你，我知道你是有志气的。但你想想看，就拿你和我来比，咱们俩现在都想靠自己奋斗获得成功，如果有朝一日我们都失败了，结果如何？不开玩笑地说，你随便当个颜值博主去做自媒体只怕都能月入几万，再不济，就是到了婚恋市场，我也没能力和你比。这就是现实，美女就是多一条，不，是多很多条路。”

孟芮不能否认这个观点，这确实是一部分现实，但她的亲身经历不是这样的：“那你有没有想过？长得好也有弊病，如果你对自己在这个世界的定位是美女，那么世界就会相应地要求你保持这份美丽，只保持美丽，别想着在别的地方表现能力。但凡一个美女在事业上取得一定成就，随之而来的一定是她不正当上位的恶意揣测，这才是更大的现实。”

女同学如醍醐灌顶：“说得对！总而言之这个世界就是混蛋！是个女的就不容易！”

孟芮给她一瓶酸奶，装作是酒来碰杯：“所以咱们都要加油工作，美不美真的不重要，重要的是凭借实力争取自己想要的生活。”

“说得好！加油！”

与此同时，位于北半球的李书禹收到孟芮发来的邮件之后心理严重失衡了。

孟芮的邮件十分简短：今晚跟同学在我们宿舍喝酒聊天，可能会玩到很晚，明天睡醒跟你联系，晚安。

李书禹“噼里啪啦”打字回复：孟芮芮！你这个坏蛋！自从把人家占有之后就开始敷衍人家！不像话太不像话！

随邮件附了一张图，是他记录的近期孟芮给他写的邮件字数的曲线图，看得出来，直线下滑，并且有继续下滑的趋势。

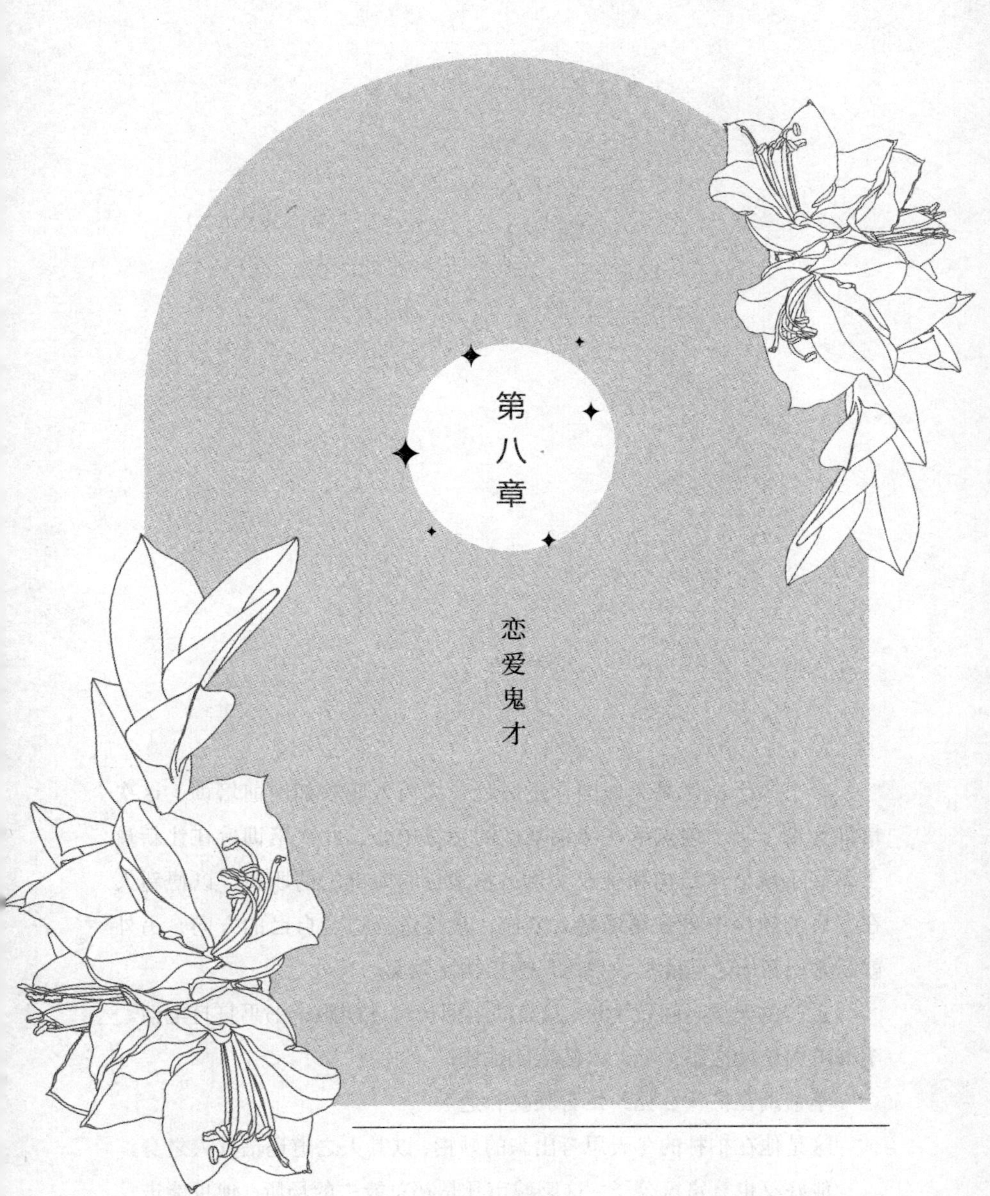

第八章

恋爱鬼才

Meng Rui

李书禹于次年夏天回国，正好赶上孟芮入职参加岗前培训。这次培训为期十天，地点就在清泉基地的招待中心。此次培训旨在让新员工彻底了解公司结构和企业文化，熟悉各职能部门的职责，以便新人在之后的轮岗中更顺利地融入工作，最终选择适合自己的方向，另外就是希望新人之间能尽快熟悉培养出团队默契。

孟芮白天没时间玩手机，只有晚上回宿舍才能跟李书禹打打电话。李书禹倒是没抱怨，听上去甚至比她还忙。

李书禹在忙什么呢？忙着骚扰祁遇。

这是他在柏林的冬天思考出来的妙招，以其人之道还治其人之身。

他好歹也算富家公子，这座城市凡是祁总能去的场所，他也能进，什么会员制根本拦不住李公子，他还有很多爱玩的朋友，祁遇只要出现在某个地点，李书禹马上就赶到。

到了他也不干什么，厚着脸皮一口一个“大哥”叫着，也不管祁遇是在跟人谈生意还是招待朋友，一律瞪着充满无辜的眼睛问：“大哥为什么老是无缘无故约我女朋友见面?”

“好奇怪，要是不知情我还以为大哥要追我女朋友呢。但我仔细一想不对啊，大哥的年纪比我们大一轮，不可能啊。那我就不懂了，是看上我家孟芮工作能力卓越要挖墙脚吗?

“你这就有点不讲道义了大哥，人才到哪儿都受欢迎，我们清泉好不容易吸引到的人才，你怎么能挖墙脚呢！”

祁遇一开始没搭理他，错以为是孟芮跟李书禹联手玩的小把戏，后来眼见李书禹没有罢休的架势，且不分时间场合找上来，屡次影响他的正事，祁遇有点坐不住了。

李书禹也不是普通人能随便打发的，小孩无足轻重，但是厉害的爹妈有分量。祁遇实在受不了被他这样随机不定时骚扰，找了个空当对李书禹说：“适可而止。”

李书禹“哼”了一声，说：“己所不欲，勿施于人。您自己都不愿意被人无端骚扰，怎么能骚扰我们孟芮呢?”

祁遇完全没有被他的“道理”折服。他冷笑一声，十分轻视地对李书禹说：“你知道咱俩最大的区别是什么吗?”

李书禹说：“我有做人的基本礼貌，你没有！”

祁遇解释：“告家长这招对我不管用。”

快气死李书禹了，这不摆明了说他李书禹还是个小屁孩一切要听爸妈的吗?

关键这话还不算错误，他的确顾忌这一点。祁遇毕竟跟李家有生意往来，要是他去告一状，李书禹为了女朋友得罪自家公司的重要合作伙伴的话，爸妈怎么都会原谅他这个亲儿子，但肯定会觉得是孟芮不好，撺掇他得罪人。

这可真是让李书禹窝火！

他只能暂时停止骚扰计划。真的是好可恶一个人，还真拿祁遇没办法了？

李书禹好委屈，好想跟孟芮撒娇，又怕她怪自己幼稚或者担心，只能自己默默消化情绪。

祁遇也够狠，居然不是嘴上说说吓唬他，真的告状了，不过是告给了李写意。

李写意为此把孟芮和李书禹约出来谈话。

一见面她就劈头盖脸骂李书禹："我真想做个亲子鉴定看看你到底是不是我亲弟弟，你的智商有二十吗？生怕全世界不知道咱家有个傻儿子是吗？你知道有多少人在议论这件事吗？知道你的不知道你的现在都知道了，要是被媒体知道胡编乱造写个三角恋，咱们家、公司，你和孟芮，包括祁遇，哪个能有脸？到时我还得花大价钱给你公关，你是来讨债的吧？我怎么有你这么个缺心眼的弟弟？"

孟芮听得糊涂，问李写意怎么回事。李书禹躲在孟芮身后小声说："看到没？这就是我恶劣的成长环境，李写意就是这么欺负我到大的。"

"你给我住嘴！"李写意骂。

她跟孟芮解释了前因后果。孟芮听完很是愧疚，李书禹也是为她出头。

李写意见孟芮道歉，语气软了下来，她打发李书禹滚出去玩，要跟孟芮单独聊。

李书禹不走，抱紧孟芮，说："有什么话当着人面说！"

李写意指着他："不是人的给我滚出去。"

孟芮回头看看李书禹，说："你先出去一下。"

"好吧。"

待他走后，李写意跟孟芮说："我跟祁遇聊过了，他对你的确是有兴趣，这话不好听，但是这世上就有这样的人。换作是我，应付这种人得心应手，甚至我有闲心还能逗他玩，但你不是我，我也不是世间真理。坦白说，从我一个局外人的角度来说，这件事其实没有谁做错什么，唯一要说错，只能是李书禹不顾及家里的事业影响合作关系。"

孟芮不太能接受，她这会儿满脑子都是傻乎乎的李书禹替她去骚扰祁遇的画面，以她的阅历，自己也想不到比这更好的方法了。她跟李写意说："姐姐，说实话，我觉得祁遇很没品德，他已经严重影响到了我的生活。"

李写意喝了口茶，说："你从前遇到的异性，基本上被你冷脸对待后都会退场，不过是坚持的时间有长有短而已对吗？"

孟芮点头。

"那就是了，孟芮，祁遇这件事你也当作一堂课。人生在世，不能选择环境，只能适应环境然后从中找到让自己舒服的位置。说直白点，你想要的那种人际关系是非常不现实的，你喜欢的就留在身边，你厌恶的就随你心意消失不见？要知道，真正爱你的在意你的人是少数，愿意满足你的意愿勉强自己的更是少数，多的是自私自利只图自己需求的，你不能遇到一个祁遇就慌了没招了，你想在这个社会生存，必须克服这一点。"

孟芮陷入沉思。

李写意继续说："从你的角度来看祁遇的确可恶，但恰恰是你的反应激发了他的兴趣，他就想看看你绷不住的时候会怎么办，大哭大闹？求饶认输？或者配合他的恶趣味互相逗趣儿？这些都可能会让祁遇失去兴趣转移目标，但你越是跟他对抗，他越来劲。"

孟芮抬起头看着李写意，说："谢谢您跟我说这些，我同意姐姐的观点，我的确在人际关系的处理上有不足，我也在慢慢改变。姐姐，你和祁遇是很熟的朋友吗？我之前问过他为什么纠缠我，他说他有个前任，跟我一样没钱没背景又很有自尊心，最后跟他分手嫁人了，难道他是因为这个原因逗我玩的？”

李写意愣了一下，笑了：“我们认识有十几年了，没听说过他有什么又穷又傲气的前任。你还真信，一个三十多的男人怎么可能对你一个小姑娘敞开心扉，你说你傻不傻？”

孟芮尴尬起来。

李写意说：“我已经跟他聊过了。被李书禹这么一闹，他也觉得无趣了，再怎么说也得给我一个面子，以后不会再骚扰你了。”

孟芮如释重负：“谢谢姐姐。”

“不用。孟芮，记住我今天跟你说的话，别把自己活在真空环境里，也不要过分珍惜自己的羽毛。用我的母亲董亚洁女士的话来说，人呱呱坠地时就带着满身污物，哪有什么一清二白，死了烧成灰才清白。别把自己的前路圈死在这些小节上，你无论外貌还是个人能力都算出挑，这个社会预留给你的挑战和危机多到你招架不住，趁着你现在刚步入社会，先学会呼吸，保持一颗平静的心才能从容应对未来的风雨。”

孟芮受教，感激地对李写意道谢。

李写意有事先离开了。李书禹进来找孟芮，他问孟芮李写意是不是骂人了。

孟芮问：“你真的天天去骚扰祁遇啊？”

李书禹一头扎进她怀里：“气死我了孟芮，我好想揍他，这辈子没遇到过这么不讲理的人！他还说我幼稚没长大，说要跟我妈告状，不过你放心，李写意虽然嘴巴毒，但她还是我亲姐，她不会告状的，我妈就不会误会你了。”

孟芮的心化成一江春水，她摸摸李书禹的脑袋哄道：“乖，不气了，咱们不跟他计较，不值得。”

孟芮还是第一次跟他用这么怜爱的语气说话，看他的眼神都更显得柔情似水了。李书禹尝到了甜头，又厚着脸皮稍微夸张地渲染了一下在祁遇面前受到的委屈。孟芮上当，抱着他继续安慰。

李书禹开心了，说：“放心吧孟芮，我回来了，以后你就专心工作，这些乱七八糟的事都交给我，你就依靠我吧！”

孟芮笑眯眯地说：“那就拜托你啦。”

李书禹笑着说：“亲一下以示奖励吧……”

孟芮觉得他好乖，满足了他的心愿。

李书禹还跟她说：“孟芮，你现在有男朋友，要物尽其用，你知道怎么用吗？”

孟芮惊讶地看着他，她端详他的脸：“还是第一次见有人如此自然地物化自己……”

李书禹毫不在意：“不要在意这些细节。我跟你讲啊，你现在刚入职，第一年很重要的，你得专注，人家叫你加班什么的不要嫌烦，多做多学，生活上的一些小事就不用你操心了，交给你的男朋友我就好了！”

“生活上什么事啊？”

“比如你要找房子搬家啊，要买东西跑腿排队抢票啊，或者想吃什么想喝什么啊之类的。”

孟芮说：“提到房子，我已经找好了。我室友小陈转租给我，正好月底学校退了宿舍就能搬进去了。就在地铁口，离公司半小时车程，很方便的。”

“这样啊，到时候我帮你搬家啊，你要买家具之类的叫上我我帮你提东西。你跟小陈合租吗？”

“对啊。本来小陈不租了，因为她新公司在另外一个区，但她没时间找房子，只能先这么住着。反正实习期大家工资都很少，经不起搬家折腾。”

“哦……”

李书禹开始盘算，怎么样才能让一个预算低且有搬家想法的室友搬走呢？

孟芮说：“我明天要去体检，周一就正式上班了，接下来可能会很忙。”

“没事，你忙你的……”

孟芮主动给祁遇发微信道歉，她说：抱歉祁总，我们的行为过于幼稚，给您的工作带来了困扰，我们向您道歉。

祁遇看到后瞬间觉得无聊了，仿佛在跟两个小学生过招一样。

他想起自己跟好友李写意开玩笑说征服孟芮这种小女孩很有意思后，李写意说：“我不否认大有年轻女孩会被你的财富、地位、身份，甚至人格魅力折服，但孟芮明显不是。哪怕她十年后会变，但现在绝不会变。大家都年轻过，你为何要跟二十出头的初恋男女对抗？他们可是无所畏惧的，越被挑战越坚定。”

祁遇就此放下了对孟芮的心思。也是，自降身段去跟毛头小子抢女人很没意思。何况孟芮既然都跟李书禹在一起了，她就进入了这个圈子，未来如何谁都说不好，他没必要此时去做他俩感情的助燃剂。

学校给出的毕业生最后搬离的时间是七月八日，孟芮准备二号搬走，那天正好是周末。

这段时间她还是住宿舍。李书禹也还在学校住，他想等最后一门课结业就回家住，或者，顺利的话……跟孟芮“合租”！

李书禹先在学校蹲守到了小陈同学，以“万一孟芮在家生病了好联系”为由加了她微信，紧接着他假装随意地问了小陈所在的公司的名字，然后就走人了。

回宿舍查到该公司地址，李书禹开始全网找出租房源。不找不知道，租房还真难，以他的社交圈，想租房易如反掌，每个朋友手里都有几套，但价格也摆在那儿。李书禹大胆猜测小陈的租金预算不超过一千五，这还得是整租的条件，合租的话那只有一千左右，加上押金，找到后面，合租伙伴也得考虑。李书禹这辈子没这么难过，大热天顶着烈日走街串巷打听房源。好在上天怜悯，在他脖子差点被晒脱皮之后，终于找到一个合适的。

房东是一对老夫妇，对租客要求也高，要有正经工作的正经人，而且租金半年付。好处是房子很好，四十平方米的小公寓，装修很老但家具齐全，只要不嫌土就能拎包入住。

李书禹在朋友圈发布房源出租信息，没写半年租的条件，就等小陈上钩。

等了一天，没上钩，李书禹再发一条特意注明了地理优势。

小陈看到了，截图发给孟芮："你说你男朋友这是不是发给我看的？"

孟芮回："不是吧……"她自己也有点不确定。

李书禹的朋友圈忘了分组，朋友们纷纷发来问候，问他家是不是破产了，怎么搞起老破小二手房出租了。

到了晚上，李书禹主动与小陈私聊：你好啊，突然想起你好像在四号线那边上班，你同事有没有想租房的啊？我朋友圈第一条有招租的。

小陈笑，回：行，我问问同事再回你。

李书禹气死，现在的人都这么不懂事吗？

半小时后，他不装了：你好陈同学，明人不说暗话，你能不能搬走？

小陈真是又高兴又无语，她转发给孟芮，吐槽：你男朋友太不要脸了！

孟芮回：同意。

小陈认真看了房子的环境，最后卡在了租金这一关。李书禹表示问题不大，他可以借钱给小陈。小陈原本都心动了，这个房子离她公司坐公交车三站路，太理想了，但是她觉得问室友男朋友借钱好像不太好。她跟她爸申请了工作赞助，定下了这个房子。

李书禹跟小陈说："搬家需要帮忙找我啊，真是不好意思，回头等孟芮休息我们请你吃饭啊。”

小陈问：“你要搬来跟孟芮住？”

李书禹回：“别瞎想啊！我们可纯洁了，女生独居多危险，我得保护孟芮！”

“中国好男友。”

李书禹计划得很好，他这么暗箱操作，孟芮肯定是知道的，她既然一直没骂他，那就说明默许了他的想法，然而……孟芮非但一点没有邀请他合租的意思，还开始张罗招新室友。

李书禹也顾不得许多了，立刻毛遂自荐：“我，身高一米八五，体格健壮爱干净会做饭，无任何不良嗜好，作息相对正常，找我当室友吧！”

孟芮拒绝：“不要。”

李书禹撒泼：“没人性啊！”

“咦？孟芮你是不是想歪了？人家可是第一次谈恋爱，受不了进度太快，你别想占我便宜……我就跟你当室友而已。”

孟芮本来是逗他玩现在被倒打一耙，她顿时无语。

李书禹继续推销自己：“孟芮芮，你听我分析啊，你看你现在工作了也没时间谈恋爱，咱俩合租的话每天晚上至少能一起吃饭，一起散步，一起聊天。你现在都不给我写信了，有必要把邮件沟通改成面对面沟通。再说，你还答应我等我回来每天就在一起呢，做人不能言而无信的啊。第二，你有我做室友，相当于找了个免费保洁员、厨师、保安、出行保镖！我又不收费，好划算的买卖呢。”

孟芮笑，说：“行吧。”

李书禹不敢相信：“真的？”

“再问就是假的。”

“最后一句，房租我们一起分担啊！”

孟芮十分不屑：“工作都没有的人说什么分担房租！”

李书禹靠在她肩上："那就谢谢大佬养我了。"

"脸皮真厚……"

李书禹亲她，像是被夸了似的。

行动派李书禹，第二天就大包小包搬进了新家。周末，两人花了两天时间整理收拾，李书禹买了好多东西，厨房用具很是齐全。

"孟芮，你休息会儿，我去买菜，今晚给你展示一下本人高超的厨艺！"

"我陪你去吧。"

"好啊好啊。"

李书禹进了超市就狂买，孟芮尽量拦着，一来冰箱空间小放不下。二来很多菜不能久放，两个人毕竟吃不了多少。

"一次买一周的食材就好了，周末来采购啊。"

李书禹同意："好啊，那我们每个周末都来逛超市，你喜欢逛超市吗？我觉得逛超市很解压。"

孟芮表示她没什么特殊感觉，倒是每次路过饮料区容易下意识观察销售情况。

"工作狂一个，那我就当你坚强的后盾吧！"

最后选购了一小袋大米回家，然后发现家里没电饭锅。李书禹的番茄炒蛋拌饭计划就这么落空："今晚吃面条吧，明天拌饭，我买个锅明天就能送到。"

"好。我帮你洗菜吧。"

李书禹推着她出去坐在沙发上，他把电视打开，遥控器塞她手里，然后说："乖乖等着啊，很快就好。"

孟芮一开始没觉得他不行，本来就是做个番茄炒蛋，最多就是番茄生一点，味道怪一点，也用不着考验刀工，但厨房传来的动静跟杀猪宰牛似的，孟芮开始担心。

半小时后，李书禹端着一碗面出来了。孟芮定睛一瞧，嚯！汤汁浓郁，炒蛋金黄，点缀了香菜更显美观，用筷子蘸一点汤汁品尝，还真是不错。

“哇，真好吃，你真棒！”

“真的？”李书禹兴奋。

“嗯嗯。”孟芮用实际行动证明，她吃了一大口，表情十分享受。

李书禹屁颠屁颠跑进去把自己那碗端出来。他坐在孟芮身边，把自己碗里的鸡蛋夹给她：“啊对了，还煎了火腿，我去拿。”

拌着火腿吃就更香了，孟芮平时吃不下这么一大碗面条，今天给他面子，吃到后面还加了一勺浇头。李书禹得意扬扬。

“我练了好久呢。你都不知道，国外的番茄都不行，买来硬邦邦，不出汁，炒出来不好吃也不好看。这个可是经过我本人尝试了好多好多次才成功的，你喜欢吗孟芮？”

“喜欢，超好吃。”

“你还喜欢吃什么都告诉我，咱这实力没话说，上辈子当御厨没喝孟婆汤！”

吃饱了，孟芮要洗碗。李书禹不让：“你这个人怎么没有一点身为女朋友的自觉？女朋友是交来洗碗的吗？真是一点都不会谈恋爱，好让人操心啊孟芮。”

孟芮笑着拥抱他：“就你是恋爱小天才行了吧。”

“请叫我鬼才。”

“李书禹，你不用这么照顾我，既然住一起了，家务这些应该一起分担。”

李书禹不愿意：“我现在没上班嘛，当然是我做啦，等以后我也工作了，我们就一起分担好吗？”

“嗯。谢谢你啊。”孟芮说。

李书禹伸脸过去：“笨蛋，跟男朋友不用说谢。”

孟芮在他脸颊上吻了一下，李书禹像得令的小兵飞奔去厨房洗碗。孟芮还是不好意思自己先休息，想着去帮忙丢一下垃圾。

“这是什么？”孟芮指着案板上的空瓶子问。

“番茄酱啊。”

孟芮傻眼：“你的番茄炒蛋秘方是再倒进去一整瓶番茄酱？”

“有什么不对吗？”

孟芮连连摇头：“鬼才鬼才。”

“好吃就可以啦。”

孟芮叹气：“以后别做餐饮，容易亏死。”

李书禹看着她：“有聪明能干的你，我怎么可能亏钱？”

孟芮翻个白眼去丢垃圾。

昨晚是合租第一夜，两人收拾了一天都累了，在沙发上看着电视就睡着了。中途醒来，谁也没说话，各自回房续梦。今晚不行了，吃完饭散步回来，李书禹就成了孟芮的跟屁虫，她去卧室处理工作他就在门口蹲着。孟芮回头看到他吓了一跳。李书禹可怜巴巴地说：“女孩子房间不能随便进。”

孟芮笑了笑，走过去牵他起来，李书禹得以坐在她床边。他又跑出去拿了个新枕巾垫在床边坐。孟芮问他干什么，他说：“我怕你有洁癖，不喜欢别人坐你的床。”

还真是个好室友，孟芮逗他：“是你有洁癖吧……”

李书禹抱住她亲她脸：“我才没有。就算有，我嫌弃全世界也不包括你。”

孟芮拍拍他的脑袋：“乖，坐回去，我得把这个弄完。”

“亲一下才能坐回去。”

孟芮扭头亲他，李书禹软骨头似的靠在她肩头，说：“孟芮，你记住，我是有开关的，你要指挥我，就得亲我。”

“滚蛋。”

“可以，亲一下就滚。”

李书禹要忙毕业设计，客厅被他搞成了工作室，还特意给孟芮留出一半桌子，晚上两人一起学习工作，非常和谐。

孟芮入职后认识了一个朋友，同期的实习生，叫许澜。对方是北大毕业的高材生，主动和孟芮交朋友，私下坦言只看得上她，因为彼此都是才貌双全的实力选手。孟芮觉得她蛮有意思的。

两人有幸都被分到营销部实习。清泉营销部有客服部、销售中心、品牌部三个部门。按理说新人在营销部三个月内要去到每一个部门实习，但内部不成文的规定是客服部不用去，因为清泉的客服中心是外包的。

不幸的是，孟芮和许澜被发配到了客服部，这个调令突如其来，两人都不知缘由，上司只说客服部暂时需要人手。

孟芮和许澜私下猜测她们是不是无意中犯错了，毕竟同期生只有她俩去客服部。还真被她们猜对了，一半是因为客服部需要人，一半是因为她们二人引起了领导注意。

事情发生在一天前，孟芮和许澜一起在食堂吃饭，两人聊天，许澜说到培训的时候参观原料厂，里边的果子吃起来酸涩无比，做成饮料上市却是甘甜入口，可见加了多少东西。聊这个本来是减肥相关话题引起的，谁知被后面坐着的营销部总监方总听到了。他问了身边坐着的助理得知这两人是新人，当场吩咐安排孟芮和许澜去客服部工作。

“私下讨论这种问题，入职培训不过关，对行业的了解不过关，让她们去客服部重新接受培训了解公司产品。”

可怜孟芮就是听了一下同事闲聊八卦，就这么被一起“流放”了。

这个消息传出去，新人在群里都不敢出声了，这还是第一个被处理的案例。谁都知道调去客服部相当于一脚踩进了开除名单。

许澜都无语了。孟芮心里也慌，但还是安慰她："去客服部是直接面对消费者的机会。"

许澜默默给她点赞："行吧，美人命运多舛，合理。"

回家后，孟芮跟李书禹说了这件事。李书禹安慰她："企业选拔人才也不容易，像你们这批毕业生能入职都是过五关斩六将层层面试的，就算你们来了三天想走，公司还心疼自己的人力成本呢。别担心，再说了，咱们本来就是新人，不犯错才是奇迹。"

"我也觉得。但以后真要谨言慎行了。"

李书禹说："我爸妈每年要在家里招待公司高层，有时候听他们聊天，他们都觉得，做比说好，说比不说好。"

孟芮思考了一下，说："多做对的少说错的更好。"

"哎呀不要对自己这么苛刻啦，放松放松。"

孟芮告诉自己不要气馁，将功补过，既然给领导留下了不好的印象，那就用实际的工作成绩来弥补。孟芮在客服部兢兢业业任劳任怨，每天下班后还主动加班。因为孟芮是正式员工，系统权限比外包客服大，能查看更多后台咨询，她一边接电话一边观察客服话术，整理客诉记录，下了班又和许澜一起总结高频投诉问题整理报告。她想着方总也没说她们什么时候能回销售中心去，也不能就每天接电话吧。

一周后，孟芮和许澜在工作周记里提交了报告。负责审核工作周报的文主管手下自然有员工负责这项工作，系统后台有一键分析每周客诉内容的功能，这个权限不对实习生开放，所以孟芮她们也不曾被委派这个工作。文主管打开了新人的分析报告，无论从格式还是内容来讲都很粗糙，更不用说人工对抗程序在精准度上的成果了。不过孟芮、许澜能自己找活干，花心思用原始方式人工分析数以万计的投诉，这份耐心是适合客服工作的。

一个月里，孟芮和许澜任劳任怨踏实工作，闲暇时间聊天话题集中在娱乐明星和动漫人物，领导对她们的报告没有任何点评。

许澜说：“会不会觉得我们俩爱表现？”

孟芮已经淡定了，还有心情开玩笑：“也有可能是直接忽略我们俩了。”

“我谢谢你啊。”

月底，孟芮和许澜接到通知，下周一回销售中心。两人默默松了口气，但谁也不敢表现出雀跃。

周六晚上，孟芮收到文主管消息，文主管让孟芮把这个月的报告的文档发给她。这可糟了，因为工作量大，她和许澜分工合作，两人的格式都不统一，只统一了最后提交的 PPT 模板，重新整理很费时间。

好在文主管限时周一上班提交。

加班吧，两人合计了一下。周日一天干不完，李书禹主动提出帮忙。许澜因为跟人合租不方便，带着电脑来了孟芮家。

也顾不上被同事知道李书禹的事了。实际上孟芮也不用担心这件事，一般人还真不知道董亚洁有个儿子叫李书禹。

三个人吃了口饭开始根据文主管的要求整理文档。因为有几个数据需要重点标出，除了关键词搜索之外，为确保精确还得人工审核，三个人忙了一整天差点变成斗鸡眼。到了晚上，又因为许澜的文档在制作 PPT 的过程中剪切了部分内容未还原保存的问题需要重新去系统下载。

李书禹说：“先吃饭吧，吃完我送你们去公司。”

好在工作量不大，三人去小区附近吃了东西，李书禹开着他的小汽车送两人去公司。

“你们俩是一个学校的？”许澜终于有闲心八卦。

“对。”

李书禹扭头看着孟芮笑：“孟芮是我的女神，我追了四年才追到！”

“那你可以啊，才追到就同居，速度很快啊。”

“我们是合租不是同居！”

“那你不行啊朋友。”

李书禹闭嘴，他可行了，孟芮天天亲他呢。

到了公司楼下，李书禹跟孟芮说：“我在附近找位置停好车等你，你慢慢来。”

“你先回去吧，万一很久呢？”

“很久更要等你啊，这么晚你想一个人回家啊？听话，别让我操心。”

孟芮摸摸他的脑袋走了。

一个半小时后，孟芮和许澜终于完成了工作发邮件给文主管。从公司出来，李书禹先送许澜回家。

回到自己家，孟芮和李书禹都有点累。昨晚他俩就熬了半夜，今天又精神高度集中忙了一天，现在眼睛也干筋骨也酸。

“快去洗澡，洗完早点睡觉。”李书禹对她说。

孟芮去拿睡衣，出来的时候看到李书禹按着肩膀嘀咕：“可算体会到流水线工人的辛苦了。”

孟芮走过去拥抱他。

“怎么啦？怎么突然抱抱！”李书禹开心地问。

“谢谢你啊，辛苦你了。”

李书禹低头亲她：“这样就不辛苦了，我愿意给你打工，工资就要一个亲亲。”

孟芮踮脚再亲他一下：“我们小李同学真是太好了。”

“嘿嘿。”李书禹抱着她摇来摇去，“再夸夸再夸夸，还怎么好？”

“哪儿都好。”

回到销售中心，孟芮、许澜和大家一样彻底成了一块砖，被销售中心和品牌部随意差遣，工作量骤增，上五休二成了昨日之梦。

李书禹的毕业设计按计划进行中，他开始找实习工作，结果非常顺利地凭借自己的作品集和学历进入了本地最大的建筑设计事务所打杂。因为他还没毕业，一周只实习四天，所以分配的工作就真的是打杂跑腿了，工资也少到不值一提，但好在能分担房租了。

孟芮对此表示："我现在可以拿到百分之八十的薪水，还有租房交通补贴呢，所以租金我承担，你的钱交物业费、水电费好不好？再说你还给家里买了好多东西呢。"

李书禹听她的："孟芮，以后我肯定亲自给你设计一套最棒的房子，你、我、孩子，我们快快乐乐住在里边！"

"闭嘴。"

"好吧，不要孩子了，咱俩快快乐乐住在里边。"

孟芮不接话，接了就没完没了了。

对于她和李书禹合租，孟芮妈妈知情，她只是提醒女儿不要犯致命错误，也就是在该奋斗的年纪意外当妈。这话说出口，孟芮妈妈又赶紧解释："我可不后悔生你哦，没有你，妈妈的生活就太暗淡了。"

孟芮不担心这件事，她对李书禹很放心。两人一直保持纯洁恋爱，亲亲抱抱也都很有分寸，孟芮其实没有要求李书禹如何，但他总是很规矩，没有一次让孟芮不舒服。

直到有一天两人抱着看电影，浪漫爱情喜剧，男女主拥吻的时候李书禹也要亲亲。这一亲，李书禹的手就摸到了孟芮的胸部，两人皆是一愣，李书禹当时就满脸通红羞愧惊慌，那表情可怜得好似犯人。孟芮不忍心，跟他说没关系。

李书禹眼神亮起来，得寸进尺嘀咕道："那……可不可以……"

"不行！"

"哦，再抱抱可以吧。"

"嗯。"

从此以后，这间房子里时常会出现打手的声响，一般都是李书禹情不自禁，孟芮偶尔反感就会打掉他的手。

对李书禹来说这个体验可太新奇了，也许是他没控制住表情，也或许是这种喜悦根本克制不住，总之林源见了他之后说他摆脱处男身份了。李书禹才不想跟他分享自己和孟芮的隐私，他义正词严地说：“林源，鉴于你有对我老婆图谋不轨的前科，以后禁止你提我老婆名字也不许想到她，否则朋友没得做了。”

“你有毒啊！我想她干吗？找气受？老子被我爹发配到工地快痛苦死了，想也想点开心的好不好？”

“这还差不多。”

很快到了同居三个月纪念日，为什么是三个月呢？因为孟芮太忙了，根本不记得这件事。李书禹前两个月没提，第三个月见她那天不上班，精心准备了庆祝。

当天，李书禹早早起床准备好早餐坐在客厅等孟芮。不一会儿，她的卧室传来电话声，李书禹跑去门口，听到孟芮说“好的好的马上来”。

孟芮穿戴好打开门，迎面就看到一脸怨气的李书禹。

“吓死我了，站这儿干吗呢？”

“等你起床！”

孟芮绕开他去洗漱，李书禹在洗手间门口当门神：“你要去上班吗？”

“嗯嗯，要加班。”

“哼！”

“乖。”

李书禹不大情愿地端来盘子给她吃早餐，孟芮狼吞虎咽。

他问：“孟芮，今天早餐是不是很丰盛啊？”

“嗯，你起得好早啊，辛苦你了，晚上回来我做饭给你吃。”

李书禹不接话，心想他晚上都安排好烛光晚餐了，某人这一去很大概率天黑才回来然后倒头就睡。

“我走了，你自己玩哟。”

李书禹拉住她，给她一个包装好的小盒子。

“怎么突然送礼物？”孟芮问。

“纪念一下这个普普通通的日子……”

孟芮来不及了，敷衍地抱了他一下走人了。

“好无情。”李书禹对着关上的门哭诉。

孟芮忙到下午收到房东提醒交房租的微信，才意识到李书禹的反常。她抽空拿出礼物拆开看，是三枚木头制作的戒指，大小还挺合适。

她全部戴在手上拍照发给李书禹：“跟你合租的三个月非常快乐哟，我的好室友。”

李书禹回：“不高兴，孟芮芮又开始敷衍我了……”

孟芮回：“我订个蛋糕晚上一起吃好吗？”

“我来吧我来吧，这种小事我来吧。”

晚上部门领导请吃饭，孟芮留了肚子回家去。果然，李书禹准备好了烛光晚餐。

孟芮有一点抱歉，总感觉这段感情总是李书禹付出，她什么也没做。

“戒指是买的吗？”她问。

李书禹说：“我自己做的……”

孟芮上前抱住他说：“怎么办？我好不称职。”

“怎么会，我们俩这叫互补。明天周日可以休息了吧？能跟我玩一天吗孟芮芮？”

“嗯。”

李书禹开心地牵着她去洗手，又来到桌前坐好用餐。他买了冰酒，孟芮现在可以放松了，多喝了些，很快就有点晕了。

她带着醉意问李书禹：“你怎么那么喜欢我啊？”

李书禹哼了一声："你还知道啊？我就是喜欢你啊，你又漂亮又聪明又善良又坚强，你还那么勇敢无畏自信向上……"

"背词典呢你？"

李书禹哈哈笑："真的啊！孟芮你知道吗？我本来觉得你已经很棒了，但我没想到你还能更棒。室友误会你，你也不生气，还反思自己没搞好宿舍关系；祁遇害你丢了实习机会，你也没有被打败。这些还都是次要的，你看你以前对我那么冷漠，其实我是有点伤心的。但我现在知道了，你那时候也是想保护我，不想耽误我，等你接受我的时候，你又对我那么信任，我怎么可能不喜欢你啊！"

孟芮眯着眼睛看他："我这么好啊？我都不会记得纪念今天这种日子。"

"这不重要啊，不纪念也可以。我只是找个理由让你下班后开心一点啊，重要的是你开心，哪天都可以。"

孟芮突然想到了自己和同事的闲聊，加班的时候伙伴们会感叹生活艰辛，挣的工资少得可怜，想节省点钱自己做饭吃，但实在没那个精力，回家都累死了。家也不过是一个睡觉的出租屋，日子这么过着，逐渐麻木，所有的希望都寄托在转正考核上。

是这样吗？起码孟芮不是。

她每天回到家，都会有一个帅气可爱、活力满满的李书禹迎接她，拥抱她，安慰她，心疼她，生活上所有的事情都不需要她操心，李书禹什么都想在前面什么都准备好，只要她一个亲亲。

孟芮觉得自己很幸运。

她晕乎乎地跟随内心欲望捧着他的脸亲上去："李书禹，我希望，你永远是我的。"

李书禹好激动："当然！"

说不清是怎么发生的，好像孟芮更主动一点，两人尝试了一次初次亲密接触，因为没有提前准备安全套而中止。李书禹当下后悔不已，生怕孟芮误会他今晚的准备就是为了做这件事，但孟芮踹了他一脚打发他去买。李书禹穿好衣服下楼买回来，路上想着回去后孟芮睡着了就不叫她。

孟芮没睡，坐在那儿等他，可能中间清醒了一下有点怕疼，她又喝了很多酒麻痹神经，这会儿已经很冲动了，牵着他回了房间。

情到浓处，她还要重复："我不喜欢变量，但生活充满变化，你不能变，你不变我才有力量应对一切难题。"

李书禹承诺："爱孟芮怎么会变？绝不可能。"

第二天睡醒，李书禹还不敢相信昨晚的一切。此刻孟芮就在他怀里，她的呼吸打在他的锁骨上，暖暖的。

李书禹的双手抱着她，却不敢移动一下。

孟芮缓缓转醒："早。"

"孟芮……"他呢喃着滑下去投入她的怀抱。

孟芮还迷糊着，抱紧胸前的脑袋继续睡。

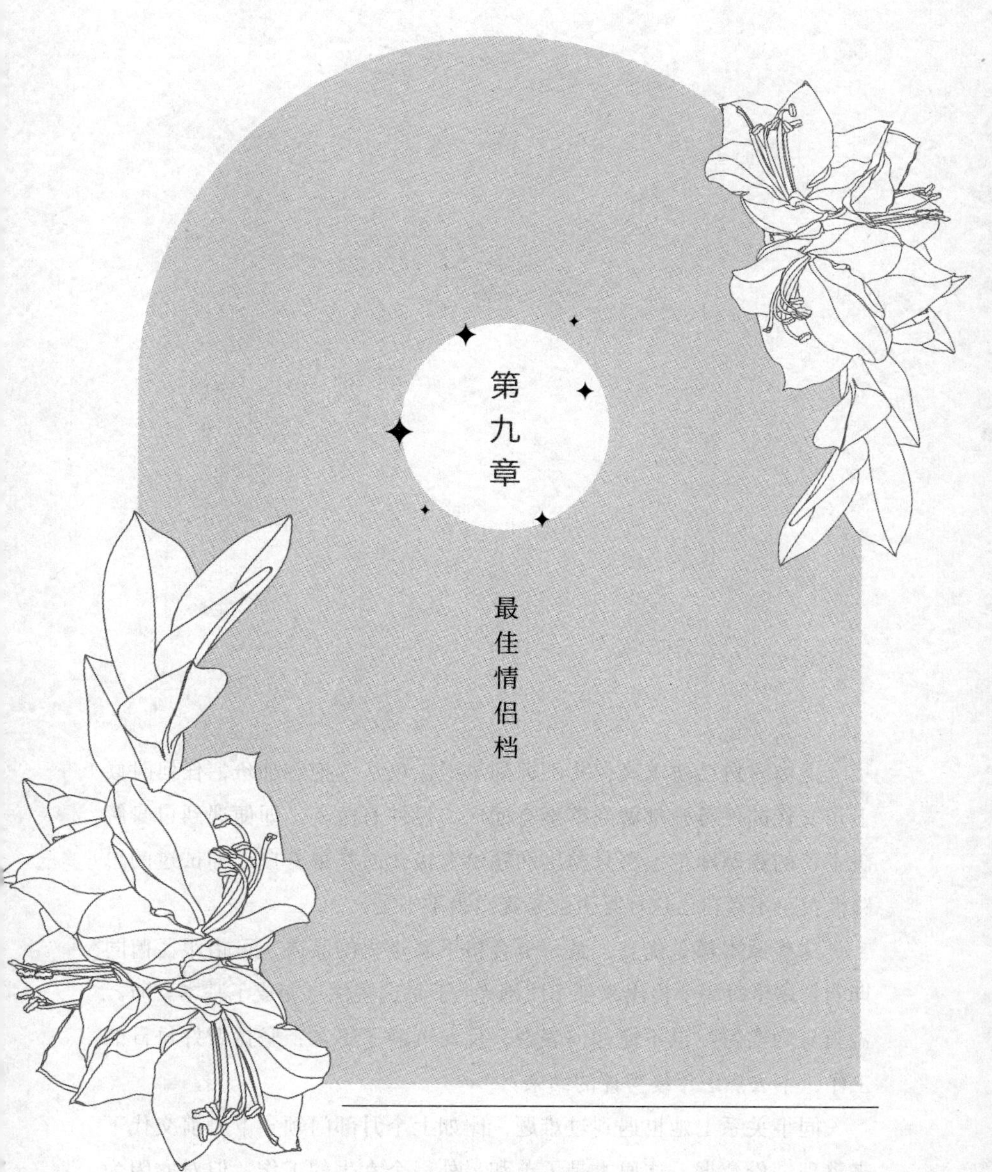

第九章

最佳情侣档

孟芮对自己要求高，从不迟到早退，也从不抱怨加班，任何时候上司交代的任务她都做到事事有回应，件件有落实，即便遇到自身解决不了的难题她也不会只抛出问题给上级，而是带着自己尝试过的思路汇报，不管自己这样是否会暴露出水平不足。

这些原本都是优点，是一个合格下属难得的品质，可惜跟孟芮同期的管培生每一个拎出来都不比她差，于是这些优点变成了基本素质。孟芮身为实习生也不懂如何表现，反而沉静了下来，坚持做好每日的工作，不去焦虑年终考评的结果。

同事关系上她也遇到过难题，比如上个月部门领导下班前交代下来整理一份数据。这原本是孟芮和另外一个女生的工作，但对方因为临时加班不能去送异地男友而十分伤心。孟芮如今也恋爱了，想到她们已经连续加班十天，于是主动提出帮她完成工作。对方非常感激，第二天给她送了一盒巧克力。

两人的关系渐渐亲近，午餐小分队也变成了三人组。也许有的人性格就是这样，孟芮渐渐发现这位同事开始习惯让她分担更多的工作，对此现象孟芮一开始并未提出异议，好脾气地接下了所有工作。

直到今天，下班前半小时，这位同事拿着一盒圣女果来到孟芮工位问她："小芮，加班吗？"

孟芮头也没转，专注于表格："加。"

"你可以帮我一个小忙吗？"

"说说看。"

"我今天有急事要准时下班，但是品牌那边的稿子要晚点才能发过来，到时候我在地铁上信号不好，你能不能帮我发一下啊？排版很简单的，稿子他们校对过，你只需要看看有没有错别字就好，一般都没有的。"

"不可以。"孟芮拒绝。

"拜托拜托，信号好的话就不麻烦你了，就怕信号不好。你最好了孟芮，明天请你吃饭啊。"

孟芮没说话，处理完最后一个数据后，保存好，关上表格面对同事，她说："公交车上信号好，还有无线网，你可以选择坐公交车，不缺钱的话打车也不影响信号。"

同事有点傻眼："下班时间坐公交车和出租都要堵死了。算了不麻烦你了，我找找别人。"

孟芮没理，核对了表格数据后发邮件。

这位同事从此不再跟孟芮一起吃饭了。许澜问孟芮怎么回事，孟芮说了这件事。许澜说："做得对，之前也不应该帮那么多。听着就是发布个公众号，但是排版、校稿和发布时间、评论管理这些细节都需要专门负责这个工作的人把握，出了事算谁的？你之前就是太惯着她。”

孟芮说：“也不是，之前她让我多做的事是我本来不熟悉的工作，多做多练习，也不是帮她。”

“不错。对了，我下个月要去生产中心，你去哪儿？”

“采购中心。”

来到采购部，孟芮被分到一个男同事手下实习，日常工作听他安排。最近采购部暂时不忙，再加上孟芮刚来工作量不大，本周六不用加班了。周五下午，孟芮和李书禹约好去超市采购食材，准备周末在家烤肉吃。

李书禹加了一会儿班，孟芮在超市旁边的商场逛着等他。十一月了，商场开始为圣诞节预热，孟芮想到去年圣诞节，她走进了一家店给李书禹和妈妈看起了礼物。她的工资每个月都能存三千到四千，工作了四个月，也是万元户了。

李书禹赶来的时候跑得满头大汗。孟芮拿出纸巾给他擦汗，说：“我看中一件衣服。”

“买！”

孟芮牵着他过去。导购小姐拿出她要的尺码，孟芮展开衣服比在李书禹身上，说：“真好看，这就是你的衣服。”

“给我买啊，那我也要给你买。”

“今天先给你买，还要去超市呢。”

“听你的。”

“你试试。”

“好看，你选的我都爱。”

两人今天穿的也是搭配好的黑白配，站在镜子前登对又养眼。

孟芮付了钱，李书禹提着衣服牵着她去超市：“为什么给我买衣服啊？”

“礼物啊，一周年了不是吗？”

李书禹好开心，抱住她："我就知道你肯定记得！"

"嘿嘿，走啦。"

两人在超市挑选食材对比价格、品质，路过试吃柜台也品尝一番。周五下班人很多，收银台前排队排得特别长，李书禹把她围在购物车推手那儿，两人亲昵地聊着天也不觉得等待的过程枯燥无聊了。

从超市出来往家走，孟芮接到电话，是带她的男同事。对方说他现在在跟客户吃饭，忘记带一份重要文件，就在他办公桌上，麻烦孟芮送过去一趟。

孟芮声明自己跑这一趟需要的时间后对方表示没问题，他们散场还早，没办法，孟芮只好跑腿。

好在住的地方离公司近，李书禹回家放东西，孟芮去公司拿文件，两人再会合之后一起去送文件。

折腾到九点多才送到，到了门口，同事叫孟芮送进去，李书禹贴在孟芮手机上听着对方说话的声音，显然人都醉了，便让孟芮在门口等，他进去。

李书禹很快出来，同事的责问微信也紧跟而来：公司内部文件怎么可以随便让外人送？你有保密意识吗？叫你跑腿委屈了是吗？

孟芮回复：有。送文件的是我男友，我跟他一起送到酒店门口，因为我不舒服走不动了所以请他送进去，我可以担保他没有看文件。

同事没再回，放下手机跟客户吐槽现在的实习生脾气大，根本使唤不动。说起这个话题，酒桌上的人都深有同感。

孟芮跟李书禹快饿死了，两人就近找了个餐厅吃晚饭。

李书禹跟孟芮说："工作难免要应酬，但你要小心，以后万一躲不开要去喝酒，一定要叫我来接你。"

"嗯，放心吧。"

李书禹摸摸她的脑袋："就是不放心嘛，你可太让我操心了孟芮。"

"说你自己吧……"

还真是想什么来什么。

没过多久，孟芮和另外一个女实习生嘟嘟就被领导叫去应酬。去的路上，嘟嘟跟孟芮说好烦这种事，孟芮深有同感。

为什么会有“酒桌上好谈事”这种约定俗成的规矩？是工作就该清醒明白地放在工作环境里谈，有什么业务非要跟酒沾边呢？又不是卖酒的。

见到客户，对方打量孟芮的眼神让她很不舒服。果然，上了菜之后还没人动筷子，领导就吩咐孟芮：“小孟啊，来，给吴总倒酒。”

“好的。”孟芮站起来却是走向门口，嘟嘟都傻了。

她开了包间门叫来服务员：“麻烦您帮我们倒下酒。”

服务员当然愿意。

孟芮坐回去，端端正正的，嘟嘟在桌下捏她手，意思是领导不高兴了。孟芮拍了拍她的手掌，意思是问题不大。

气氛尴尬，有人带头挑事，阴阳怪气地说：“听说清泉实习生都是非清北研究生不要，也是了，高材生倒酒是屈才了。”

孟芮领导脸色难看，正要发难，孟芮笑着对众人说：“您误会了，我刚毕业，长这么大都没见过几次白酒，酒桌礼仪实在不懂，怕怠慢了，还是请专业人员来最合适。”

这位吴总怕是看中了孟芮的美色，也不介意她这点冒犯了，还饶有兴味开始给她讲喝酒的规矩，说些什么白酒不似红酒，斟满即可的屁话。

说着还演示似的自斟自酌了一杯，眼神是期待孟芮有样学样。满桌人期待孟芮懂点事，孟芮却说：“我倒觉得喝酒还是应该自己倒，毕竟自己的酒量自己清楚。”

领导瞪了孟芮一眼，端起酒杯赔罪。

还没吃几口，领导找借口叫孟芮出去，嘟嘟也跟着出去了。

来到走廊，领导直接破口大骂："你以为你是什么东西还教人喝酒？倒个酒能要你的命？这点为人处世的能力都没有，趁早滚蛋。"

"好的，王总您少喝点，注意身体，有需要给我打电话我帮您约车。"孟芮说完就走了，嘟嘟咬牙跟上。

出了饭店，嘟嘟就想给孟芮跪了："大佬，牛啊！"

孟芮给李书禹打电话说结束了。李书禹说他已经在路上了，孟芮只好在原地等。她和嘟嘟都没吃饭，两人去旁边咖啡厅买了蛋糕吃。

二十分钟不到，李书禹到了接走了孟芮。嘟嘟看着两人远去的背影发出了第二声"牛啊"。她认得李书禹。

嘟嘟有个朋友之前交往了一个富二代，她跟着富二代参加聚会的时候见过李书禹，也听人说了那就是清泉集团董事长的儿子。因为李书禹外形实在出众，那个女孩偷偷拍了照片回去跟朋友分享来着，当时她们还私下开玩笑说要不别投简历了，想想办法认识李书禹好了。

谁知道孟芮一举两得，难怪那么有胆。

另一边，孟芮跟李书禹说了今晚的事。李书禹气得不行："到处都有这种败类，我妈要是知道肯定开了他。不过话又说回来，大环境就是这样，就算是我妈，也只能管到自己的下属。总之孟芮你做得很对，就是要这样抵制歪风邪气，怎么兴起的带着漂亮姑娘谈生意？这些人脑子里装的是大便吗？看美女决定合作意向，他的事业能走多远呢。"

孟芮说："很远很远。不过新一代正在崛起，我们可不会轻易向陋习妥协。"

"对的！我支持你，孟芮芮最棒。"

"没吃饱，刚刚蛋糕好腻。你吃什么了？"

"出门前我用电饭煲预约功能煮了山药排骨汤，回家就能喝了开心吗？"

孟芮高兴，搂住他脖子问："李书禹，你会不会觉得我都没什么时间陪你啊？"

“不会，你负责追逐梦想，我负责跟你恋爱，所以我们是最相配的一对。”

嘟嘟回家后问朋友求证要照片，朋友换了手机没记录了。她又翻孟芮的朋友圈，没有李书禹出镜。

周一上班后，孟芮开始被针对，即便她工作认真，但领导有一万种方式刁难，完全没问题的方案人家看也不看一眼就让你反复改最后还骂你效率低，你能如何？孟芮不如何，一次次提交同样的方案，对领导的指责充耳不闻。

嘟嘟在一旁看着，饶是知道孟芮有背景，也觉得她“头铁”，毕竟谈恋爱不是结婚，说散就散了，这个靠山也不稳，而且分手后女方说不定更惨。如此看来，孟芮是真“头铁”。

她没想传闲话，但闲话不胫而走也就是几天后的事。嘟嘟第一次听关系好的伙伴八卦说孟芮是董事长儿子女友这个消息时震惊到瞳孔放大，她可没说啊！

这个消息是许澜告诉孟芮的，孟芮虽然吃惊，但还是跟许澜承认了。

许澜很无语：“所以上次是老板儿子帮咱们加班呢？”

“嗯……”

“厉害了。”

孟芮说：“好在这样不算泄密哟。”

许澜都笑了：“你这心理素质真牛。”

她拍了拍孟芮的肩膀，说：“我生平只服气有实力的人，没想到你是实力和运气兼具的，不错，一起加油。”

“嗯。”

嘟嘟挣扎了三天跑来找孟芮解释谣言不是她传的。孟芮都傻了：“你要不说我都不会往你身上想。”

“我只是不想背一个可能嚼舌根的锅。”

“我懂，放心吧。”

嘟嘟问：“大家都这么传以后肯定会对你有影响，你不怕吗？不过也是好事，起码老王不敢再折磨你了吧？”

孟芮很认真也很严肃：“对就是对，错就是错，真理不会因为我是谁的什么人就变成假的。”

嘟嘟欣赏孟芮的态度，她说：“放心，有人问我的话，我会说传言是假的。”

“谢谢你。”

“不客气，也谢谢你不怀疑我。”

孟芮的确想不到嘟嘟身上，其实她有另外一个猜测，现在她的微信好友里有不少清泉的员工，大多都是基层员工，总监级别以上的除了李写意就是方总，之前因为传文件她与两人加了好友。她平时为了避嫌，从不在李写意的朋友圈冒头，但前两天李写意评论她的朋友圈了，是她拍的李书禹做的咖喱饭。

李写意问：李书禹做的？

孟芮私聊回答了，还删了朋友圈。但也不知道有没有被人看去，看来以后要好好分组。

孟芮没把这事放在心上，她总是想起李写意姐姐教她的道理，专注自身，保持平静。事实是她既是老板儿子的女朋友，又是敬业认真的员工，这二者合在一起并不是什么值得别人嘲笑的事。孟芮告诉自己不要怕传言，有时候传言离谱可能只是大家无聊又没有接近真相，身为传言主角，她能做的就是别在实习生竞争中因为实力不足被淘汰。

因为孟芮的不理会，再加上大家本身也都比较繁忙，流言纷扰就这么过去了，倒也没有谁对孟芮表现出额外的热情或冷漠，一切又回到了从前。

很快，年末了，清泉开始筹备一年一度的年会。

新员工里多的是有才艺的，年会本身也是让新员工更加熟悉公司和团队的方式，新员工节目的比例很高。

孟芮接到了做新员工主持的邀请。公司考虑她大学期间礼仪队的经历以及自身素质条件希望她能尝试一下，做主持人还有额外的一千块奖金。孟芮没有推辞，跟她搭档的男主持是同期的一位很少交流的同学，名叫林嘉树。

孟芮暂时放下手头的工作开始排练，台本有人提供，晚会一共有六位主持，流程繁琐，排练任务比较紧。

许澜也排练节目，她对身着正装的林嘉树产生了兴趣，心想，之前怎么没发现同期生里还有个帅哥？不过她也就是看个高兴，觉得跟同事恋爱什么的最不划算了。

孟芮开玩笑说要不要给许澜牵线。许澜说：“你要牵线也给我找个李书禹那样听话体贴的后盾守家，支持我工作。”

孟芮想了想，难得得意地说：“难！”

“滚蛋。”

对于此次主持工作，李书禹原本是全身心支持，直到他看到孟芮的晚会礼服，贴身款，便不大开心了：“穿得这么美我都看不到……”

“你不是第一个看到了吗？”

“带妆的看不到……”

“那我不卸妆回家给你看。”

“不能跟你手挽手走秀……”

“等我回来陪你走一晚上。”

“唉，孟芮现在敷衍我的技术越来越高超了……”

“哪有？乖。”

“不想乖了。”

孟芮亲他一口，他还是乖了。

最后一次正式彩排。许澜参加的节目是开场舞，跳完就去下面坐着看热闹了。孟芮中途喊她帮忙，她去了后台。

许澜出来的时候路过化妆间拐角处，有人在吸烟，一个男声说：“孟芮真是老板儿媳妇吧，晚会都让她主持，还是做女生好啊。”

另一个清冷的声音说：“可不是，靠实力靠背景样样都能出头，你应该很害怕吧？”

“老子怕什么？”

脚步声近了，许澜看清来人，正是林嘉树。她对他露出笑容，主动攀谈了起来。林嘉树赶着彩排没说几句就走了，许澜坐去台下观看，听着林嘉树好听的嗓音，想到他刚刚维护女性的发言，台上这个人看着真是越来越帅了呢。

许澜点开工作群找到林嘉树，发送了好友申请。

年会前一晚，李书禹暴走了，因为看到了孟芮准备搭配礼服穿的极简内裤。

“不可以！”

孟芮都不好意思了：“有一套礼服很贴身，不能穿普通内裤，你别闹。”

“孟芮……我吃醋，我嫉妒，我小心眼了。”

孟芮抱住他哄：“乖啦，是长礼服啊，工作需要啊。”

李书禹怎么都不同意，甚至提出要去买一套同色系大裙摆礼服替换。孟芮实在没办法，让他第一个看了上身效果才算哄好了他。只是这家伙实在可恶，知道她要穿低领礼服，还在她胸口弄了好多印记，害得她上了好多遮瑕霜，谁知道会不会弄脏礼服呢？

年会现场，董亚洁一众高管都出席了。演讲和颁奖环节，孟芮跟董亚洁互动。第二次互动结束来到后台，董亚洁居然主动问了她在哪个部门。孟芮回答之后，董亚洁说了句“好好工作”就走了。

孟芮有点高兴，围观群众有点惊慌——传言果然是真的，眼前这位怕是未来要叫董事长一声“婆婆”的。让孟芮更开心的是她抽到了新款手机，这可真是运气爆棚了。

晚会结束，孟芮去后台换了衣服。李书禹开车来接她了，就等在停车场。孟芮提着东西跟同事们道别跑向一排豪车里不起眼的大众。同事们心里犯嘀咕，董事长儿子开大众？说好的豪门子弟超跑标配呢？怎么这么经济适用？

另一边，拒绝了孟芮送自己回家的许澜等到了林嘉树。

“方便蹭个车吗？”

“你住哪儿？”

“寰宇中心附近。”

“方便。”

·

要过年了，李书禹的毕业设计也到了关键阶段，这是他去年就开始准备的设计，主题为本市某地村落保护和活化。

这也是李书禹最初想成为建筑师的原因，现在的清泉湾是本市尽人皆知的富人区，但在它成为豪宅区之前，只是一个小村落，李书禹小时候就跟爷爷住在那儿。后来清泉买了地盖清泉湾，爷爷跟他说是拆了老房子盖漂亮的新房子，但新房子盖起来了，原来的人却住不起了。李书禹看过了太多因为城市发展建设而消失的村落，他觉得遗憾，城市的发展不应该是以消灭美好事物为代价的，他想成为一个留住美好的建筑师。

当然了，这个作品多多少少有点骂自己爹娘的意思。李书禹决定毕业设计展就不邀请家人了，家庭和谐也很重要。

孟芮回家后给妈妈和家里人都买了礼物。她跟妈妈说等她转正了以后把妈妈接过去，反正妈妈做保险代理，在哪个城市都能发展业务的，省会市场还大一些。

妈妈不愿意："跟你说了别老想着拉扯我跟你一起生活，这么大人了还一辈子不离开妈妈了？你努力工作买房买车，妈妈有空就去找你玩。现在你就专心工作，照顾好身体就可以了，别的少操心，跟个老人家一样啰唆。"

孟芮哭笑不得，她抚摸妈妈的脸庞。她今年以来气色好了很多，眼睛也有光芒了。

"跟李书禹好不好啊？他对你一直好吗？"妈妈问。

"嗯，他很尊重我也很体贴我。"

"那就好。小芮，慢慢相处，别急着要结果。你还年轻，他家里又是那样的情况，你自己得先有事业才算安稳。"

"我知道的，妈妈。"

"你现在顺利工作了我就放心了，等你明年转正了我就真正放心了。"

孟芮大笑："那您到底是放不放心啊？"

"放心，我对你是一百个放心。"

春节假期结束前李书禹开着车来接孟芮，顺便给孟芮妈妈拜年。他本就长得好，又嘴甜，哄得孟芮妈妈十分高兴，给他包了顿饺子，走的时候还装了两大盒。

李书禹一大早来的，拉着孟芮陪他逛了一天到晚饭前才走，回到家也半夜了。

孟芮问他："不在家住好吗？都没过完十五呢，你爸妈会不高兴吧？"

"谁啊？大年初一飞美国的董女士还是除夕夜没见人的李先生啊？没有不高兴啊。"

"你们家不一起过年啊？"

"凑合见一面吧……"

“真可怜。”

“那你快亲亲我安慰下。”

“我去洗澡了。”

“一起一起，节约水资源保护地球环境。”

“不要脸！”

“我不在乎！”

开春以后孟芮开始出差，一般都是短期，有时候挨着周末也能有机会在当地旅游。但李书禹忙毕业设计忙到快精神分裂，不能去找她，孟芮也没心情自己玩，尽量回来陪他。

她喜欢李书禹的设计理念，她喜欢这个世界上有李书禹这样的人，不用考虑客观条件就理想化地活着，占尽先天优势也无所谓，总要有这样的人存在，人生才值得期待。孟芮没能拥有这样的人生设定，但她好喜欢有这样的李书禹存在的世界。

四月，孟芮要跟着公司的大部队去一个非常偏远的山区出差。清泉刚跟当地政府签了合作协议收购农民的果子，这也是国家扶农项目，需要做一些宣传工作，孟芮的任务主要就是去实地体验采摘，拍摄记录反馈给品牌部同事。

李书禹详细记录了她的出行路线，又不厌其烦叮嘱她出门在外的各种注意事项，最后还夸张地把她抱上秤称了称体重：“回来只能胖不能瘦，不然打屁屁。”他说着象征性拍了拍她的屁股，换来孟芮一顿捶。

第二天，大部队经过一整天长途跋涉来到当地乡政府。一行人先在招待所住下，领导分派工作，两两一组去各乡里实地考察，每个小队都有乡政府的工作人员陪同随行。

镇上住宿条件不好，招待所洗澡都没热水。孟芮看着这环境实在不敢脱光洗澡，就用湿巾简单清洁了一下，反正明晚就能回市区去住。

孟芮睡觉前用椅子顶了门，衣服也不敢脱，开着电视关静音睡觉。李书禹给孟芮打电话，问她住哪个房间。孟芮告诉他后，问怎么了。

李书禹："开门。"

孟芮隔着猫眼看到他，怀疑自己在做梦："你在跟我开玩笑吗李书禹？"

李书禹进来锁上门抱起她："你才是在跟我开玩笑吧！你以为我会放心把你一个人放到深山老林里来？什么破工作，这公司真缺德。万一我老婆被熊瞎子吓坏了怎么办！"

孟芮拍他脑门儿："你就是那个熊瞎子吧！"

"我是你的熊瞎子，我看不见了。"李书禹故意闭上眼睛东倒西歪，吓得孟芮大叫。

两人倒在床上，李书禹抱紧她："累死我了孟芮芮，跟了你们一路，一个人开车好寂寞好困啊。你回去能跟我走吗？"

孟芮像是能看到他傻乎乎跟着他们的车跑一样："嗯。吃饭了吗？"

"跟你们吃的一家店，真咸啊那个面。对了，我去上个厕所！憋死了！"

"傻。"

第二天，某考察现场出现了一个诡异的现象，一个穿得很洋气长得很精神的小伙儿开着一辆车跟着工作组进了村，他一不探亲二不访友，闲庭信步来旅游……

他这么大动静，还要把孟芮单独带走，领导、同事除非是熊瞎子才会看不见他。工作结束返回市区，李书禹跟孟芮的同事们一起吃饭。

饭桌上有听说过李书禹身份的人，几杯酒下肚，壮着胆子向当事人求证。李书禹表示："还有这种误会？我要是她儿子就好了，别说我老婆，就是你们各位，我都不让你们往这么偏僻的山区跑，太不人道了，资本家没人性啊！"

孟芮在桌子底下掐他，她凑到他耳边小声问："你妈知道你这么孝顺吗？"

"知道的。"

李书禹澄清"谣言"特卖力，说自己的车是偷开他爸爸的，一个开十万大众的爸爸能算富一代吗？不能！名牌衣服？或许各位听说过复刻版本吗？原价 16888 复刻只要 688，真假难辨，除非你很专业！工作？学土木的，在工地搬砖，平均六个月见一次老婆，所以出差也跟着来了。

众人被他哄得一愣一愣，怎么听怎么觉得有道理，毕竟大家都只听说过富二代装穷的，没听说过富二代骂自己爹妈没人性的……

晚上，回到条件不错的酒店，孟芮把他按在床上揍："好你个李书禹，谁教你撒谎不脸红的？"

"我错了……求放过啊，我也是担心你啊老婆！"

"谁是你老婆？！"

李书禹一跃而起反攻压制住孟芮，他一口接一口亲她："我亲谁，谁就是我老婆。"

孟芮摸到一个东西，也不管是什么，拿过来就堵住他的嘴让他结结实实亲了一个，她笑得不行："遥控器是你老婆。"

"负心老婆，我要欺负你！"

孟芮回去后提交了资料，同事拍的她和农户的合照被上司选中投放自媒体宣传。这事问过了孟芮，她觉得自己反正也不是当代言人，企业自我宣传的文章没什么人看，用就用吧。但她还是低估了自己的运数，这张照片还真吸引了网友注意，本次宣传任务超额完成。

孟芮也不知道这是好事还是坏事，至少……转正考核不会因此扣分吧，说不定还能算点功劳。

董亚洁打电话给李书禹，让他带女朋友回家吃饭。李书禹问过孟芮意见，孟芮犹豫了一下同意了。

见董亚洁，孟芮多少有点压力，因为董亚洁既是公司的大老板，又是男朋友的妈。虽然她现在心态平和了，但她还是没彻底忘掉董亚洁当初看到她和祁遇吃饭时的眼神。

“别有负担孟芮，我妈私下真的跟你很像，你俩会很投缘的。”

孟芮只想“呵呵”。

负担从进入清泉湾就开始了。孟芮也是第一次进所谓的富人小区，从门卫开始就能感受到所谓的社会阶层，李书禹在这儿长大自然不觉得特殊，但对孟芮来说，这却是一个她连门都进不去的小区。

李书禹停好车带她慢慢走回家顺道参观，孟芮看到远处的高尔夫球场空无一人，宽阔的小区道路上偶尔有人穿着专业的跑步服在跑步，每一栋别墅之间都隔得很远，独门独户独享广阔好风景。这一切都透露着有钱人的奢侈，不是穿金戴银，而是对自然资源对时间对生活节奏的奢侈享受。

这真不可思议啊，芸芸众生不过在生存罢了。

“你在想什么呀？”李书禹问。

“在想我要好好生活。”

李书禹当然没听懂：“你还要怎么好好生活啊？你可是最认真对待人生的人了。”

“我是说我要努力工作，以后也要生活得这么自由。”

李书禹说：“有钱不一定自由啊，有句话怎么说来着，能力越大责任越大。我知道你的，像你这种性格才不会说‘赚够一定的钱就什么也不管退休养老’了。你成了孟总就会跟我们董女士一样，跟李写意一样，放不下员工放不下公司放不下社会责任感，然后买一套上亿的房子给帮佣和孩子住，自己每天满世界飞去工作，你的家就是飞机、酒店和汽车。哎呀不行，那我怎么办？孟芮你可不能不理我啊。”

“你又知道了？说不定有一天我会放下工作去当个逍遥散人，每天学一点没用的东西，当一个自由而无用的人安度余生。要是有得选，谁选劳苦奔波啊。”

“那太好了，记得带上我一起逍遥，我最没用了。”

他们路过一栋房子，楼上传来一个女孩的声音：“李书禹！”

孟芮和李书禹应声抬头看去，只见露台上一个女孩冲他们招手：“等我！”

李书禹跟孟芮介绍：“她是温欣，比我小两岁，算是我看着长大的邻居家小屁孩吧。之前都在国外读书，不知道什么时候回来的。”

“哦。”

温欣也是这么问李书禹：“你不是在柏林吗？我还说去找你玩一起回国，害我白跑一趟。”

李书禹给她介绍孟芮：“这是孟芮，我女朋友。”

“你好，我是孟芮。”

温欣跟她浅浅握了下手，说：“我是温欣。”她又看向李书禹，“听说你谈恋爱了我还不信呢，原来是真的，你女朋友……很漂亮。”

最后三个字说得有点不情愿，孟芮有点明白这里边的情绪了。在三人走去李书禹家的路上，发现温欣一直偷瞄自己，孟芮就更确定了。

走到门口，李写意刚好出来，热情欢迎孟芮。

温欣拉住李书禹：“我有话跟你说！”

李书禹嫌弃：“我家大门封你嘴吗？进去不能说？”

“不能！”

“那别说了。”

温欣气得双手叉腰，孟芮回头看，妹妹眼圈都泛红了，孟芮让李书禹去照顾朋友，自己被李写意拉进去了。

“是我让我妈叫你来的，有事找你。我妈本来会在家，临时有事去北京了，早班机飞走的。”

“什么事啊姐姐？”

“进去坐着说。”

院子里，温欣质问李书禹：“你谈恋爱为什么不跟我说！”

李书禹惊呆了：“我谈恋爱还得跟邻居打报告？”

温欣立刻垂泪：“我要跟你谈恋爱！”

李书禹吓得跳开一米远：“别胡说啊。我可是有老婆的人，你跟我谈什么谈，回家玩去。”

温欣也不讲道理：“我不管，本来我是给你机会想清楚你对我的感情，所以这两年我才没找你玩。谁让你跟别人谈恋爱的，先来后到，我要跟你恋爱。”

李书禹都要吓哭了：“姑奶奶，我的名节很重要，咱俩就是邻居、朋友、兄弟，你别乱说了，万一我老婆误会我就完了！我跟你什么仇？你再胡言乱语我就跟你爸告状去。”

“你！”温欣气得手都在抖，“我再也不理你了！”

她哭着跑开。

李书禹惊魂未定地回家去，看到李写意在跟孟芮说话，聊她结婚请孟芮当伴娘的事。

“小范围仪式，只有亲朋好友。公司的人不来所以你别担心，我的女性朋友大多都结婚了，单身的又实在没空，这才想麻烦你。反正到时候李书禹肯定要带你来参加婚礼，要是你能帮我这个忙就太好了。”

孟芮当然愿意，她一直对李写意很有好感。

李书禹见两人达成约定就要拉孟芮出去逛：“董女士呢？怎么不在家？”

李写意又交代了一番，李书禹撇撇嘴说：“请客人来，自己却爽约，下次我必须批评董女士。对了，你结婚那天我带孟芮去就行，在这之前你别烦她。”

孟芮拦住李书禹："不要这样说话，对姐姐要有礼貌。"

李书禹乖了，李写意笑了："可算遇到能让你听话的了，你倒是说说我怎么烦了？"

"嘁，我不是说你，我是说你结婚的流程烦人。"

"你懂什么，一边儿玩去。"

李书禹带孟芮上楼去，心里琢磨着回头还得交代李写意，就她结婚那四五个律师搞婚前协议的阵仗不得把孟芮吓到？

来到自己的卧室，李书禹献宝似的给她看自己的相册、手工作品和模型。孟芮看到李书禹小时候的照片，也是白白净净很可爱的样子。翻到他中学的时候跟小伙伴的合影，其中一张有个小妹妹站在队伍对面哇哇哭，看眼睛应该是温欣。

"温欣呢？回家了？"孟芮问。

李书禹纠结了一下决定坦白，他如实汇报了他与温欣的对话并再三表明他从未对温欣有过超出邻居关系的互动。

孟芮说："嗯，相信你。"

李书禹观察她："是不是吃醋啦？"

"没……"一句否定没说完，李书禹便把她整个人抱在怀里。

他的手掌按着她的后脑勺，自说自话开始自我表演："没关系，不用故作坚强，我知道你吃醋了。"

"我没——"

"放心，我永远独属于你。"

"放开——"

"嘘，别说话，享受这一刻。"

孟芮挣扎出来给他一下："享受你个头。"

李书禹生气："孟芮芮！你不像话，男朋友被人觊觎了都不吃醋，哼。"

孟芮说："再见。"

李书禹拉她回来两人笑作一团。

中午在家吃饭，阿姨做了一桌子菜。李写意要为穿婚纱瘦身只吃了点青菜和鱼，孟芮跟李书禹安静吃自己的。

有人敲门，温欣“杀”了进来。

李写意叫温欣一起吃饭，她别扭了一会儿，听话地坐下吃了起来。

孟芮感觉到她一直看自己，那眼神却不是敌意，就是那种明明想对你生气但又没法生气时的为难纠结。孟芮忍不住对温欣笑，她觉得温欣真可爱。

孟芮抬头看到窗外开阔的景色，她突然在想，是否在这样的环境下成长起来的孩子都似李书禹、温欣这样美好单纯呢？真的要努力啊，争取给自己的下一代创造这样的条件。

第十章

爱的归属感

温欣找孟芮去院子里聊天，她问孟芮："你们怎么在一起的？他追你的吗？"

"嗯。"

"很用心追你吗？"

孟芮说："很真诚。"

温欣沮丧地蹲在地上，孟芮陪她蹲着，听到她嘀咕："我哥哥说李书禹晚熟，在恋爱这事上不开窍。他怎么突然就开窍了，还恋爱了呢？"

孟芮说："别难过了。"

"呵，你是在可怜我？"

“不是，因为不知道说什么。”

“那就别说了，我……你们在一起就在一起吧，我喜欢我的。说不定你们会分手，到那时候万一我们在一起了呢？”

孟芮没有生气，略微思考后说：“不是没有这个可能，你可以把这个结果当作未来不期而遇或者说可有可无的小彩蛋，但不要守着这个结果生活。否则你也太亏了吧，凭什么为他痛苦难过着过日子呢？”

温欣撇撇嘴，好似不接受孟芮的安慰，她好想说“你现在得到了李书禹还说他不值得，那你让给我啊”。但她也没说反驳的话，过了许久她才问：“你喜欢他什么？什么时候确定喜欢他的呢？”

孟芮不知道答案，她想了很久，说：“或许我一开始就被他吸引了一点？说不清，要说是他的坚持感动了我那便不是爱情了，一定是情投意合两心相知才成为了情侣，感动、舒适、愉快等情绪都很常见，朋友、家人、同事、同学也都能给你。”

“嘁，又说教，好无聊啊你。”

孟芮忍不住摸了摸她的脸蛋：“你好可爱。”

温欣被她笑得心烦，站起来准备走人，走之前又转身对她放“狠话”：“别以为我输你所以瞧不起我！”

孟芮举手发誓：“绝对没有。”

“哼。”

李书禹从客厅看到她们对话结束找了出去。

他拥抱孟芮：“跟情敌对话辛苦了老婆。”

“走开……”

“嘘，别说话，我懂。”

孟芮无语。

时间进入五月，李书禹和孟芮双双进入战斗状态，一个面临毕业答辩一个面临转正考核，一个累死累活通宵完善设计方案细节，一个加班加点熬夜写总结。两人虽然每天都住在一起，但李书禹累到早上醒不来送她出门，孟芮累到晚上来不及等他一起入睡说句晚安。

孟芮原本以为转正考核都是统一标准，打完分最后按员工意愿和实际岗位分配部门，谁知道报告还没写完，同期生群里传出小道消息，说各部门老大已经开始内定中意的人才了。

这可不得了，都说没被领导们私下约谈过，但都怀疑对方是不想承认。孟芮很淡定，许澜盯着自己的报告羡慕孟芮："你好歹还有点台面上的工作能晒一晒，起码在领导面前刷了个脸吧，昨天我在楼下碰到李总跟他打招呼，他居然不认识我。好家伙，我在他部门干了两个月啊，搞得好像我毫无优点，我遭到了实力与外貌的双重打击。"

孟芮点了点自己的电脑，说："我把主持年会写上去会显得很浮夸吧？别的成绩都没有，就会穿个礼服背别人写好的台本……"

许澜叹气："唉，赶紧考核完吧，我快受不了了。"

"快了快了。"

许澜见周围同事都离开了工位，她坐过来贴着孟芮耳朵说："姐们儿，好歹发挥下你集团董事长儿媳的优势给咱套套内幕。我可告诉你啊，林嘉树已经被研发部老大内定了。"

孟芮看着她："你怎么知道的？"

许澜愣住了："听说。"

"听谁说？"

"滚蛋。"

孟芮写毕业论文的时候都没觉得难，如今写实习总结觉得很难。许澜说孟芮主持节目、宣传产品都算大功，但孟芮怎么想都觉得这些事不值一提，但不提这些又没什么可写，发愁。一篇总结写了改改了写，她纠结了一周，最后咬咬牙交上去了。

当初一同进公司的实习生里，已经有三个因为各种原因离职了，剩下的都在等待最终考核。周末，小伙伴里有人组织聚餐，餐桌上的话题还是集中在能否转正上，有人分析各部门的职位空缺，十分乐观地说他们都能留下。

月底，人事部开始陆续找实习生谈话，内容当然是保密的。但孟芮跟许澜她们观察大家谈话前后的情绪，判断应该都是好消息。

许澜说：“咱俩不可能是最差的，安心吧。”

孟芮说：“我也觉得。”

下午四点，孟芮收到邮件，要她去人事部面谈。到了会议室之后，人事主管却带她去了营销部方总的办公室。

办公室有营销总监方总、品牌部经理周总。

孟芮的第一意向就是营销部的销售中心，方总原本已经通过了，但周总来找方总申请要人，想让孟芮去品牌部做自媒体运营。

选择权在孟芮手里，孟芮没犹豫，选择了销售中心。她说自己线上运营能力不足，文笔水平也不够。周总开玩笑似的诱惑她，说她可以，先前在互联网上的那一点热度已经胜过好文笔了，做个自媒体小编跟粉丝互动，工作清闲又容易获得成就感。孟芮还是婉拒，周总也不能违背员工意愿强要人。

她走后，方总问孟芮为什么想留在销售中心。孟芮开始背书：“销售中心是公司的神经中枢，是品牌与消费者之间的桥梁，也是对外展示公司形象的重要部门。”

方总都笑了：“想赚钱？”

“一开始是，我家境一般，毕业找工作就冲着多劳多得来的。但过去一年的轮岗实习经历让我感受到销售团队的挑战和活力，我很喜欢。”

“你的性格好像不是很适合做销售。”方总说。

孟芮沉默，也不知道方总听到的是哪一段，但是她说：“客户还各有性格呢，销售人员也不该是一个模板。我觉得我能找到发挥自己能力的最佳状态，不足之处我也愿意学习进步。”

“好。去忙吧。”

“谢谢方总。”

从办公室出来，孟芮被人事部叫过去继续谈话，她的最终岗位还要等上级确认，薪资待遇到时也会一并确认。

等了一周，孟芮定岗了，销售中心经理刘柯的助理，月薪不错，每个月有各类补助，转正后可申请员工宿舍。

许澜去了品牌部做媒介专员，嘟嘟去了生产中心做专员。同期实习生中最终只淘汰了两个人，还有一个好像因为职位待遇没谈好离职了。

孟芮好开心，先跟妈妈报告了喜讯，她所在的营销部整体归李写意管。孟芮妈妈十分开心，告诉她一定要好好工作，既然是李书禹姐姐手下的员工，就更不能偷懒了。

孟芮赶着回家跟李书禹庆祝，李书禹在睡觉。他最近也不知道在忙什么，按说毕业设计已经完成了，但他还是经常熬夜对着电脑画图，今天恐怕又忙了一天下午才睡。

孟芮坐在床边看着他，心里十分踏实，当初设想的美好生活如愿实现。

李书禹醒来的时候就看到孟芮的笑脸，他还以为自己在做梦，慢慢挪过去躺在她腿上环住她的腰，嘴里呢喃着：“老婆，我梦到你了。”

孟芮摸摸李书禹的脸。他清醒了，眼神惊喜：“哇，你回来了？怎么样怎么样？转正了吧！”

孟芮拥抱他：“嗯。”

她跟李书禹分享好消息。他坐起来抱起她滚上床：“我们家孟芮太棒了，庆祝一下，亲亲。”

李书禹毕业还是去那家建筑设计公司上班，目前处于请假阶段，专心准备答辩，等待毕业。

他的聚会开始多起来，同学要聚，老朋友要聚，被“流放”工地的林源终于能休息，成天打电话叫李书禹。如今要毕业了，林源被老爹培养着要接手家里的地产公司，李书禹做建筑设计，都是同行，是要保持联系的。此外，他们这群家里有背景的孩子也都差不多从学生阶段步入了职场，都铆着劲想自己干点事业，一大帮人成天聚在一起，动辄消费几万，商量着还没着落的生意。

李书禹很乖，只去参加班级聚会或者好朋友的饭局，不管在外面怎么玩，只要孟芮下班，他就会回来陪她。孟芮劝李书禹好好玩，不要急着回来，李书禹还不高兴，说她嫌他烦了，自己蹲在沙发边上装可怜。

“才不是，是想让你开心啊。”

“跟你玩才开心，你还不知道吗？”

“知道了，下次我陪你吧。”

“真的？”

“嗯。”

“那周末吧。都是我从小一起玩到大的小伙伴，有一个要出国大家送他，正好他们都想见你，我请大家吃饭。”

“好。”

李书禹立刻开始订餐厅约朋友。

他这几个朋友真的都不错，无论是见识、学识还是待人接物都是非常有水准的，孟芮很喜欢。有一个女生叫章烟，在美国学的广告，现在拿了家里的投资准备开公司，她的公司还在注册中，名片倒是印好了，发给大家，说以后要照顾她生意。

孟芮打眼一瞧桌上这些人的背景，有做实业的，有做广告的，有投行的高管，还有做人力资源的，而且这些人都是接受精英教育长大，看着父母奋斗成长起来的。即便是像林源这样的学生时期吊儿郎当的公子哥，如今也能听父亲的话吃苦耐劳从基层干起，这么一群人聚在一起交换资源互帮互助，什么做不成呢?

林源举杯说：“李书禹你干脆让你老子给你开个工作室，咱俩合伙盖楼，章烟负责宣传，达明负责给业主贷款，齐活！”

孟芮被他们聚会的气氛鼓舞，觉得自己充满斗志。

聚会结束，李书禹跟她闹：“章烟要跟我合伙，孟芮芮吃醋了吧。”

“我没有……”

李书禹伸出食指按在她嘴唇上：“嘘。我懂，别吃醋，我是你的。”

孟芮揍他：“滚蛋。”

李书禹不滚，挡在她前面：“你，马上给我原地表演一个吃醋看看！不然我要闹了，我真的要闹了，会当街抱着你大腿哭啊我警告你。”

孟芮面无表情说：“我吃醋了，酸死了，拜托你先不要跟我说话，让我安安静静感受一下人生第一次吃醋，大概三天吧。”

“三天别说话? 那你别酸了，吃醋没劲。”

月底，李书禹要毕业了。

答辩那天，孟芮没告诉他，偷偷请了假去学校找他。李书禹的学号在前面，第三个就是他，答辩很顺利，老师问的问题基本在他预想的范围之中。

李书禹答辩完留在现场看其他同学答辩。结束后和同学一起往外走，来到教学楼下，远远看到孟芮站在对面马路上。

李书禹飞奔过去拥抱她：“你怎么来了? 不乖，来都不告诉我，我早就结束了，是不是等了很久? ”他摸到她身后的东西，“什么东西? ”

孟芮拿出来，一束花：“毕业快乐李书禹。”

李书禹接过花俯身亲吻她脸颊：“谢谢老婆。”

“闭嘴。”

“本来就是我老婆。”

晚上有谢师宴，全年级都得去。李书禹不能跟孟芮回家，孟芮也不能去参加聚餐，于是两人在食堂吃了午饭，吃完李书禹提出要逛校园。

他们来到湖边，李书禹说：“在这里，我第一次靠在孟芮芮的肩膀上。”

来到校门口，李书禹牵着她的手说：“在这里我们第一次牵手，但是当时你是要跟我说拜拜。”

边走边回忆，李书禹发现了遗憾：“我们都没有在母校接吻过！”

“怎么没有……”

“就是没有！”李书禹吻住她。

“孟芮啊，你知道我有多热爱母校吗？”

“多热爱啊？”

李书禹翻出自己的论文给她看，翻到感谢致辞，李书禹写道：感谢我的母校，让我学习愿意为之奋斗一生的建筑事业，也让我遇到了真爱，她的名字叫孟芮。

孟芮心里酸酸的，她说：“大学的时候我对你很冷淡啊。”

李书禹毫不在乎：“有吗？为什么我想起来都觉得好甜蜜呢？孟芮，我问你一个问题你要诚实回答我，好不好？”

“好。”

“就是我一直觉得你对我是特别的，就算你像对待别人一样拒绝我，但还是有差别的。我们一起度过了很多时光，虽然不是恋人身份，但你允许我一直在你身边出现，就是喜欢的意思对吗？”

孟芮看着他的眼睛：“对。”

“我就知道！”李书禹搂住她看着远处的图书馆，“孟芮，以后我们结婚的话来母校办婚礼好不好？这是我们相遇的地方。”

“到时候再说。”

“到时候是什么时候？”

“等我工作稳定，买下人生第一套房再考虑婚姻。”

李书禹同意：“一套房？那还不是分分钟的事，你要加油啊孟芮，我可等着你呢，你要是不努力，我可就老了不帅了啊。”

李书禹以为她会逗他说“不帅就换一个”，结果孟芮说：“不帅我也要。”

李书禹聚会到凌晨一点才回家，他喝酒喝得微醺，孟芮都穿戴好准备去找他了。

“快去洗澡，很晚了。”

李书禹问：“你困了吗？我有东西想给你看。”

“什么？”

李书禹一脸神秘拉着她来到书桌前，他打开自己的电脑给她看自己这半年在忙的作品。是一个城镇，孟芮越看越觉得熟悉，那些街道，地名、店名，不正是自己老家吗？

“我家？”她问。

李书禹把她抱在腿上，脑袋抵在她肩上，说：“是呀。”

他握着鼠标一点点展开给她看：“这个是你，旁边这个就是我啦。”

孟芮笑着问他：“为什么画这个啊？”

李书禹好像有点困，迷迷糊糊地说：“因为孟芮芮在家乡有不好的回忆，被人欺负过，孤单过，所以我把自己画进去。孟芮，我知道你一直想努力赚钱带妈妈去外地展开新生活，但我不想让你想到家乡就觉得难过。既然过去不能改变，那我就画一个，假装我在大学之前就遇到了我的孟芮芮，陪她一起长大，青梅竹马，相亲相爱。”

孟芮嗓子发紧，说不出话。

李书禹又说：“发生了的不能改变，好可惜。我一直记得那时候你挡在我前面对那家人说李书禹的妈妈是谁谁谁你们惹不起，我好难过，为自己不能保护你而难过。如果我们一起长大，我陪着你面对了痛苦的过去，我就不是不相关的某某路人了，我就能在你被欺负的时候挡在你身前了。”

孟芮泪流满面，她转身拥抱他：“李书禹……”

李书禹眼皮沉重，他闭着眼睛抱紧她感受她身上的温度和味道，他说：“孟芮芮，家是一个人永远的归属感，我知道你很坚强很独立，但如果你一直记得家乡的不好，那你的心就会一直漂泊。那样不好，我不要我的孟芮一直漂泊。”

孟芮哭，她说：“没有漂泊，跟你相爱就是我内心安宁的指南，谢谢你李书禹。”

“不客气呀老婆。”

“我爱你。”

“说什么？”

“我爱你。”

“我更爱你孟芮芮，我都不知道我能这么爱一个人。”

“我也是。”

月中，李写意的婚礼快到了，孟芮被叫去家里试礼服，董亚洁也在。

孟芮看到她，立刻站好：“董事长好。”

董亚洁笑了笑，说：“叫阿姨吧。”

“阿姨好。”

“小意在楼上，去找她吧。”

“好的。”

孟芮试穿礼服，狂热粉丝李书禹在一旁夸：“漂亮，真漂亮，就用这伴娘，新娘子也是胆子大！不对啊，为什么我不是伴郎！姐夫！”

李写意的丈夫笑着说：“正要跟你说这事，原本的伴郎来不了了，麻烦你替补了。”

李书禹拍拍胸口：“好家伙，差点没跟我老婆凑成对！”

李写意戳他后脑勺：“做个亲子鉴定吧，这个一定是抱来的。”

试穿好之后，孟芮听李写意跟她讲了讲流程就到午饭时间了，一行人下楼去。一楼很热闹，董亚洁在听员工汇报工作。孟芮一眼看到自己的顶头上司方总。

孟芮有点慌，其余人倒是神色正常，董亚洁叫李写意过去谈事，对李书禹说："你们俩吃饭去吧。"

孟芮被李书禹牵着去餐厅，进了餐厅她就垂头丧气："完蛋了。"

"怎么了？"

"我老大在那儿坐着。"

"没事，咱有实力怕什么？"

饭吃到一半，董亚洁和李写意进来。李写意宽慰孟芮："听说你工作很认真。"

董亚洁："饭桌上不谈公事，吃饭。"

周一上班，孟芮坐在工位上战战兢兢，方总没出现。两天后，方总因为她提交的一个报告没写到重点，大骂她没长进，会议都白听了。孟芮从此放下心。

晚上回家她跟李书禹说这件事。李书禹问她："你这是什么受虐心理？"

"就是底层员工跟你交往的脆弱心理……"

"少来，我家孟芮最强大！"他说着亲吻孟芮，"给你力量！"

"有效吗？"

"有啊。"

孟芮办理好转正手续之后，正式开始了自己的助理生涯。她上面还有一个资历更老的助理前辈小饶，两人都可以对刘经理汇报，但刘经理只对小饶分派工作，孟芮的活小饶说了算。

销售助理的岗位杂事非常多，第一个月，她主要负责公司销售合同及其他营销文件资料的归类、整理、建档和保管工作。除此之外，小饶每个月提交的市场行情分析报告的数据资料也需要她收集整理，公司月度、季度、年度报表制作需要她协助，客户上门的接待、电话来访需要她兼顾，客诉记录也要实时关注，部门大小会议的记录、内务工作还要她负责。

八小时工作时间根本忙不完这些，如今随便接待一个客户，基本上一上午或者一下午就过去了，加班是常事，带工作回家更是常事。

其他小伙伴的忙碌状态有过之无不及，清泉给的工资是高的，但照这种工作强度换算下来，时薪不如去麦当劳打工。

许澜和嘟嘟、孟芮有个微信群，一开始大家下班后还能吐槽一下辛苦，后来连吐槽时间都没有了。

孟芮觉得累，但不觉得苦，忙碌说明公司在培训你，在给你机会接触更多的工作，现在忙前路才宽阔。

她就硬扛，每天连吃饭都不肯多花时间，丰富的食堂菜品她从来不费心挑选，进去端起盘子就近选两个菜吃饱就回办公室休息十五分钟然后战斗。上下班路上她尽量多学习数据分析工具提高工作效率，晚上睡觉前抽出半小时跟李书禹聊天。

李书禹相对清闲一点，因为他还在打杂，接触到的建筑设计工作也不过是什么市政项目的修公厕之类的。

他还是每天早起半小时给孟芮做早餐，因为知道她对吃饭不上心，所以早餐总是尽量保证营养均衡让她吃饱。他还化身小闹钟，每天四次提醒孟芮多喝热水，注意休息。孟芮每次收到他的提醒消息就会停下手头的工作在工位上伸展一下身体，然后喝水上厕所，所以她状态很好。

周六下午，孟芮忙完了手头的报告，可以下班了。许澜和嘟嘟在群里约她逛街，嘟嘟心情不好，遇到了感情问题。

三个女孩去商场买了点东西，然后去喝咖啡。

嘟嘟原本租住的房子离公司很远。转正后，她为了上班方便，也为了节省开支，想申请员工宿舍，男友不同意，提出合租。

嘟嘟说："他虽然追我追了一年了，但我们正式确定关系才一个多月而已，我觉得有点太快。"

许澜说："你觉得快就不要同居，没什么好纠结的。他要因为这个生气那也是不尊重你，真心想让你上班方便或者节省开支也不一定非要同居，可以帮你找个公司附近合适的房子啊，你不是没时间找房吗？"

嘟嘟说："他已经看好了一个两居室，说我们合租。"

许澜懂了："你是还没准备好发生亲密关系对吧？那就住公司啊。嘟嘟，你们俩刚开始恋爱，就因为这么点事害怕影响感情的话，那这段感情也不怎么牢靠。"

嘟嘟觉得有道理，问孟芮："你和你男朋友交往多久住一起的啊？"

孟芮想了想，说："按照确定关系时间来说，大半年吧。但是这半年他都在国外读书，他回来之后我上班了，然后找房子住一起了，按照实际以情侣身份相处的时间来算，也跟你差不多。"

嘟嘟眼睛亮起来，好像得到了什么认同。

孟芮赶紧说："嘟嘟，我觉得你的担心就在亲密关系这一步，我觉得你不应该合租。如果对方提出这个建议让你下意识担心亲密行为，那充分说明这个男生已经在日常言行中表现出了对你有这方面的需求，那他的目的也就是这个。"

嘟嘟脸红了。虽然她也是初恋，但自恋爱以来，她和男友每次接吻或者拥抱，对方的确会热情过度。

"你说得对。"

孟芮继续说："我和李书禹合租之后他连我的卧室都不进的，非常尊重我，我们第一次……也是在我准备好在我想的情况下自然发生的，在这之后才亲密了。而我一开始跟他合租，其实也不完全是要节约开支。"

“那是为什么？”

“为了跟他多相处啊，我们认识以来，我总是在兼职在学习，恋爱了又开始实习工作，根本没有分什么时间给恋爱。纪念日、浪漫约会那些都是李书禹在操心，我很抱歉，所以愿意跟他合租，这样至少我下班后哪怕在加班，也是和他在一起的。”

许澜认同：“这才是情侣同居的正当理由，为了能陪伴彼此，而不是为了方便发生亲密关系。”

“你们说得对，我这就跟他说。”

嘟嘟当场给男友发微信，为了怕自己后悔，她还提交了员工宿舍申请截图给男友看。十分钟后，男友回微信：随便你。

嘟嘟给朋友们看。许澜和孟芮对视一眼，十分无语。

嘟嘟生气又伤心：“随便就随便，那我就随便地分个手好了。”

三个女孩举杯碰咖啡：“敬自己。”

在咖啡店分开，孟芮原本要回家，突然想到李书禹的洗面奶快用完了，她又回去买，一来二去就买了好多东西。买完出来在路边准备打车的时候，一辆保时捷停在她面前，车窗玻璃降下，祁遇出现：“去哪儿？送你一程？”

孟芮说：“回家，我自己打车就好。”

“这么不给面子？”

孟芮想了想，上了副驾驶座。她报出地址，祁遇惊讶地问：“什么地方？都没听过。”

“老百姓住的地方。”

孟芮给李书禹发微信让他半小时后下楼接她，李书禹秒回“遵命”。

半路无话，就在孟芮以为祁遇就准备这么安静送她到家的时候，祁遇说：“你不错，孟芮。”

孟芮说：“谢谢夸奖，我知道自己不错。”

祁遇轻笑，感叹道：“你这么不错，做我女朋友怎么样？”

孟芮已经不会在被有钱人调笑的时候竖起盾牌了，她平静地说：“不怎么样，我有李书禹，你跟他比，毫无竞争力。”

“什么是竞争力？你看重男性的什么品质？”

“我看中了李书禹的一切。”

“李书禹不是李书禹，还能看中吗？”

“李书禹之所以是今天的李书禹，跟他的成长背景分不开，所以你暗指的没错，我喜欢他，也算是包括了他的家境。”

祁遇惊讶：“你变了。这可糟了。”

孟芮不懂。祁遇看向她：“变得更有魅力了。”

“多谢夸奖。”

“也有点没意思了。”

简直是无效对话。好不容易忍耐到家，孟芮道谢后下车。李书禹迎过来，看到祁遇立刻生气了。

孟芮挽住他回家。

她有点明白祁遇了，他想做的不过是把一个个有个性、有理想的漂亮姑娘变成菟丝花然后再抛下，没有什么意外。当然，客观来讲祁遇条件不错，他一定有孟芮没看到的魅力和优点，外加自身财富和地位，从某种角度来说也可以算是优质婚恋对象。

孟芮也许有本事拿下他，当一门事业一样，研究他的喜好对症下药，一辈子勾着他换取他妻子的权益，但孟芮不愿意。同样是辛苦，还是为自己的人生辛苦更值得，她从没兴趣也不甘愿做菟丝花。

何况她已经有李书禹了，一个能让她在广阔天地自由奔跑的爱人，有了他，其他男人还有什么竞争力呢？她也是见过世面的人了。

李书禹被她牵回家。

“吃醋了，我吃醋了。孟芮芮今天坐祁遇的车了，你不哄我我就要闹了！”

孟芮捧着他的脸认真亲吻：“乖，我只爱你。”

李书禹嘴角都笑弯了：“还没消气，再亲亲。”

两人静静拥抱，站在明亮的客厅里感受对方的爱意。

李书禹想起朋友的话，有人说李书禹是傻瓜，像孟芮这种野心十足的女人迟早踹了他。孟芮还长得好看，还去做市场，以后桃花运不要太多。

李书禹一点也不慌张，多少人追逐孟芮都不怕，他永远相信孟芮同学，她说爱他，就永远只爱他。

“明天不加班了吧？”李书禹问。

“嗯，想做什么？”

“陪我看展览好吗？我买票了。”

“好。”

孟芮手机响，小饶来邮件，通知孟芮下周三跟着方总下去考察市场，孟芮回复“收到”，内心兴奋不已。新的任务代表对她过去的表现的认可，努力就有回报是生活中相对稳定的喜悦。

李书禹跟过来瞄一眼：“要出差啊？那我晚上睡不着了。”

孟芮抱抱他：“没办法啊，我要努力赚钱早点把你娶回家啊。”

“好的好的，工作重要呢老婆。”

“好乖啊，爱你。”

“我更爱你。”

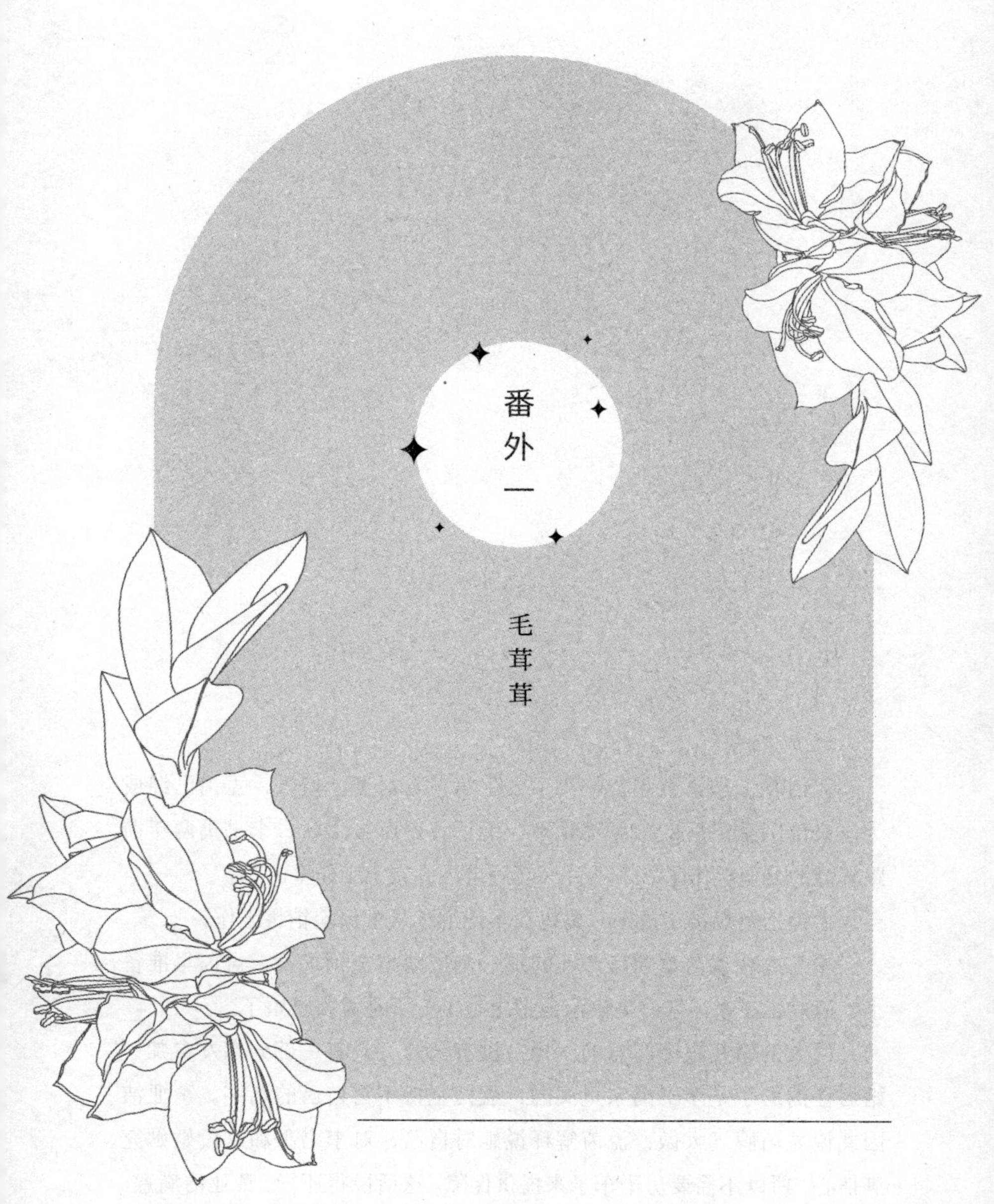

番外一

毛茸茸

Meng Rui

孟芮在工作第五年贷款买了人生第一套房子，彼时，孟芮已经成为清泉部门重组后的市场部经理，手下管着百人团队。李书禹两年前跟林源的公司合作了一个项目，之后自己成立了工作室。

孟芮把妈妈接了过来，妈妈在本地继续从事保险销售工作。

李书禹在孟芮拿到房产证的那一刻威胁她立刻求婚，孟芮早准备了，但戒指在家。李书禹表示他带出来了，于是孟芮求婚了。

两人的婚礼跟李写意的一样，没有公开，只有一部分亲友参加，婚后住的房子是李书禹家里买的，孟芮坚持不写自己的名字。董亚洁因此说孟芮脾气太傲，孟芮解释说她对自己、对李书禹和这段婚姻充满信心，所以不需要房子车子来提供保障。这话说得还行，董亚洁满意。

如今董亚洁面临退休，也没那么忙了。她不是能清闲度日的性格，把一部分精力放在了家人身上，大多时候是关注着李写意和孟芮的工作情况，会批评，也会提建议。孟芮对这种亦师亦友的婆媳关系十分满意，她又听得进长辈建议，董亚洁越来越喜欢这个儿媳妇了。

孟芮正式成为董亚洁儿媳妇的事在集团内部不是秘密，但因为她本身以身作则，工作敬业业绩突出，也没人说她靠老公上位。

李书禹还是那副样子，从来不会因为钱而焦虑，工作半年休息三个月的，公司业务的发展一直不温不火，倒是孟芮时常替他操心。李书禹乐得享受老婆的关心，一门心思跟她相爱。

目前李书禹手上最重要的项目是跟老婆庆祝结婚纪念日。他看了孟芮的行程安排，纪念日前后都不用出差。

李书禹独自安排好一切，就通知孟芮准时参加。孟芮说绝对不迟到，并表示自己也准备了很有心意的礼物。李书禹很期待。

纪念日前两天，孟芮临时出差。

李书禹气得捶床：“言而无信言而无信，你心里只有公司，没有老公。”

孟芮陪着他躺下，拥抱他：“不是的，我明天早班机走，快去快回，晚上赶回来。我保证，绝对在十二点之前到家。做不到就让你惩罚，你说了算。”

李书禹眼珠子转了一下，坐起来看着她问：“什么都行？”

“嗯！”

他说：“去旅游，就我们俩，你把手机关了，三天三夜不许离开我半米远！”

“可以。”

他加码，凑近耳语道：“我还要那个。”

“哪个？”

“就上次你喝醉了穿的那个毛茸茸的小裙子，就那天晚上。”

孟芮脸红：“知道了。”

李书禹高兴了，抱住她：“那这些都是空头支票，你总归是放我鸽子了。现在也要补偿，我要看你穿——”

“烦了，再见。”

“哎，”演砸了的李书禹拉住她回到床上，“不穿也行，不需要穿。”

补偿完，孟芮准备睡觉。李书禹拿着手机在疯狂下单不正经衣服。

孟芮鄙视地看着他。幼稚呢，她能让他拿捏了？这次出差需要她亲自出面确认签合约，就算有意外情况，她也带了助理可以跟这个项目，晚上十二点还回不来了？她的回程机票是下午六点。

但孟芮还是低估了某些人的幼稚。

孟芮晚上回到公司是九点，她简单处理了一些工作准备回家，司机已经在楼下等了，开回去也就半小时。

许澜却出现了，提着一瓶酒来找她，说林嘉树那个渣男伤她心了。

“怎么回事？”孟芮关上办公室门问她。

许澜还是第一次因为感情问题这么崩溃，一度还哭了。孟芮吓得不轻，这是什么情况？说好的林嘉树不过是安慰寂寞灵魂的工具，是帮助她振奋精神努力工作的燃料呢？哪有因为工具离开哭天抢地要死要活的？

听她哭诉了一个小时，孟芮察觉不对劲，什么“想辞职追随他去”这种鬼话都说出来了，搞笑呢？前两天还写了新的年度规划来年要大展拳脚的女人，能为工具人放弃工作？

“坦白从宽，李书禹是不是找你了？”

许澜收起表演，看看时间差不多了，立刻出卖队友：“你也不要这么没情调嘛。你老公给你准备周年庆惊喜呢，你就十二点之后回家能死啊？工作做完了吗你就急着回家？”

孟芮哑口无言，李书禹哪是给她惊喜，是坑她呢！

接近凌晨的道路空荡荡，孟芮脚踩油门赶回去，停好车跑向电梯——谁家熊孩子把二十六层楼的按键按了个遍?

孟芮一个个取消，但电梯还是不停地停住……

李书禹！

李书禹正在爬楼梯按停。

十二点过一分，孟芮来到家门口。李书禹端着表站在门口迎宾："欢迎老婆回家。十二点过了，请兑现承诺。"

"你完了！"孟芮追上去。

李书禹跑进屋，躲在一旁，等她进来后从背后抱起她："纪念日快乐老婆，我爱你。"

这还怎么生气?

孟芮笑着求饶："放我下来，要吐了。"

李书禹放下她，亲了一口，然后跑进卧室。孟芮看到客厅和餐桌上到处摆放的玫瑰和蜡烛，笑了。

李书禹跑出来，手里拿着他准备好的毛茸茸的小裙子。孟芮又气又笑学他耍赖："你要穿啊? 不好吧。"

李书禹惊了："学坏了你，来来来，我帮你穿。"

"滚蛋。"

"今天是我们的结婚纪念日。孟芮，才结婚多久，就对我没激情了吗? "

孟芮无奈叹气："还是很爱你。"

"那我要毛茸茸……"

"知道啦！"

番外二

一家三口

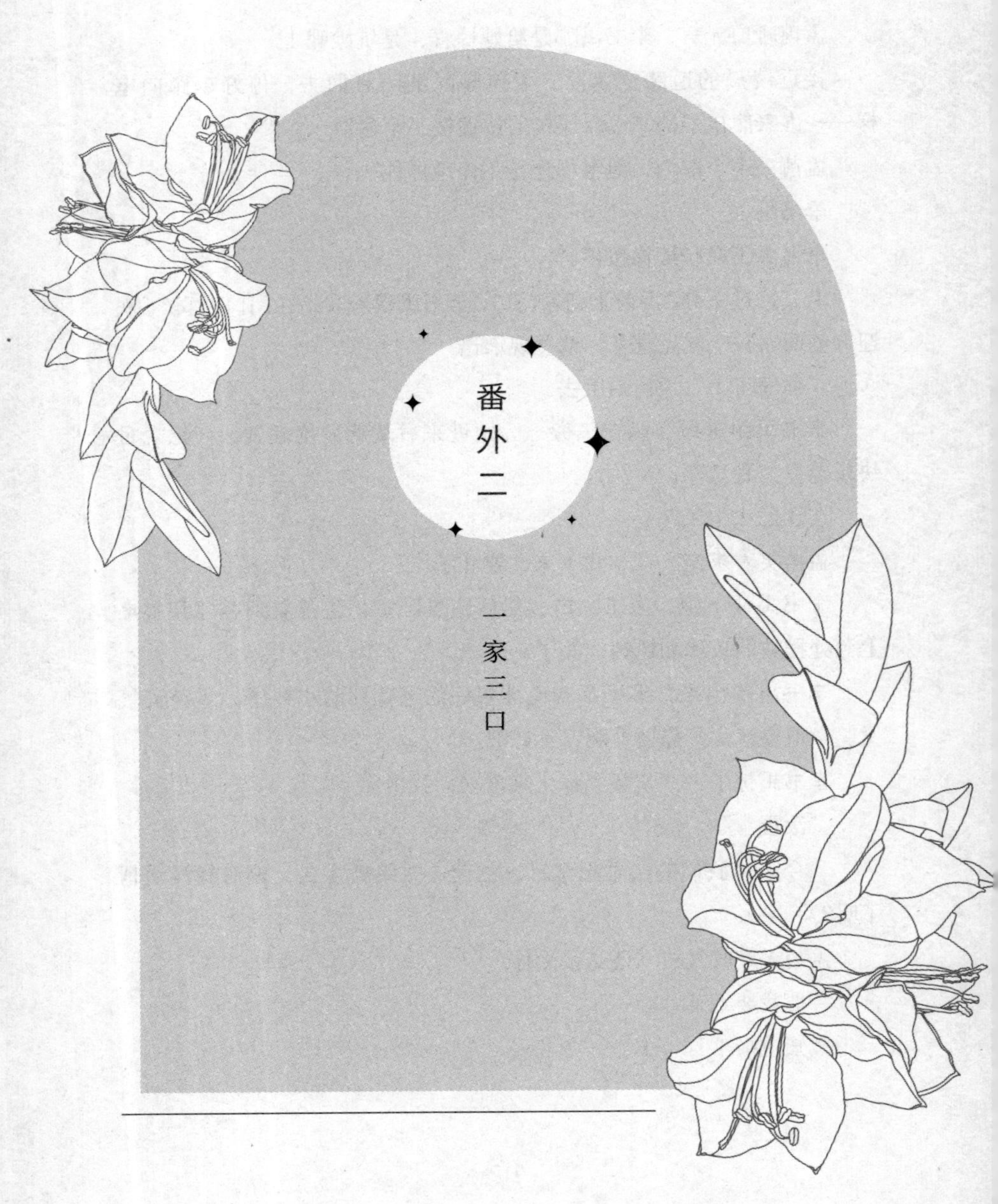

<1>

李书禹接到幼儿园老师的电话，孩子们打架了，准确地说，他的儿子由由被欺负了。

从幼儿园接回儿子，李书禹气得在客厅打转："老婆！咱俩分工合作，我负责欺负那个臭小子，你负责欺负他爸妈！"

孟芮白了他一眼，转头温柔地看着儿子说："宝贝，跟妈妈重复一遍，遇到有人欺负你，应该怎么做呀？"

"大声告诉他欺负人是不对的，要他停止，大声喊救命，如果旁边没人就快快跑走。还有……还有如果小朋友没我壮我就跟他打架！”

“真棒，妈妈爱你，亲亲。”

李书禹凑过来：“我也要亲亲！”

孟芮鄙视他：“你能不能成熟点？”

儿子眨着大眼睛看着爸爸：“爸爸你成熟点吧。”

李书禹内心思忖：我在这个家毫无威严是吗？

晚上八点，李书禹带儿子去洗澡，父子俩坐在浴缸里聊天。

李书禹说：“儿子，爸爸给你报个班学武术吧？你这武力值太弱了。”

由由说：“我想学跆拳道。”

“也行，会打人就行。”

李书禹看了看儿子脑门上磕出的乌青，他心疼了：“疼不疼啊？”

“疼……”由由奶声奶气地说，“今晚可以跟你们睡吗？”

李书禹挣扎了一下，说：“睡我这边。”

“嗯！”

洗完吹干头发，李书禹抱着由由回自己的大床上。他念了一个故事，给他盖好被子打开小夜灯，然后亲吻他的额头：“晚安，乖乖睡觉啊。”

“爸爸晚安。”

李书禹去客厅，孟芮刚洗完澡在看邮件。电视无声开着，家里安安静静的，李书禹坐到她身边。

“睡了？”

“嗯。”

孟芮回复完邮件合上电脑，李书禹把她抱进怀里。孟芮担心：“老公，你说要不要去医院啊？”

“不用，他晚饭吃得很好，没有呕吐也没有不舒服，只是一点碰伤，男孩子嘛，别担心。”

孟芮叹气，儿子性格跟爸爸一样，太温柔了。

李书禹抱紧她:“好了,没事的,现在的紧要问题是补上给我的亲亲。孟芮你不像话，怎么光亲由由不亲我？”

孟芮抬头吻李书禹。李书禹刚要加深这个吻，卧室里传来由由的声音：“来个人呀——”

孟芮“噌”地蹿起来跑去卧室。

“怎么啦宝贝？”孟芮坐在床边问。

由由抓住孟芮的手：“妈妈可以陪我睡觉吗？我今晚好需要妈妈陪我。”

“好的宝贝。”孟芮躺上去。

由由滚到她怀里，心满意足:“妈妈好香啊。”

由由说:“最喜欢妈妈抱我了,妈妈抱我的时候我觉得好幸福啊。老师说，幸福就是这样的，是妈妈的拥抱。”

孟芮的心化成一汪水，她亲吻由由：“妈妈抱着由由的时候也觉得好幸福呢。”

由由笑了，伸出胳膊指着自己刚被亲吻过的额头说：“妈妈的亲亲也是幸福的。”

孟芮把他的手臂放回被子里再拥紧他：“乖，宝贝闭上眼睛，该睡觉了。”

“妈妈晚安，我爱你哟。”

“妈妈也爱你。”

“最爱我吗？”

“当然咯。”

“咳咳！”门口传来某人不满的咳嗽声。

李书禹走进来跳上床：“最爱谁啊？”

孟芮抱紧由由：“乖，我们快快睡觉。”

由由乖乖闭上眼睛紧紧抱着妈妈,可千万不要被幼稚老爸赶跑啊,他好不容易跟妈妈睡一次呢。

<2>

由由有喜欢的女生了，是幼儿园的栗栗小朋友。

可惜栗栗人气很高，班里好多男生都喜欢和她玩，每个周末都有人邀请栗栗去家里参加派对。

由由很苦恼，向爸爸求助。

李书禹告诉他："喜欢一个人要以对方的感受为主，比如说，栗栗如果喜欢和你一起看书，那你就多跟她看书，你可以多带一些好看的图书去幼儿园跟她一起分享。如果栗栗不喜欢跟你玩，那你就不要打扰她，她跟喜欢的小朋友一起玩的时候才会开心，那你看着她开开心心的是不是自己也会开心？"

由由觉得有道理，栗栗笑起来最可爱了，他每次看到都会开心。

"爸爸，我们可不可以办 sleepover（邀约别的小朋友来自己家过夜），我想邀请栗栗来参加，她喜欢跟我玩的。"

李书禹当然可以满足儿子的要求。

他这些年负责各种节日、纪念日的庆祝仪式，办聚会得心应手。李书禹跟由由一起讨论，准备了很多小朋友们喜欢的吃食、玩具，孟芮则负责安排孩子们睡觉的东西。

当天一共来了十个小朋友，五个留下过夜。李书禹原本信心满满，说自己一个人搞定十个小鬼毫无压力，两个小时后，就举手投降了，给孩子们放了动画片看，他自己去厨房找准备点心的孟芮哭诉。

"老婆，幼儿园老师真惨。"

"说得是呢，照顾那么多孩子很辛苦的。出去看着。"

李书禹出去，数了数看电视的人头，不见了两个，由由和栗栗。

李书禹四处找了找，在由由卧室找到了两个小家伙。

由由手里捧着一个建筑模型给栗栗看："你喜欢这个是吗？送给

你啊。”

“真的吗？谢谢你由由！”

李书禹捂着胸口不说话。父子情深什么的都是假的，他珍藏在心中的温情回忆成了臭小子讨好女同学的工具。还是老婆最爱他，把他的手工作品一一珍藏。

“老婆——”李书禹呼唤孟芮。

“别烦！”

（全文完）

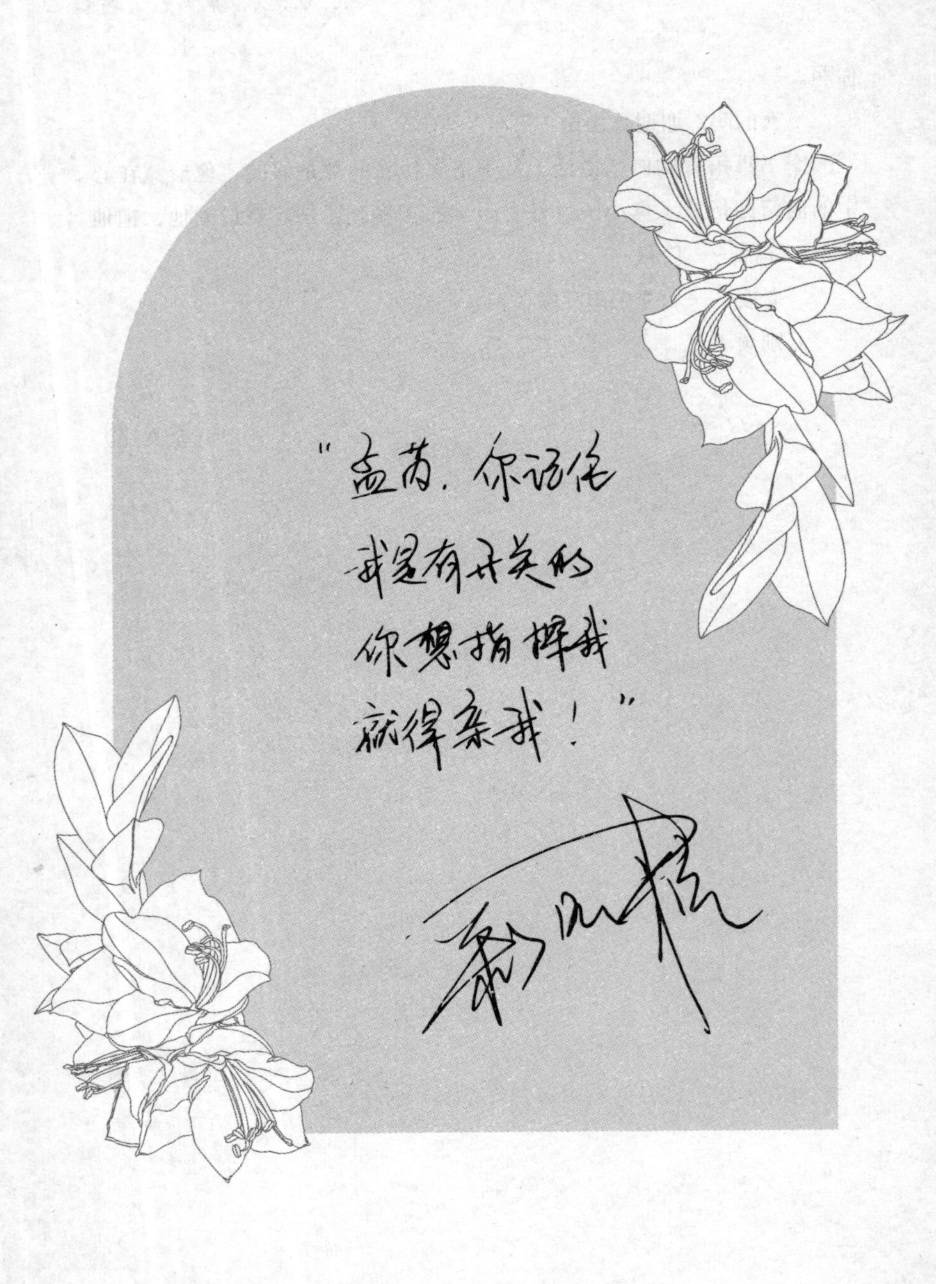
"孟芮，你记住
我是有开关的
你想摘掉我
就得亲我！"